TWEE RINGEN OP FLUWEEL

Anke de Graaf

Twee ringen op fluweel

Spiegelserie

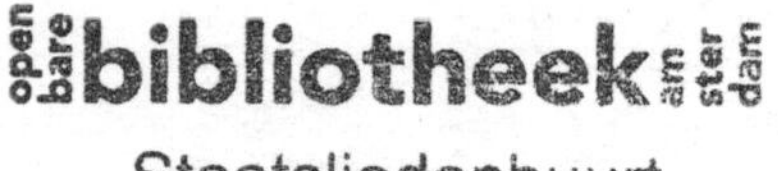

ISBN 978 90 5977 540 4
NUR 344

www.spiegelserie.nl
Omslagontwerp: Bas Mazur

1

De avond van de veertiende augustus was Corine Wagenaar stilletjes de trap op geslopen in huize Wellings aan de Meeuwenlaan; ze stond nu op de brede overloop voor een gesloten kamerdeur.
In haar borrelde een pretgevoel. Ze verkneukelde zich – dat was er het enige goede woord voor – in afwachting van het zien van het verwonderde gezicht van haar vriendin en het antwoord dat Louise zou geven als zij het grote nieuws had gebracht. Ze wilde het op een andere manier brengen dan zoals het gewoonlijk tussen hen ging. Allebei weggezakt in een diepe stoel, drinken onder handbereik, de een vertellen, de ander luisteren. Maar voor zo'n aankondiging was dit nieuws te groot. Dit moest anders, heftiger.
Ze tikte driemaal op het donkere hout van de deur. Hun herkenningsteken. Een hard klopje, dan een zachte en als afronding weer een harde. Onmiddellijk riep Louise vrolijk: 'Kom maar binnen!'
Corine duwde de deur open, maar stapte niet verder het vertrek in. Ze bleef op de drempel staan.
Louise keek haar met lichte verbazing aan.
Corine riep overdreven juichend: 'Groot nieuws! Ik ontmoette gisteravond de man van mijn dromen.'
'Dat is nogal wat, de man van je dromen. De hoofdprijs in de liefdesloterij! En jij trok het gouden lot niet uit een zwarte hoed, jij zag hem gewoon ergens staan. Doe gauw de deur dicht. Als mijn moeder je hoort jubelen, snelt ze naar boven om getuige te zijn van deze openbaring.'
Corine sloot de deur en deed een paar passen de kamer in.
Louise drong aan: 'Vertel! Ik wil alles over de gebeurtenis weten. Wie is het, wat doet hij voor de kost en hoe ziet hij

eruit? En weet je zeker dat jij de vrouw van zijn dromen bent? Als dat niet zo is, wordt het geen leuk spelletje tussen jullie.'
Corine zakte in een stoel. 'Het moment waarop ik in zijn bruine ogen keek, wist ik: dit is de juiste man voor mij, hij is mijn liefde, hij is mijn toekomst.' Op een wijs toontje voegde ze er meer beheerst aan toe: 'Gevoelens en gedachten kunnen snel gaan.' Ze grijnsde om haar overdreven enthousiaste woorden. 'En om je gerust te stellen: ik zag aan de manier waarop hij naar mij keek dat hij hetzelfde dacht en voelde als ik, maar dan van man tot vrouw. Ik ben ervan overtuigd dat hij in elk geval vaststelde: dit is een leuke meid.'
'Dat is wel iets anders dan 'dit is mijn toekomstige vrouw'.'
Corine negeerde de opmerking en vroeg: 'Welke vragen had je? Wie, wat en waar? Beginnen met wie. Hij heet Daniël van Bergen. Wat... Wat hij doet aan studie of werk, weet ik niet. Waar... Ik ontmoette hem bij onze overburen, Gerben en Ria. Die twee organiseren altijd ruim een week na een verjaardag een gezellig avondje voor hun niet echt intieme kennissen, maar mensen die ze wel in hun vriendenkring willen houden. Enkele jonge buren zijn dan welkom en ik behoor daartoe. In de volle kamer van Ria en Gerben begon ik aan mijn rondje handen schudden, mijn naam noemen en vriendelijk glimlachen. Opeens stond ik tegenover hem. Ik stelde me voor: 'Corine Wagenaar. Ik ben een buurmeisje van Ria en Gerben.' En hij antwoordde, ook vriendelijk: 'Ik ben Daniël van Bergen, een vriend van Ria en Gerben.' Het zijn normale handelingen, maar, Louise, de blik die ik in zijn bruine ogen zag, was duidelijk. Het is een leuke vent om te zien. Groot, stevig, echt een man om tegenaan te leunen. Ja, stil maar, ik weet wat je wilt zeggen: in die stelling moet ik weinig vertrouwen hebben. Dikwijls zet een man net een stap opzij als je zijn steun nodig hebt, met een ontgoochelende wankeling als gevolg. Maar ik

vertrouw op deze Daniël. Hij zal er zijn als ik hem nodig heb.' Ze lachte. Heerlijk, om het gebeuren op deze manier aan Louise te vertellen. En haar reactie te horen. Ze voegde aan haar woorden toe: 'Bovendien, ik heb twee stevige benen, ik hoef niet op hem te leunen.'

'Je moet het proberen als je daartoe de kans krijgt. Ik wil graag weten hoe het voelt. Maar nu serieus, Corine, was hij echt een openbaring voor je?'

'Ja. Er trokken meerdere vriendjes in mijn leven voorbij: Peter, donker haar, Joris, blonde krulletjes, Harry, vlassig rood. Leuke jongens, maar dit wordt mijn grote liefde.'

'Je moet gegevens over hem verzamelen.' Louise zei het op een luchtige toon, maar Corine kende haar en wist dat ze dit meende. 'Zijn achtergrond, uit welk nest hij komt, of hij betrouwbaar is.'

'Die gegevens komen vroeg of laat naar me toe. Toen ik opstond om naar huis te gaan, stelde hij voor met me mee te lopen. Ik had wel gezegd dat ik een buurmeisje was, maar door de blikken die we hadden gewisseld, was hem dat volkomen ontgaan. Ik antwoordde, natuurlijk weer net even té vlot: 'Dat is niet nodig. Ik woon aan de overkant van de laan. Naar links en naar rechts kijken en als het veilig is oversteken.' Daarop zei hij: 'Ik kijk met je mee naar links en naar rechts. Ik heb het gevoel dat ik goed op je moet passen.' We staken de laan over, er was geen auto, geen fiets en geen kip te zien. Voor mijn huis praatten we nog even. Zaterdagavond gaan we eten en verder praten in De Wilgenhoeve.'

'Zo, hij zet er vaart achter!'

'Als de liefde je roept, moet je geen tijd voorbij laten gaan.'

'Gekkie... Maar ik zal het onthouden. Straks opschrijven.'

Ze praatten door over de ontmoeting.

In het eerste jaar op het Zuiderlandcollege was de vriendschap tussen Corine en Louise begonnen en die vriendschap was gebleven. Ze waren verschillend van karakter, denken en toekomstverwachtingen, maar ondanks dat konden ze uitstekend met elkaar opschieten.
Corine had een open karakter. Ze was serieus als er moeilijkheden en zorgen op haar pad kwamen en blij en vrolijk als het leven naar haar lachte; ze lachte dan graag met het leven mee. Ze ging goed en gemakkelijk om met mensen en voegde zich genoeglijk tussen hen. 'De een wil dit en de ander wil dat; het maakt het prettig afwisselend.'
In haar jonge jaren kwam de liefde meerdere malen op haar pad, maar lang duurden de avontuurtjes niet. Nu was ze ervan overtuigd dat Daniël van Bergen de juiste man voor haar zou zijn.
Louise was in haar kleuterjaren al een parmantig dametje. Ze bracht duidelijk naar voren wat ze wél wilde en wat ze beslist níét wilde. Het waren willetjes op kinderniveau, maar een plannetje gaf ze niet snel op. Haar vader maakte er vaak grapjes over; hij vond zijn dochter een heerlijke meid. 'Het is een doordouwertje, een heersertje, een kleine Jeanne d'Arc op de barricade!'
Haar moeder had hun enige kind graag wat minder parmantig gezien. Ina Wellings wilde haar kleine meisje vertroetelen en helpen; Louise moest haar poppedijntje zijn. Als baby was ze dat geweest, heerlijk in mama's arm liggen en door mama op de arm gedragen worden, maar in die tijd was ze nog volkomen afhankelijk van mama's hulp.
Ina Wellings koesterde in Louises kinderjaren de stille droom een vertrouwde, warme band met haar dochter op te bouwen. In de toekomst zouden ze meer fijne vriendinnen zijn dan het beeld van moeder en dochter uitdragen. Ze las alle artikelen

over de relatie tussen moeder en dochter die in week- en maandbladen verschenen. Ze ving er in gesprekken met anderen leuke verhalen over op. Ze droomde er stilletjes van, maar het was tussen Louise en haar niet echt gelukt. De kleine Louise en later de grote Louise had geen geheimpjes en geheimen die ze vertrouwelijk met haar moeder deelde. Zo ging het ook met de gebeurtenissen in haar leven. Ze stippelde op elk terrein haar eigen weggetje uit. Ze vertelde haar ouders welke studie ze wilde volgen en ze volgde die studie. Later gebeurde hetzelfde met de sollicitaties en uiteindelijk met de baan die ze aannam. Ze was over veel zaken open; het waren waarheden en feiten die simpel op tafel gelegd werden. Zo wilde ze het, zo zag ze het, zo deed ze het. Het was goed tussen hen drietjes, maar zoals Ina Wellings zich destijds de verstandhouding gedroomd had, was het niet geworden.

Louise was nu tweeëntwintig jaar. Ze had een goede baan op het advocatenkantoor Kappelhof Verhoeven en studeerde in de avonduren Management, Economie en Recht.

Ze woonde met haar ouders in een groot huis aan de Meeuwenlaan. Ze had er een mooie, ruime kamer. Het was goed tussen haar ouders en haar, genoeglijke gesprekken, leuk vertellen over de laatste nieuwtjes en bijzondere gebeurtenissen, maar in voor haar belangrijke zaken vroeg de dochter haar vader noch haar moeder om raad of hulp. In kleine dingen vroeg Louise wel moeders mening, bijvoorbeeld: 'Zal ik een paraplu meenemen, verwacht je dat het gaat regenen, mam?' Haar moeder antwoordde dan: 'Doe dat maar. Beter mee verlegen dan om verlegen.'

In voorbije jaren had Corine zich dikwijls verbaasd over het handelen en denken van haar vriendin, maar langzaamaan was het een vaststaand gegeven geworden – zo is Louise. Ze konden er beiden uitstekend mee leven. Er werden dikwijls grappen

over gemaakt. Vooral de gezichtshoek van waaruit Louise de laatste jaren naar jongens en mannen keek, bracht veel vrolijkheid. Maar er werden natuurlijk ook serieuze gesprekken over gevoerd.
'Het is niet dat ik een hekel heb aan jongens en mannen,' legde Louise in een van die gesprekken uit. 'Ik vind sommige knapen zelfs heel leuk. Destijds, het kletsen op het Zuiderlandcollege over onze leraren, het uitwisselen van de juiste Franse grammatica, daar was niets mis mee. De een kon zijn wijsheid erover spuien, de ander pikte de goede stellingen ervan lekker op. Er zaten in onze klas beslist leuke en kiene jongens. Frans Bovenkamp kon een wiskundeprobleem uitstekend uitleggen en hij zei nooit dat hij me dom vond omdat ik het tot dan niet had begrepen. Maar hij zag me alleen als een leuke klasgenote. Daar zat geen toekomst in. Ik werk voornamelijk met mannen en het gaat uitstekend. Joost Kappelhof, Bram Verhoeven en Theo Kofman zijn geschikte kerels. Maar trouwen, Corine, een huwelijk voor mij, nee, ik droom er niet echt over. Een huwelijk kan zo lang duren!'
Corine keek haar verbaasd aan, maar Louise ging rustig door met haar betoog: 'Als de jaren rustig voortkabbelen, ben je veertig jaar getrouwd voor je hem durft te zeggen dat je nog iets anders in je leven wilt ondernemen. Dan zegt hij verbaasd: 'Lieve schat, het gaat toch goed tussen ons?' En jij antwoordt: 'Ja, maar ik wil graag in een café achter de bar staan.' Dat kapt hij het af met: 'Daar ben je nu te oud voor.' Dus doorgaan met Karel. Tot je vijftig jaar getrouwd bent. Het is intussen een levenslang verbond. Als je halfweg iets anders wilt, is er geen gelegenheid toe. Ik ben té bezig met de dingen die ik graag doe. Elke dag een man om me heen, 's morgens in alle vroegte een slaperig hoofd zien, luid gapen – dat is met vreemden in de buurt ordinair, dan houden ze het binnen, maar in je eigen

huis mag alles. Meteen koffie willen en de opmerking dat de botervloot nog niet op tafel staat. Jarenlang in hetzelfde huis wonen, dag na dag samen aan dezelfde tafel zitten, steeds naar hem luisteren en hem moeten vertellen wat mij bezighoudt en er dan zijn mening over horen, die afwijkt van mijn mening. Elke avond met hem in de slaapkamer. Als ik even te lang bezig ben met het verwijderen van mijn make-up – een vrouw moet er wat haar schoonheid betreft toch het beste van maken – roept hij: 'Schiet een beetje op!' Dan vraag ik me af: wat wil hij?'
Ze schudde haar hoofd. 'Nee, dat hoeft voor mij niet. Af en toe een man naast me lijkt me heerlijk. Dicht bij elkaar kruipen, zoenen en vrijen, want op dat terrein ben ik echt niet afkering van mannen. Maar dezelfde vent jaar na jaar naast me, dat trekt me tot nu niet aan. Misschien ligt de oorzaak in het feit dat ik de juiste nog niet heb ontmoet. En als ik denk hem ontmoet te hebben en na verloop van tijd valt hij tegen, sta ik voor een dilemma. Want hem afdanken of inruilen is niet netjes. Ik ben te veel op mezelf gericht, waarschijnlijk ook te veel met mezelf bezig. We kunnen het egoïsme noemen. Het is geen goede eigenschap, maar ik heb het in me en ik kan er vrolijk en uitstekend mee omgaan. Jij bent mijn vriendin, we kunnen goed met elkaar opschieten, we hebben veel plezier. We accepteren elkaar zoals we zijn, we laten elkaar in onze waarde. Ik ga graag met mensen om en dat lukt uitstekend, ik heb vrijwel nooit ruzie of onenigheid. Maar ik wil mijn eigen koers varen. Ik moet vrijheid hebben. Ik ben tevreden met mezelf. Ik voel me goed.'
Corine haalde in de avond van die dag het gesprek terug. Alleen in haar kamer in haar ouderlijk huis, huispak aan, door moeder van dikke wol gebreide sloffen aan de voeten. Lekker warm.

Op de lagere school had ze geen echt vriendinnetje. Ze speelde wel met de meisjes van haar klas tijdens het speelkwartier, maar ze nam Janneke of Hanneke niet mee naar huis om met z'n tweetjes iets te ondernemen. Tussen Louise en haar ging het anders en nu, zoveel jaren later, was er nog steeds een hechte vriendschap.

En met de voeten op het lage tafeltje, kussen achter het hoofd, realiseerde ze zich hoe fijn het was om een echte vriendin te hebben. Altijd en overal was Louise aanwezig, ook als ze niet bij elkaar in de buurt waren. Haar ouders waren lief en goed en wilden alles voor haar doen, en Corine hield ook veel van ze, maar Louise stond dichter bij haar. Elkaar vertellen wat hen bezighield, elkaar soms goede en soms dolle adviezen geven.

Er was een periode geweest waarin ze het leuk vond de karakters van mensen om haar heen uit te pluizen en te overdenken. Ze vroeg zich toen af of Louise in haar kinderjaren jaren beïnvloed was door de aanwezigheid van haar vader. Derk Wellings was een geschikte kerel, een grote vent, leuke kop, maar het was een man die heftig aanwezig was in elk gezelschap en ook in huis. Louises moeder hanteerde af en toe de uitdrukking: 'Het hele huis is vol als hij er is. Er is geen hoekje waarin ik even kan wegkruipen. Hij gaat onmiddellijk luid roepend op zoek.'

Louise zocht geen richting waaruit haar denken en het vaststellen van feiten gegroeid kon zijn. Ze vond het goed zoals het was. Corine wist hoe de gedachten en willetjes van Louise op elkaar aansloten, en nu, deze avond, besefte ze hoe waardevol hun vriendschap was. Louise had de man van haar dromen nog niet ontmoet. 'En zeg niet, zoals moeder, dat ik te kritisch ben. Als ik de ware Jakob niet ontmoet, wil ik geen wijze Abraham of ongelovige Thomas naast me. Volg me in de

toekomst en zie hoe ik me zal redden!'
Maar niemand weet welke verrassingen de toekomst verbogen houdt.

De avond na het verjaardagsfeestje bij Gerben en Ria vertelde Corine haar ouders tijdens de maaltijd over Daniël. 'Ik ontmoette gisteravond aan de overkant een leuke vent. Toen ik opstond om weg te gaan, wilde hij me thuis brengen. Ik vertelde hem dat ik een buurmeisje ben van het feestende stel. Maar hij wilde met me mee lopen. De wandeling gaf weinig gelegenheid met elkaar te praten, dat begrijpen jullie wel. Hij vroeg me zaterdagavond met hem te gaan eten in De Wilgenhoeve. Dan kunnen we babbelen vanaf het wachten op het voorgerecht tot na het dessert.'
Haar moeder vroeg: 'Hoe heet hij van achteren?'
'Van Bergen. Van kop tot teen is hij dus Daniël van Bergen.'
Haar vader merkte meteen op met een lichte verbazing in zijn stem, alsof het normaal was alle inwoners van hun woonplaats te kennen: 'Ik ken geen familie Van Bergen in de stad. Er is ook geen bedrijf met die naam gevestigd. Niet in de binnenstad en niet op het industrieterrein.'
'Maar Daniël woont hier wel. Hij vertelde het me.'

Die zaterdagavond parkeerde Daniël zijn auto voor het huis, belde aan en Corine liet hem binnen.
Na een snel kusje in de gang zei ze met een lach in haar stem: 'Je moet even kennismaken met mijn ouders. Ze nemen een goed signalement van je op. Als je me vanavond niet op tijd thuisbrengt, sturen ze een alarmbericht naar de politie en vragen om opsporing. Je denkt misschien dat het zo'n vaart niet zal lopen, de politie zoekt de eerste twee, drie dagen niet naar een jonge meid die er met een vent die ze één avond kent van-

door is gegaan, maar mijn ouders hebben familieleden in politiekringen. Als zij een melding doorgeven, komt het hele corps in actie.'

'Ik lever je tien minuten voor de afgesproken tijd voor de deur af, ik wil geen drukte op zaterdagavond. Als het tegenzit, moet ik in een cel slapen. Hard bankje, slap kussentje, dun dekentje...' grapte hij.

Daniël maakte vluchtig kennis met Corines ouders en ze vertrokken. Tegenover elkaar aan tafel in restaurant De Wilgenhoeve kozen ze voor een garnalencocktail als voorgerecht.

Daniël boog zich over de tafel naar haar toe. 'Het was voor mij een wonderlijke ontmoeting, Corine. Ik weet niet hoeveel ervaring jij hebt in de liefde, maar toen je binnenstapte, wist ik: dit meisje hoort bij mij, dit meisje wordt mijn vrouw. Het was vreemd dat te denken, maar ik was er niet verbaasd over. Ik voelde onmiddellijk een klik tussen jou en mij. Toen je het kringetje rondging en tegenover me stond, wist ik het zeker. En echt niet om je blauwe ogen, hoewel ze mooi zijn. Nee, het is het hele beeld, je houding, je manier van lachen, je uitstraling. Ik was echt verliefd op het eerste gezicht.'

'Jij leek mij ook wel aardig.' Ze zei het op een matte toon.

Hij lachte. 'Niet meer dan dat?'

'Eerlijk gezegd wel. Maar nuchter gedacht kan het niet mogelijk zijn dat je bij het zien van iemand die tot dat moment een volkomen vreemde voor je was, weet: met hem of haar wil ik de rest van mijn leven verder. Dat is toch onmogelijk? Ik weet niet wat jij in voorbije jaren op het liefdesterrein hebt uitgespookt...' In een flits schoten de woorden van Louise voorbij: je moet inlichtingen over hem verzamelen, vragen dus! 'Ben je getrouwd geweest, gescheiden, heb je bezigheden in de criminele richting...'

Hij lachte. 'Je wilt meer van me weten. Ik kan er heel kort heel veel over zeggen. Ik heb een leuke, drukke baan. Ik zit in de leiding van een overkoepelend orgaan dat in diverse steden in ons land boekwinkels beheert: de Overboom Boeken Groep. Ik was tot donderdagavond een eenzaam man. Ik hoopte stilletjes het juiste meisje tegen te komen. Ik ken veel leuke meisjes, maar hét meisje was er tot donderdagavond niet bij. Tot je voor me stond. Ik heb een appartement aan het Noorderplein. Mijn ouders wonen in een ruime bungalow in buitenwijk De Vrijheid. Ik heb een broer, Christian. Hij is drie jaar ouder dan ik en is getrouwd met Harriët. Ze hebben een zoontje dat Robbert heet.'

'Je leven in een notendop. Ik draai op dezelfde manier af,' lachte Corine, toch een beetje nerveus. 'Zal ik dan maar? Ik heb geen broer en ook geen zus. Het enige kind in huis en schromelijk verwend en in de watten gelegd. Op werkdagen ben ik te vinden in het kantoor van kinderopvanghuis Het Hofke. We hebben de baby's en kleuters van werkende papa's en mama's over de vloer. Schattige kindjes. Ik vind ze leuk, ook al werk ik niet direct met ze. Ik zorg dat de administratie op rolletjes loopt. Tot mijn taak behoort ook het invullen van formulieren en weer andere formulieren, het maken van overzichten en weer andere overzichten. Vaak om dol van te worden. Maar alles draait tot nu toe goed. Ik neem de telefoon aan, krijg vaak bezorgde moeders aan de lijn, krijg waarschuwingen die ik moet doorgeven aan de verzorgsters en vaders die melden dat ze hun zoon of dochter een uurtje later komen ophalen. Ja, onverwachte omstandigheden, je begrijpt het, Corine... En Corine begrijpt het. Het is een heerlijke baan. Veel afwisseling en veel drukte om me heen. Geen hoogstaand werk en er zit geen promotiekans in, maar ik heb een leuk salaris en ik werk er met plezier. Het is gezellig en ik kan het goed vinden met

alle medewerksters. Het zijn kindvriendelijke mensen.'
De cocktails werden gebracht. Ze lepelden er genoeglijk van. De Wilgenhoeve stond bekend als een uitstekend restaurant, dus de cocktails waren heerlijk. De verdere avond kwamen gesprekken voorbij over families en hobby's en het was echt gezellig. Laat in de avond liepen ze van het restaurant door de grote tuin naar het parkeerterrein.
'Ik ben blij dat ik jou ben tegengekomen, Corine. Ik hoop dat jij voor mij voelt wat ik voor jou voel. Want liefde moet van twee kanten komen. Als dat zo is, weet ik zeker dat tussen ons een fijne relatie groeit.'
Ze wist niet wat hierop te zeggen. Hoelang kende ze hem nou? Eén avond! Maar ze wilde het antwoord geven dat hij graag hoorde, zich niet met een grapje op de vlakte houden om zich niet te laten kennen. 'Ik heb dat gevoel ook. Jij vertelde vanavond over jouw avonturen op de liefdesvloer. Ik heb eveneens enige vriendschappen achter de rug. Maar wat ik nu voor jou voel, is anders. We weten niet waartoe het leidt. We moeten het de kans geven om te ontwikkelen. Misschien wordt het een heftige teleurstelling. We kennen elkaars nare eigenschappen niet, maar die komen zeker aan het licht. Misschien ben jij in mijn ogen te gierig en vind jij mij een te grote flapuit. Dergelijke ontdekkingen kunnen vervelend zijn. En eens komt de dag waarop we eerlijk moeten zijn over 'ja' of 'nee'. Als het 'nee' is, kussen we elkaar met tranen op de wangen vaarwel; het begon zo mooi, maar het werd niet wat we ervan verwachtten; het werd een voorbije liefde. Maar het is beter ten halve gekeerd dan ten hele te gedwaald. Ook in de liefde.'
'Je brengt het mooi. Ik geloof er ook in. Voorlopig wil ik niet denken aan de mogelijkheid dat het tussen ons mis kan gaan.'
Voor ze in de auto stapten, nam hij haar in zijn armen en ze kusten elkaar.

Voor haar huis kwam zijn prangende vraag: 'Wanneer zien we elkaar weer?'
Niet te hard van stapel lopen, zei Corine tegen zichzelf, niet nog eens zeggen hoe aardig je hem vindt – Louise en zij hadden er een regel voor: niet te gretig zijn. Ze zei: 'Dinsdagavond heb ik een afspraakje met Marianne' – welke Marianne wist ze niet, ze verzon gewoon snel een naam – 'donderdagavond ga ik naar de sportschool, een avond in de week besteed ik aan bijpraten met Louise, ik wil een avondje alleen zijn om over jou te dromen vóór het weer voorbij is en een avond bij paps en mams in de huiskamer de week doornemen... Zaterdagavond dan maar doen?'
'Het zijn veel dagen zonder jou, maar het is goed. Ik denk aan je.'
'Fijn.' Ze lachte ondeugend.
'Ik sta rond acht uur op je stoep. We zien wel hoe de avond verloopt.'
Een kusje. Ze stapte uit, stak de sleutel in het voordeurslot en opende de deur. Naar hem zwaaien, daarop ging ze binnen. Daniël van Bergen, een leuke vent... Met kleine danspasjes ging ze door de hal naar de huiskamer.
Haar ouders waren elk in een boek verdiept, maar bij haar binnenkomst legden ze de boeken direct weg.
'Hoe was het?' vroeg haar vader belangstellend.
'Uitstekend. Lekker gegeten, fijn gepraat, ja, echt gezellig.'
'Dus nog geen einde aan de liefde,' stelde hij vast.
'Van liefde kan nog geen sprake zijn,' kwam haar moeder een beetje bits. Martin direct met het grote woord liefde, dat was toch vreselijk overdreven. 'Ze kennen elkaar amper. Als hij morgen in de drukte van de Hoofdstraat loopt, herkent ze hem niet eens.' Ze voegde er milder aan toe: 'Maar jullie hebben een prettig gesprek gevoerd, begrijp ik. Elkaar ietsje beter leren

kennen. Dit tussen jou en hem is een gebeuren waarover ik me dikwijls verwonder. Een jonge man en een jonge vrouw, tot dan volkomen onbekenden, ontmoeten elkaar en weten: dit is anders dan alle andere ontmoetingen... Vreemd, toch? Waar komen die gevoelens vandaan?'
'Het is inderdaad wonderlijk, mam, maar het gebeurt. Voor pap en jou ging het heel anders. Jullie groeiden van eersteklassers op de HBS naar eindexamenkandidaten en in die tussenliggende jaren had de liefde breeduit de tijd om van een kalverliefde naar een echte liefde te groeien.' Ze keek haar moeder schalks aan. 'Het lijkt me heel saai, een langebaanliefde. Dit tussen Daniël en mij is flitsend en opwindend.'
Tine Wagenaar ging er niet op in. 'Heeft hij verteld over het gezin waaruit hij komt?'
'Ja, maar oppervlakkig. Ik weet niet wat zijn vader voor werk doet of heeft gedaan. Daniël heeft een broer, Christian, hij is getrouwd met Harriët. Ze hebben een zoontje. Waarschijnlijk verloopt alles rustig in het gezin Van Bergen. Het kan ook zijn dat alle narigheden in het duister bewaard worden. Maar ik vroeg niets. Vragen komt nieuwsgierig over en zijn familie interesseert me niet. Ik vind Daniël een leuke vent. We zien elkaar zaterdagavond weer.'
'Woont hij bij zijn ouders?'
'Nee, hij heeft een flat aan het Noorderplein.'
Tine Wagenaar knikte. Een jonge vent met eigen woonruimte en hun dochter zonder levenservaring... Een ietwat gevaarlijke situatie. Ze wilde er iets over zeggen. Ze vertelde de werkwijze van vlotte, leuke, maar sluwe kerels die weten hoe een meisje in hun netten te vangen. Corine kon een van die bedrogen meisjes worden.
Corine antwoordde daarop met een beslist toontje: 'Mam, ik ben tweeëntwintig. Ik ben ervan overtuigd dat ik de werkelijke

Daniël van Bergen heb ontmoet. Maak je geen zorgen, mam, tussen Daniël en mij is het goed.'

Een avond naar een toneelvoorstelling, gezellig uit eten, een paar uur wandelen in de vallende schemering aan het eind van een prachtige nazomerdag, in een barretje iets drinken, genieten van een vrolijke musical, een avondje naar de bioscoop om een heftig bejubelde film te zien.
Ze waren op de zaterdagavonden bij elkaar en belden doordeweeks regelmatig, Corine languit op haar bed, Daniël op de bank in zijn woonkamer.
Na een avondje in de schouwburg kwam Daniël met een plannetje voor het volgende weekend. 'Ik stel voor zaterdag in mijn flat te zijn, Corine. Ik haal je in de middag op en ik toon je rond zeven uur mijn kookkunsten. Ik ben echt bedreven met de spatel en de schuimspaan. We eten met z'n tweetjes en daarna doen we wat we willen. In de flat blijven lijkt me knus, maar als jij daarin geen zin hebt en liever een leuke voorstelling of muziekavond wilt pakken, dan doen we dat.'
'Ik ben nieuwsgierig naar je flat. Blijf jij zaterdagmiddag maar thuis. Ik fiets rond drie uur naar het Noorderplein. Dan heb jij alle gelegenheid voor de voorbereidingen van je kookprogramma. Het scheelt dat je goed kunt koken, want ik ben bepaald geen keukenprinses. Daarom zoek ik een vriend die zich graag in de keuken uitleeft met potjes en pannetjes. Ik vermoed dat ik met jou op de goede weg ben. Zaterdagavond zullen we het zeker weten! En ik neem op weg naar jou wel een chocoladetaart mee bij bakker Halsema. Als het etentje tegenvalt, prikken we elk in een groot stuk als dessert.'

Zaterdagmiddag fietste Corine naar de banketbakker in de Bergerstraat, stopte de taartdoos in een stevige tas en fietste

met het wiebelende ding aan de hand naar het appartementencomplex. De deur ging al snel na het aanbellen open. 'Mijn meisje, welkom ik mijn huis.'
Er kwam koffie op tafel zonder taart. Nu snoepen zou de eetlust bederven. Corine vertelde tijdens de koffie over de werkzaamheden in Het Hofke. Vrijdagmiddag was een ongelukje gebeurd. De verzorgsters letten uitstekend op de kleuters, maar soms haalden de kinderen de zotste capriolen uit en kon er iets misgaan. Zo was er die middag iets misgegaan met Jantje Wegeman. Een rare val, de onmiddellijk gealarmeerde dokter kwam snel. Hij kende Het Hofke. Achteraf bleek de valpartij geen ernstige gevolgen te hebben.
Zij luisterde vervolgens naar Daniël. Hij vertelde over een behoorlijk uit de hand gelopen conflict tussen de eigenaar van een van de winkels en zijn twee verkoopsters; alle drie overtuigd van eigen gelijk en heftige kemphanen in de strijd.
Daarna vertelde Corine hem over Louise. 'Ze is mijn beste vriendin. Ze werkt op het advocatenkantoor Kappelhof Verhoeven. Daar komen soms leuke, maar over het algemeen minder leuke verhalen voorbij over heftige ruzies, gevallen van oplichting, moeilijke echtscheidingen en noem maar op. Haar werk is vrij serieus. Misschien daarom heeft Louise sinds enige maanden een leuke hobby. Ze let op kleine voorvalletjes die in het dagelijkse leven voorbijkomen. Daarvan maakt ze aantekeningen. Die krabbeltjes hebben we de naam 'verder-uitwerken-notities' gegeven. Ze kan tenslotte iets vergeten en dat zou zonde zijn van het leuke of nare onderwerp. Om een voorbeeld te noemen van wat op zo'n kladje kan staan: man struikelt over mat, vrouw in paniek, belt 112, ambulance komt snel, niets aan de hand, wel gat in meneers sok.'
Daniël lachte. 'Dat is hilarisch!'
'Ja. Maar ze noteert ook verstandige en wijze uitspraken, want

Louise is een serieuze jonge vrouw. Ze werkt de gegevens uit. Als boekenman weet jij wat dat inhoudt.'
Daniël luisterde met een stille glimlach, malle maar leuke Corine; hij knikte instemmend: ja, hij wist wat dat inhield.
'Ze werkt door tot het stapeltje blaadjes met korte verhaaltjes naar haar mening hoog genoeg is. Dan vormt ze de verhaaltjes tot columns en stuurt ze naar de redacties van dag-, week- en maandbladen met de vraag of er interesse is om ze in hun blad op te nemen. We noemen ze al formeel 'columns'. Dat klinkt beter dan 'kletspraatjes'. Het zijn leuke stukjes met verstandige ondergronden. Louise wil in elke column een goed gegeven verwerken. En waarom zou het niet lukken; er verschijnen genoeg bladen op de markt, ja toch? De Libelle, de Margriet en de LINDA. bijvoorbeeld. Louise verwerkt ernstige onderwerpen op een licht grappige manier. Dat is haar stijl. En,' ze lachte triomfantelijk naar Daniël, 'ik ben benoemd tot haar assistente! Vanaf dat moment ben ik attent op uitdrukkingen en gebeurtenissen die Louise als onderwerpen kan gebruiken. Op Kappelhof komen veel verhalen voorbij, maar de inlichtingen die haar daar bereiken zijn dikwijls niet geschikt voor haar werk. Ze wil luchtige vertellinkjes schrijven. Ik zie in Het Hofke leuke dingen gebeuren. Dus ik heb een notitieboekje en pen gekocht bij Overboom Boeken. Ze zitten in mijn tas.'
'Ik zal op mijn woorden letten.'
'Dat is heel verstandig. Het hele gebeuren is in een beginstadium, het is onbekend of het ooit gaat lukken, maar Louise is er druk mee. De aanleiding hiertoe was 'de liefde'. We hadden een luchtig gesprek. Ze schrijft over de veel gezongen tekst: 'Ik hou van jou, ik blijf je trouw.' Louise wil weten of jonge meisjes bij het horen van die teksten een romantisch plaatje voor zich zien. Als dat zo is, vindt columniste Louise Wellings het wenselijk iets over de inhoud van die rijmelarij naar voren te

brengen. Naast deze smartlappen zijn over de liefde prachtige en emotionele gedichten geschreven die je in romantische sferen brengen. Als een man zoiets over mij zou zingen...'
Daniël haakte er meteen op in: 'Ik zoek zo'n liedje op en studeer het in.'
Corine praatte over deze opmerking heen. Ze wilde nog even over het onderwerp doorgaan. Naar het idee van Louise zetten de simpele teksten heel jonge meisjes op een dwaalspoor. Ik deel die angst niet. Die meiden zijn toch niet gek? De simpele tekst bij een zwoel melodietje meezingen vinden ze heerlijk. Maar Louise neemt het serieus. Drie van haar schrijfsels versnipperde ze boven de bak vol oude kranten en reclamefolders, de vierde en de vijfde zijn opgeborgen in de map waarop met stevige letters 'geschikt' staat.
Naar Louises overtuiging lopen meerdere huwelijken op de klippen omdat de jonge vrouwen in hun tienerjaren te veel in zoete dromen geloofden. Als een jongen met mooie ogen, lieve praatjes en veroveringsdrift haar leven binnenstapt, denkt ze: daar is hij... Ze bedoelt het niet zo serieus, hoor, maar ze ziet wel veel desillusies. Dan schrijft ze bijvoorbeeld een column met de titel 'De ideale man bestaat niet', om er even op te wijzen dat roze wolken niet voor eeuwig zijn.'
Daniël hoorde alle woorden geamuseerd aan. 'Ik krijg steeds meer het gevoel dat ik twee wat zotte vriendinnen in mijn nabijheid heb gekregen. Maar ik vind jullie erg leuk. En eerlijk gezegd ben ik er ook van overtuigd dat veel huwelijken met te hoge verwachtingen beginnen, maar, mijn lieve Corine, ik weet zeker dat wij daarop een uitzondering vormen. Ik houd van jou zoals je bent, ook als je in de toekomst op me moppert en nare woorden naar me roept. Mijn liefde voor jou blijft bestaan. Over vijf jaar, als Louise een contract heeft voor elke week een column in het nieuwe weekblad Corine Louise, schrijft ze in

een stukje dat het gelukkige huwelijk bestaat. Maar ik snap wat Louise duidelijk wil maken. Ze wil het verwachtingspatroon terugbrengen tot wat een huwelijk een redelijke kans van slagen kan geven. Wel blij met elkaar zijn, maar daarnaast nuchter blijven. Mannen en vrouwen kijken op andere manieren naar gebeurtenissen. Het is goed daar met de gebruiksaanwijzing in de hand rekening mee te houden. En met een glimlach naar de romantische liedjes te luisteren.'

'Krijg geen verkeerd beeld van Louise, Daniël. Je moet niet te diep op het onderwerp in gaan. Het is langzaamaan een stokpaardje van haar geworden. Ik probeer er op een losse manier minder diepte aan te geven, maar het laat haar niet los. Op het oog is Louise nuchterder dan ik, maar ik vind dat die columns toch een dieper denken naar voren brengen. Soms vraag ik me af of haar manier van denken is opgebouwd in haar kinderjaren. Haar vader is heus geen verkeerde kerel, maar Louise ziet hem niet als de man zoals zij zelf wil hebben. Derk wil graag stoer en echt als kerel overkomen. Hij spreekt zijn mening uit en in de toon maakt hij al duidelijk dat over het onderwerp niet te discussiëren valt. Louises moeder heeft de werkwijze van haar echtgenoot lichtelijk overgenomen. In het huwelijk van haar ouders ziet Louise het grote geluk niet. Het gaat goed omdat ze elkaar redelijk in hun waarde laten. Maar het is niet geworden waarop haar moeder hoopte toen Derk en zij beloofden voor elkaar te zorgen. Louise vermoedt dat in haar vader nooit een gedachte in die richting is opgekomen. Met een dosis nuchterheid en niet al te hoge verwachtingen het huwelijk binnenstappen is naar Louises stelling heel verstandig. Het voorkomt teleurstellingen en narigheden. Zo te beginnen roept bij een vrouw geen heftig verlangen op. Maar volgens Louise is het wel het beste. Ze zegt geen nare dingen over mannen, ook niet over vrouwen. Ze wil alleen onder ogen brengen dat er verschillen zijn. En twee onder één dakje onderbrengen is vragen om moeilijkheden. Alleen als de twee partijen elkaar op de juiste waarde schatten, kan het goed gaan. Als je van dit denken uitgaat, is Louise een nobel mens. Haar vertelseltjes liggen nu nog op een stapeltje op haar tafeltje, maar ik reken erop dat ze binnenkort worden afgedrukt in een blad dat op grijpgrage plaatsen in de winkels ligt.'

Daniël gaf aan Louise graag te willen ontmoeten. Corine knikte. 'Komt voor elkaar.' Ze praatte verder: 'Veel mensen schrijven een boek. Volg de praatprogramma's op televisie maar. Meneer heeft een boek geschreven over drankmisbruik, mevrouw over opvoeding, de volgende kandidaat koos voor gezondheid, daarna nog planten verzorgen, verdriet verwerken, zuinig leven, assertiviteit en noem maar op. Louise pikt haar onderwerpen op uit wat ze om zich heen hoort en ziet. Mijn gevoelens voor jou houden haar ernstig bezig. Als een blok vallen voor een man, is dat mogelijk? Is dat niet heel dom? Hoe is hij werkelijk? Louise wil me waarschuwen.'

Stoeiend nam Daniël haar in zijn armen. 'Je houdt me voor de gek! In mijn ogen is Louise lichtelijk vreemd, maar jij bent op dit moment nog vreemder...'

Het etentje was uitstekend. Heerlijk. Na de maaltijd zaten ze op de bank, de afwasmachine draaide zacht zoemend in de keuken. 'Ik weet dat we elkaar nog niet lang kennen,' zei Daniël. 'Maar na onze ontmoeting is voor ons beiden het leven volkomen veranderd. Het is goed tussen ons. We weten wat we aan elkaar hebben. Er kunnen onverwachte, minder leuke trekjes naar voren komen; ik ben soms wat eigenwijs. Ik kan lichtelijk doordrammen omdat ik weet dat zoals ik het zie de juiste visie is; jij kunt het met mijn visie oneens zijn. Maar, schat, wij lossen alle problemen samen op. Je weet welke rich-

ting ik uit wil. We houden van elkaar. We hebben elkaar gevonden. Het was liefde op het eerste gezicht. Louise gelooft daar niet in, maar wij wel, want wij weten dat het kan gebeuren. Het heeft geen zin om een huwelijk of samenwonen lang uit te stellen. Wij horen bij elkaar. Daar komt geen verandering meer in. Na twee jaren erover denken staan we nog op dezelfde streep. Dit is een heerlijke flat. Licht, ruim, alles wat we nodig hebben is aanwezig. We hoeven hier niet een leven lang te wonen, maar om samen te beginnen is het een prettig nestje. Ik vraag je, Corine, wil je met me trouwen? En als trouwen een te grote stap voor je is, wil je dan bij me komen wonen? Wat je ook kiest, er is altijd de mogelijkheid mij elk moment van de dag of de nacht hier alleen achter te laten. Ik houd je niet tegen als je niet langer bij me wilt zijn.' Hij zweeg even, Corine hoorde de warmte en zijn emotie in zijn stem. 'Het lijkt me heerlijk bij elkaar te zijn...'
Haar hart klopte veel te snel. Dit was een huwelijksaanzoek, maar was het niet te snel? Hij was de man die in haar verdere leven de hoofdrol speelde, maar nu al een beslissing nemen, was dat geen te vlug besluit? En hoe zouden haar ouders hierop reageren? Samenwonen vonden ze waarschijnlijk niet goed. Het waren geen mensen met ouderwetse gedachten, zeker niet, maar als een man en een vrouw bij elkaar wilden zijn voor hun verdere toekomst, vonden haar ouders het uitspreken van een overtuigend 'ja' een juiste bevestiging. Ze zagen het ook als een teken van verantwoording nemen voor elkaar. 'Lieve schat, Daniël, je overvalt me hiermee! We kennen elkaar ruim een halfjaar, dat is te kort om zo'n belangrijke beslissing te nemen.'
'Als jij en ik weten dat tussen ons een eerlijke liefde is, heeft het weinig zin om nog twee jaar verloofd te zijn. Jij bij je ouders wonen, ik in deze flat, avondjes met elkaar wandelen en uitgaan. Verloven is een periode van wachten op het leven waar-

aan je beiden wilt beginnen; maar waarop wachten wij? Het is verloren tijd. Wij willen bij elkaar zijn. We weten niet wat de toekomst brengt. Als ons huwelijk om welke reden dan ook mislukt, laten we elkaar vrij. Het geldt voor ons allebei. Ik geloof niet dat het gebeurt, maar we weten niet hoe ons verdere leven verloopt. Als er moeilijkheden komen, pakken we ze samen aan. Ik vind het jammer heerlijke jaren voorbij te laten glijden. We hebben het nu ook fijn, maar alle dagen en nachten met elkaar doorbrengen lijkt me heerlijk.'

Corine leunde tegen hem aan. 'Het is verstandig beredeneerd. Jij in de avond hier en ik in mijn kamer aan de Kastanjelaan. Ik weet hoe je het bedoelt. Maar het overvalt me en ik weet niet hoe mijn ouders hierop zullen reageren. Het zijn mensen van deze tijd, ze weten wat om hen heen gebeurt, maar ze vinden dat er té veel kan en té veel mag. Ze hebben normen en waarden voor zichzelf. Die hebben jij en ik ook.'

'Een regel daarin is dat een man en een vrouw die van elkaar houden, bij elkaar moeten zijn.'

Corine lachte vrolijk. 'Ik denk erover, Daniël. Niet over jou en mij, daar heb ik alle vertrouwen in. Maar hoe dit plan bij mijn ouders te brengen. Ze hebben je nog niet vaak ontmoet. Ze vinden je een aardige vent; maar meer dan een jongen met wie ik naar een toneelavond ga, ben je voor hen niet. Misschien is het een goed idee een paar avonden naar de Kastanjelaan te komen om met hen te praten. Over je familie en over je werk. Je kunt op alle vragen ingaan en eerlijke antwoorden geven. Als ik hun reactie weet, neem ik de beslissing. Jij hebt de beslissing al genomen. Jij woont hier, dit is jouw huis, jouw paleisje. Jij staat op het balkon; komt je prinses met een nachtponnetje en pantoffeltjes in een roze tas of komt ze niet? Tussen dit gesprek en die beslissing hoeft niet veel tijd te zitten. Goede besluiten worden nooit te vroeg genomen.'

Het gebeurde zoals Corine had voorgesteld. 'Mam, pap, het is jullie intussen duidelijk dat Daniël en ik van elkaar houden. Ik wil graag dat jullie hem beter leren kennen. Daartoe is de beste methode met elkaar te praten. Over alledaagse dingen; op die manier kom je toch meer van elkaar aan de weet.'
'Dat ben ik met je eens, Corientje.' Een heel enkele maal gebruikte haar moeder dit verkleinnaampje en Corine wist dan dat goed luisteren raadzaam was. 'Je zegt dat ik begrijp dat wat tussen jullie is echte liefde is. Lieve schat, daarin wil ik graag geloven, want de echte liefde in het leven vinden is een grote rijkdom. Ik wil niets liever dan dat jij die liefde vindt. Je begrijpt dat papa en ik over Daniël en jou praatten als we met z'n tweeën zijn. Maar er was te weinig om een mening over hem te hebben. Het is een goed idee om nader kennis te maken. En het zal vast gezellig worden, want wij hebben meestal wel een onderwerp om over te praten. Maar het is niet de bedoeling dat wij continu aan het woord zijn. Hij moet vertellen. En ik weet zeker dat hij dat zal doen.' Tine Wagenaar voegde eraan toe: 'Voor het goede doel.'
Er werd afgesproken voor de volgende zaterdagavond en het werd een genoeglijke avond. Daniël vertelde. Haar ouders wilden meer over hem weten, nou, dat ging gebeuren. Er was niets in zijn verleden waarover hij moest zwijgen. Hij praatte over zijn ouders, zijn broer en schoonzus, zijn werk in de boekwinkelketen. Ja, mevrouw Wagenaar kende de winkel wel, Overboom in de drukke winkelstraat, ze kwam er dikwijls, zo, zo, zat hij op dat hoofdkantoor, ja, ja...
Voor de volgende zaterdag was Daniël uitgenodigd te komen eten. Hij woonde alleen in de flat, hij zou zich goed kunnen redden, maar hij vond het waarschijnlijk prettig aan tafel te schuiven bij zijn meisje en haar ouders. En zo was het inderdaad.

Na nog enkele weken polste Corine de opinie van haar ouders.
'Het lijkt me een geschikte vent,' meende haar vader, 'maar we weten niet of de ware Daniël van Bergen naar voren is gekomen.'
'Ik twijfel daar niet aan, papa.'
Corine maakte ook kennis met de ouders van Daniël. Ze woonden in een prachtige, ruime bungalow aan de Merellaan. Daniël leek uiterlijk op zijn vader. Flink postuur, bruine ogen en heel belangstellend. Zijn moeder was klein en tenger en vriendelijk.
'Er zijn meerdere vriendinnetjes voor Daniël geweest, maar niet een van hen was de ware. Wel leuk en aardig, maar hij dacht er niet aan een van hen te vragen met hem te trouwen. Nu weet je genoeg. Nadat hij jou had ontmoet, vertelde hij enthousiast over je.'
Louise en Corine praatten ook bij over de laatste ontwikkelingen. Dat deden ze in de kamer van Corine aan de Kastanjelaan. Elk weggezakt in een al wat oude maar heerlijke stoel, allebei de voeten op de lage tafel.
'We hebben gepraat over samenwonen of trouwen.'
'Poe, Corine, is dat niet veel te snel? Door mijn theorieën hang ik de stelling aan 'als het goed is, is het goed', niet langer meieren en zeuren, maar ik vind het toch erg snel.'
'Het is jammer om fijne tijd verloren te laten gaan.'
'Verloren, wat gaat verloren?! Je hebt overdag allebei je werk. Jij bij de kleuters en hij bij de boeken. Na werktijd schuif jij gemakkelijk aan de eetkamertafel thuis en Daniël bakt twee eitjes en peuzelt een bakje sla leeg. Jullie zien elkaar drie avonden in de week en in het weekend. Je hebt nog tijd om naar mij te komen en als ik jou wil zien, ben je hier.' Louise haalde haar voeten van de tafel en ging rechtop in de stoel zitten: 'Hij wil samenwonen om jou elke nacht in zijn bed te hebben. Dat is de

ware reden, Corine, laat je niets wijsmaken. Ik ken de mannen.'
'Het lijkt mij heerlijk om met hem in de flat te wonen en bij hem in zijn bed te slapen.'
'Is dat al gebeurd?'
'Nee, nog niet. Ik geloof dat Daniël het graag wil, en ik wil het ook. Het is niet abnormaal tussen een man en een vrouw die van elkaar houden. Als het anders was, zou het alarmerender zijn, ja toch? Ik houd van hem, maar het is nog niet gebeurd omdat een nacht in de flat blijven de doorslag geeft tot grote veranderingen. Daniël dringt niet aan, hij wil niet dwingen. Hij kent me. Ik ben een meisje met een grote mond en soms zotte opmerkingen, maar vanbinnen een bang hartje om de stap te zetten. Daniël heeft geduld.'
'Je neemt binnenkort de stap. Ik voel het.'
'Dat verwacht ik ook.'

Die dag werd de komende zaterdagavond. Ze vertelde thuis: 'Daniël en ik gaan zaterdagavond naar Jelle en Margriet. Jelle is niet wat Daniël een echte vriend noemt, maar ze zien elkaar af en toe. Jelle is getrouwd met Margriet.' Even stilte, toen voegde ze eraan toe: 'Als het laat wordt, blijf ik mogelijk in de flat slapen.'
Haar vader keerde zijn hoofd van het televisiescherm af en keek naar haar. Haar moeder zei: 'We verwachten dit al een poosje, en kind, als het goed is tussen jullie, is dit ook goed.'
Zo simpel kan het gaan.
Corine fietste in de middag naar de flat. Ze schoof het karretje in de stalling, opende de buitendeur en liep de trap op. Daniël liep, nadat hij het opengaan van de deur gehoord had, naar haar toe. Ze kusten elkaar. 'Vanavond gaan we naar Jelle en Margriet. '
'Ja, dat is afgesproken.'

'Vertel over die twee. Dan weet ik iets als ik bij ze zit.'
Daniël grijnsde. 'Te beginnen met hun liefdesleven. Daarover is weinig spannends te vertellen. Het verliep als een werkbeschrijving in een kookboek. Als je de ingrediënten hebt en van het begin tot het einde de werkwijze volgt, is het resultaat goed. Jelle en Margriet kennen elkaar vanaf hun kinderjaren. Ze woonden in dezelfde straat, gingen samen naar dezelfde kleuterschool en naar dezelfde lagere school. Ze werden vriendje en vriendinnetje. Gingen bij elkaar spelen. Toen ze elf waren, liepen ze met de armen om elkaar heen en ze zoenden elkaar op de wangetjes. Geruisloos ging de vriendschap over in iets wat op een vaster contact leek. Ik geloof niet dat in een van de twee hoofden ooit de vraag is opgekomen of er misschien ergens een jongen of een meisje zou zijn waarmee het leven minder gewoon en saai zou zijn. Het was Margriet voor Jelle en Jelle voor Margriet. De dagelijkse dingen van naar de lagere school en de middelbare school verbonden hen. Er zullen ruzietjes zijn geweest, maar nooit zo heftig waarbij een van beiden riep: 'Hoepel op, ik wil je nooit meer zien!' Zonder erover na te denken groeide de zekerheid: we weten wat we aan elkaar hebben; dit is goed. Dat geeft volgens het denkpatroon van Louise een stevige basis. Schrijf in je boekje: 'Aangestampte, vaste grond onder verliefde harten. Daarop kun je bouwen.' Dat deden Jelle en Margriet. Hij had een vrouw, zij had een man. Geen teleurstellingen te incasseren. Toen ze allebei tweeentwintig waren, werd het huwelijk gesloten. Ze waken en slapen met elkaar. Het bevalt goed. Maar er straalt weinig emotie en liefde vanaf. Ze hebben het goed met z'n tweetjes. En ze zijn niet ongezellig, dat valt best mee.' Daniël trok Corine naar zich toe. 'Toch kan ik me niet voorstellen dat het echte liefde is. Tussen ons is het anders, lieveling. Meer emotie, meer verlangen. Diepere liefde.'

Ze leunde genietend tegen hem aan. 'Zal ik vannacht bij jou blijven slapen?'
'Lieveling, dat is een geweldig voorstel.'

Jelle en Margriet woonden in de binnenstad. Daniël parkeerde de auto op een terreintje tegenover het huis. Ze liepen naar de voordeur. Corine stelde vast dat het een oude woning was.
Jelle opende de deur, blij om hen te zien, en heette hen hartelijk welkom. Hij was een lange, magere man met donker haar en grijze ogen. Margriet was lang en slank, een leuke vrouw om te zien. Corine stelde vast dat wat Daniël over haar had gezegd, niet bij haar paste.
Het huis was een openbaring. Gezellig en met smaak ingericht, niet te vol, niet te kaal, verlichting perfect. De gesprekken verliepen ook goed. De mannen praatten over hun werk, de vrouwen over hun bezigheden.
Margriet vertelde: 'Ik heb geen baan. Ik ben graag thuis. Ik hoef niet zo nodig wat mijn zus noemt 'onder de mensen' te zijn. We kunnen goed leven van het salaris dat Jelle elke maand op de bankrekening krijgt. We kopen geen onnodige dingen, we hebben geen behoefte aan vakanties naar een ver, zonnig eiland. Als we horen over de tijd die je kwijt bent voor je eenmaal in een vliegtuig zit, hebben wij er al genoeg van. We gaan dagjes uit. Dagje strand, dagje bos, dagje Utrecht. Het bevalt ons prima.'
Het werd toch een prettige avond. Margriet was niet de truttige vrouw die Corine zich na de beschrijving van Daniël had voorgesteld, en ook Jelle kon zijn ideeën goed naar voren brengen.
Rond halfeen reden ze terug naar de flat van Daniël. Weer binnen nam Daniël haar in zijn armen. 'Mijn liefje, je hebt gezegd dat je hier vannacht blijft. Bij mij in het brede bed. Ik

ben er heel gelukkig mee. Ik was even bang dat de ideeën van Louise je zouden beïnvloeden. Jullie spreken elkaar vaak. Is het niet in haar kamer of jouw kamer, dan wel via de telefoon of per mail. Maar je laat je niet door haar beïnvloeden.'

'Ik ben het met haar eens dat het goed is om voor je de grote stap neemt na te denken wat je plannen zijn. Ik ben ervan overtuigd dat het goed is tussen ons. Louise is, los van mijn bevindingen, bezig met haar columns; het kan geen kwaad haar meningen onder de mensen te brengen.'

'Maar jij gelooft in de grote liefde. En ik ben ervan overtuigd dat wij heel gelukkig worden. Onze eerste nacht samen, lieveling. Ik houd van je.'

2

CORINE WAS GELUKKIG, BLIJ EN TEVREDEN. HET LEVEN WAS HEERlijk, de dagen en nachten met Daniël goed.
In de vroege morgen kwamen de dagelijkse rituelen voorbij: elkaar een lange ochtendkus geven, douchen, aankleden en ontbijten. De meeste ochtenden verliep dit zonder veel woorden, maar de sfeer was uitstekend; het gaf een blij gevoel.
Corine wilde graag rond acht uur in Het Hofke zijn. Officieel begon haar werkdag om halfnegen, maar ze wist dat rond acht uur al meerdere kinderen werden gebracht. De twee verzorgsters hadden daaraan hun handen vol; tijd om de telefoon aan te nemen was er voor hen meestal niet. Maar naar de vragen en opmerkingen van mama's en papa's moest toch geluisterd worden.
Daniël wilde rond die tijd ook op het kantoor van het Overboom-concern zijn. Daar werd op dat vroege uur nog weinig gebeld. De boekenmensen gingen er vanuit dat er voor negen uur geen leven in de brouwerij zou zijn, maar er wachtte genoeg werk waarmee Daniël in alle rust kon beginnen. Rond kwart voor negen kwamen Willem, Annelies en Renate; met hen samen runde hij alle werkzaamheden.
Corine fietste na werktijd steevast naar de flat, hun thuis, hun plekje. Nog even en hun avond samen begon; het leven was heerlijk.
Een van die avonden waren ze in de huiskamer. Daniël zat op de bank, Corine zat diep weggedoken in een riante stoel. Koffie in mooie kopjes op de tafel, koekjes op een schaaltje. Op televisie een programma dat hen niet echt interesseerde. Daniël drukte op een knopje, de beelden gleden weg, het scherm werd donker. Hij vroeg: 'Bevalt het samenwonen je?'
Ze had een binnenpretje; ze wist waartoe deze vraag leidde.

'Het bevalt me uitstekend. We kunnen zo doorgaan tot de dag waarop we twintig jaar bij elkaar zijn. Dat is een mooie mijlpaal om te bereiken. Dan kunnen we het besluit nemen om op hetzelfde weggetje verder te gaan omdat alles goed en vertrouwd is geworden, maar het is ook goed te overwegen of de tijd niet is aangebroken om los van elkaar een nieuw avontuur in het leven te beginnen. Echt oud zijn we dan nog niet, nog geen vijftig. Een mens krijgt maar één leven op deze prachtige aarde. En er zijn nog zoveel geweldige dingen om te bekijken, tijd dus om aan een nieuw avontuur te beginnen. Het trekt me wel aan.' Ze hield haar hoofd een beetje schuin en knikte naar hem.
'Ondeugd!' lachte hij. 'Je weet waarover ik wil praten. Kom bij me zitten.' Ze ging naast hem zitten op de bank en hij praatte verder. 'Ik wil met jou trouwen. Het gevoel dat je echt mijn vrouw zal zijn, is fantastisch. En ook het officieel, voor de wet in het stadhuis uitspreken van onze jawoorden, dat lijkt me prachtig. Louise hecht er weinig waarde aan en als we om ons heen kijken, heeft ze daar volkomen gelijk in. Te veel echtparen scheiden. En de ambtenaar van de burgerlijke stand komt ook al lang niet meer woedend verhaal halen: 'Jullie beloofden waar ik nota bene bij stond dat jullie voor elkaar zouden zorgen, en nu dit gedonder!"
Snel dacht Corine met een binnenpretje: bijzonder aanzoek is dit...
'Wij gaan beslist niet uit elkaar. Wij blijven samen tot we tevreden oude mensen zijn geworden. Dan begrijpen we elkaar zonder woorden. Mijn hand opsteken is genoeg om jou naar de keuken te doen sloffen om de koffiepot te halen.' Hij grinnikte even. 'Maar dit is geen moment voor grapjes. Ik wil denken en praten over onze trouwdag. We maken er een groot feest van, het wordt beslist een heerlijke dag. Ik houd van je, ik laat

je niet uit mijn leven gaan. Als de grote dag voorbij is, hoef ik je niet meer voor te voorstellen als 'mijn vriendin'. Dat vind ik vreselijk, weet je dat? Je bent veel meer dan mijn vriendin. Ik kan dan trots zeggen: 'Mijn vrouw, Corine van Bergen.' Lieveling, ik houd van je, wil je met me trouwen?'
Er was een warme glans in zijn donkere ogen en ze speelde het spelletje mee. 'Ik wil heel graag met jou trouwen, Daniël van Bergen.'

De datum van het huwelijk werd gesteld op vijftien mei. Het was nu half februari. Over drie maanden dus. Plannen werden gemaakt; waar houden we het feest, wie nodigen we uit, wil je een hoempapaband zodat de gasten geen woord met elkaar kunnen wisselen of liever rustig pianospel op de achtergrond... En er moesten belangrijke zaken geregeld worden. Afspraken maken op het gemeentehuis over dag en uur, kaarten laten drukken en noem maar op.

Eind februari had Daniël een afspraak met de eigenaar van een middelgrote boekhandel in Doetinchem. De man was enkele jaren daarvoor van zelfstandig ondernemer overgestapt naar Overboom Boeken om met anderen onder hun grote paraplu te werken. Omdat het voor deze meneer Winkelaar moeilijk was om overdag uren vrij te maken voor het gesprek, plande Daniël de ontmoeting in de avond in een restaurant.
'Ik kon hem vragen naar het kantoor te komen, maar daar is het in de avond ongezellig. Je zit met z'n tweetjes in een grote ruimte met veel kil licht. Ik verwacht niet dat Job Winkelaar financiële problemen heeft. Er moet iets anders aan de hand zijn. Het zal in de privésfeer liggen. In een restaurant verloopt zo'n gesprek comfortabeler.'
Corine vond het een goed voorstel. 'Je weet dat ik moeilijk een

avond zonder jou kan, maar ik heb gelukkig een afspraak met Louise. Zoek de zorgen van Job tot op de bodem uit. Blijf lekker met hem kletsen. Louise en ik hebben veel onderwerpen op ons programma staan. We zien elkaar de laatste tijd te weinig. Daarom noteer ik in mijn agenda welke belangrijke gebeurtenissen en voorvallen ik met haar moet doornemen. Zij doet hetzelfde; dus komt een lange avond ons goed uit om alle vragen en antwoorden door te nemen. Er zijn vragen die kort afgehandeld kunnen worden. Zoals haar vraag: gaat het nog steeds goed tussen Daniël en jou? Ik antwoord kort en duidelijk: ja. Als alle onderwerpen zo simpel zijn, rukken we snel door de waslijst heen. Vanavond wil ik haar over ons huwelijksfeest vertellen.'

'Ik beloof een poos weg te blijven. Mannen moeten hun vrouwen de ruimte geven met de eigen zaakjes bezig te zijn en daar vallen gesprekken met vriendinnen zeker onder. Als intussen de eerste columns van Louise op een redactietafel liggen en er wordt gevraagd meer bijdragen in te leveren, is dit een geschikt onderwerp. Vrouwen moeten met hun eigen dingen bezig kunnen zijn; zo heet het: eigen dingen doen. Geef mijn tip aan Louise door.'

Corine knikte kort.

'Als het zakelijke deel van het gesprek tot tevredenheid van Winkelaar is afgehandeld,' zei Daniël toen, 'zal ik hem vragen naar zijn caravan. Hij vertelt graag over de trektochtjes die ze hebben gemaakt. Het zijn echt korte tochtjes, want langer dan een week kunnen ze niet in de winkel gemist worden. Het doel is meestal de Ardennen. Job kiest voor elke reis met zorg een andere route uit om het einddoel te bereiken. Als zij op reis zijn, zwaait Winkelaar senior de scepter in de zaak. De verhalen over hun reisjes zijn leuk. Gerda zit naast hem met de landkaart opengevouwen op schoot. Hij heeft de route al lang en breed bestudeerd en weet waar hij linksaf of rechtsaf moet gaan, maar hij laat haar in de hobbelende auto met een vingertje over de landkaart strijken. Job Winkelaar noemt het 'Gerda moet erbij betrokken zijn'. Als ik tijdens dat praten bier en bitterballen bestel, verlaten we het restaurant niet voordat het sluitingsuur wordt aangekondigd.'

Louise arriveerde even na halfacht. Corine opende na haar bellen via de intercom de buitendeur van het appartementencomplex, Louise nam de lift. Corine wachtte in de deuropening van de flat.

'Hallo! Jammer, jammer dat je op me wacht! Ik wilde het doen zoals jij toen je de komst van Daniël in je leven aankondigde. Op de drempel staan en roepen: 'Ik breng groot nieuws!''

'Dat is inderdaad ontzettend jammer. Maar je hebt het grote nieuws wel bij je, en daar gaat het om. Ik ben nieuwsgierig! Je hebt een leuke vent ontmoet, met hemelsblauwe ogen, en al je waarschuwende opmerkingen gleden weg toen je zijn warme stem hoorde...' Corine sloot de deur van het appartement.

'Nee, geen hemelsblauwe mannenogen, maar, Corine, mijn eerste column komt in Nu en Morgen! Journaliste Jolande den Bakker komt met me praten! Nee, zo heet dat niet in die kringen. Jolande den Bakker regelde een interview en er reist een fotograaf met haar mee! Er wordt een foto gemaakt waarop ik uitstraal dat ik volledig achter de inhoud van mijn columns sta. Ik kijk elke avond in de spiegel welke kant van mijn gezicht het meest fotogeniek is. Het plaatje komt bij het artikel, dat snap je.'

'Geweldig! Ik wist niet waar je de artikelen had aangeboden. Natuurlijk een blad met een redactie die het aandurft deze wijsheden aan de lezers en lezeressen voor te leggen. De Kampioen is niet geschikt en het blad van Natuurbeheer ook niet.'

'Je hebt er een goede kijk op,' merkte Louise met lichte spot op.

'Ik lees mijn werk meerdere malen over. Ik wil beslist niet dat iemand door het lezen de indruk krijgt dat ik mannen als heersers en dwingelanden wil neerzetten. Ze zijn het dikwijls wel,' Louise had er een gulle lach bij, 'maar dat mag in mijn artikelen nergens uit blijken. Het gaat in deze column om het zich bewust zijn van het verschil in denken en voelen van man en vrouw. Dat verschil heeft God in de mens gebracht. Hij schiep Adam en was tevreden met hem. Maar God besefte al snel: Adam redt het niet alleen, er moet iemand naast hem staan. En dus schiep hij ook Eva. Ze kregen beiden de wijsheid mee dat ze verschillend waren van lichaam en gedachten. De mensheid weet hoe ze met die wetenschap moet leven, maar helaas komt er dikwijls weinig van terecht.'
'Gelukkig dat jij hen die wijsheid brengt.'
Ze grijnsden beiden.
'Heb je dit gegeven in de column verweven?'
'Nee. Ik spot niet met God, Adam en Eva. Maar er zit waarheid in, daarvan ben ik overtuigd.'
'Fijn dat er iets met de columns gedaan wordt; ik vind het echt tof. Wat wil je drinken? Een feestelijk wijntje of toch liever koffie of thee?'
'Een wijntje graag. We moeten dit vieren. De avond waarop de eerste drie woorden van de eerste column op het scherm verschenen, vertelde ik mijn ouders waarmee ik bezig was. Mijn vader noemt me vanaf dat moment af en toe 'schrijverke', en hij had meteen zijn mening klaar hoe dit ging aflopen. Echt mijn paps; hij verwacht dat ik de mannen niet altijd in een eerlijk daglicht zal stellen, en wie neemt zijn dochter als voorbeeld? Haar vader natuurlijk! Mams schoof zijn bezwaren naar de achtergrond. 'Derk, maak je niet druk. Het kind heeft vaker dolle plannetjes bedacht maar er kwam nooit iets van terecht. Ze komt niet verder dan haar eigen kladblaadjes. Wie heeft er

nou belangstelling voor dergelijke domme onderwerpen?' Ze dacht dat niemand belangstelling zou hebben voor mijn schrijfsels. Maar mijn vader wist dat het me zou lukken het artikel ergens geplaatst te krijgen, hij weet dat ik een doorzetter ben. Hij vindt het leuk dat er iets wat ik heb geschreven, gepubliceerd wordt. En bang hoeft hij er niet voor te zijn. Er worden wekelijks veel bladen op de markt gebracht vol wijsheden. De grote massa is er immuun voor geworden en leest het niet met echte aandacht.'
Louise zweeg even en Corine zweeg met haar mee. Ze leunden tegen de ruggen van de stoelen. Heerlijk om zo met elkaar te praten. Op een lichte toon, grappen ertussendoor, maar op de achtergrond beiden wetend hoe blij Louise hiermee was. En Corine gunde het haar zo.
Na drie slokjes wijn vertelde Louise verder. 'Ik wil doorgaan met schrijven. Meer aanpakken dan de columns. Ik heb het bij Kappelhof Verhoeven naar mijn zin en ik blijf daar werken. Er komen ernstige zaken voorbij die ik geschikt kan maken voor het grote publiek als ik het onderwerp anders verpak, er met een andere blik naar kijk. De lezers kijken met me mee. Ik zou het graag in de vorm van een verslag doen of als verhaal verwerken, of een essay. Als die plannen vastere vormen aannemen moet ik er natuurlijk met Joost over praten, maar Joost denkt heel breed. Voor hem is veel mogelijk. Er wordt op kantoor over ernstige zaken gepraat. We organiseren geen feesten en vrolijke avondjes. Los van deze onderwerpen, die ik dus min of meer aangereikt krijg, heb ik het gevoel dat ik in de richting van schrijven echt iets kan bereiken.'
'Als je echt oplettend bent, zijn er onderwerpen te over die losstaan van wat bij Kappelhof Verhoeven voorbijkomt. De praktische inrichting van een woning als je gaat samenwonen, bijvoorbeeld.'

'Bij dat onderwerp voel ik me niet thuis.'
'Als je schrijft over het praktisch inrichten van een schoenenkast, is het niet noodzakelijk dat je thuis al je schoentjes en laarsjes op rekjes hebt staan. Tussen wat je op papier laat gebeuren en je eigen dagen ligt een geestelijke vrijheid. Ik schenk nog een wijntje in.'
Na een toost uitgebracht te hebben op het succes, vroeg Louise: 'Jouw nieuws? Daniël en jij gaan trouwen?'
'Ja. Vijftien mei is onze grote dag.'

En de vijftiende mei werd de grote dag. Familie, vrienden en bekenden waren naar de mooie trouwzaal van het oude stadhuis gekomen.
Het bruidspaar zat in afwachting van de komst van de ambtenaar van de burgerlijke stand op korte afstand van de grote tafel met het bekende groene laken. Corine in een prachtige witte trouwjapon, bloemetjes in het haar, een korte sluier, een mooi boeket in haar schoot. Naast haar Daniël, in een lichtgrijs kostuum, met een stropdas in zachte kleuren roze, wit en lichtblauw.
Er werd zacht gepraat en gelachen door de belangstellenden die op de stoelen langs de zijwanden hun plaatsen hadden gevonden.
Tine Wagenaar keek naar haar dochter. Ze zag hoe Corine probeerde haar gezicht een rustige uitstraling te geven. Niemand hoefde te zien hoe gespannen ze was. En waarom zou ze ook gespannen zijn? Dit werd een blije, gelukkige dag. Dit was wat ze wilde; trouwen met de man die naast haar zat, de man van wie ze hield. Er was niets om nerveus over te zijn. Maar toch was er spanning. En dat begreep Tine natuurlijk wel.
Ze zag hoe Daniël zijn hand op die van Corine legde. Daniël had veel gevoel, warmte en aandacht om te geven. Tine kende

hem en met de levenservaring en de mensenkennis die ze in de voorbije jaren had verzameld, was ze ervan overtuigd dat Corine met deze man een goed huwelijk tegemoet ging. Het voornaamste daarin was de liefde, het onvoorwaardelijk van elkaar houden. Ze voegde er stilletjes aan toe: in voor- en tegenspoed. Die grote liefde was er tussen hen. Ze hoorden bij elkaar. Geen van tweeën koesterde stille, wonderlijke verlangens waarmee de ander niet zou kunnen leven.
Tine luisterde naar het geroezemoes om haar heen. Ze hoorde de stem van haar schoonzus, maar ze bleef bij haar eigen gedachten. Tussen Martin en haar was het goed. Dat waren er de juiste woorden voor: het was goed. Waardering van de één voor de ander en er was liefde. Nou, was het liefde? Ze voelde de glimlach op haar gezicht. Ze wist: wij houden van elkaar zoals we zijn, we accepteren elkaar zoals we zijn. Maar verder gaat het niet. Onze dochter trouwt vandaag en ik weet dat ze gelukkig wordt. Dat is een fijn vooruitzicht voor een moeder.
Ze keek van opzij naar Martin. Ze zag de gespannen trekken op zijn gezicht. Ze legde even haar hand op de zijne. Hij keerde zijn gezicht naar haar toe en glimlachte. Het was goed tussen hen. Maar tussen Daniël en Corine was een ander gevoel, dieper, een liefde die bleef.
Martin en zij waren wat in hun vriendenkring 'maatjes' werd genoemd. Die omschrijving maakte duidelijk dat het goed was tussen de echtelieden. Maar maatjes zijn was anders dan geliefden zijn. Geliefden waren ze geweest, het was geworden tot maatjes. Elkaar willen helpen, elkaar vertrouwen. Het was goed, maar wanneer stapte je over van het ene gevoel op het andere? De dagen en nachten waren na hun trouwdag snel nuchter geworden. De romantiek verdween. Het was goed, maar niet meer dan dat.
Martin was een bezig man. Hij had een drukke baan en daar-

naast veel interesses. Hij was lid van een biljartclub; op dinsdagavond ging hij naar het clublokaal. Hij hield van zeilen; in de haven van Hoorn aan het IJsselmeer lag zijn flinke zeilboot afgemeerd. Zij hield niet van zeilen. Dat vond Martin jammer, want ze kon ook op de boot zijn maatje zijn. Maar als Martin met een vriend of kennis de grote plas op ging, genoot hij volop. Hij kon er na thuiskomst enthousiast over vertellen. 'De wind om je oren, het geluid van de klapperende zeilen en van het water: heerlijk!' Tine gunde het hem, maar het was plezier wat ze niet met elkaar deelden. Hij verkondigde in de beginjaren van hun huwelijk vaak in familie en in de vriendengroepjes de stelregel: 'Als je je huwelijk goed wilt houden, is het goed dat man en vrouw elkaar overdag loslaten.' Hij zei het met een lach op zijn gezicht, hij voegde eraan toe: 'Laat in de avond niet. Dan moet je elkaar vasthouden! Als het duistert, keer je terug naar het veilige nest.'
Ze had na het horen van deze woorden gedacht: hij wil de lollige vent uithangen. Er werd ook om zijn woorden gelachen. Later vond ze het een nare uitspraak. Martin voelde zichzelf een vlotte vent. Zij zat er stilletjes en een beetje beledigd bij.
De verwachtingen waarmee ze haar huwelijk was begonnen, waren al lang verdwenen. Ze dacht toen dat ze hem kende, maar hij was anders dan zij verwacht had. De lieve woordjes verdwenen, de kusjes werden minder. Martin had een vrouw gezocht en hij had haar gevonden. Zijn lichaam verlangde naar haar, hij wilde een gezin. Haar schoonmoeder had het zo omschreven: 'De benen onder de eigen tafel steken.' En zo was het voor Martin zeker. Hij was de man in zijn huis.
Martin wilde meer kinderen. Vader zijn van zonen en dochters leek hem heerlijk. In dat gezin was hij de belangrijke man. Hij nam de beslissingen, hij regelde de zaken. Maar het bleef bij één kind: hun dochter Corine.

Het huwelijk van Corine zou anders verlopen. Daniël stond open voor de emotionele, gevoelige dingen in het leven. Er was in hem veel echte liefde om te geven, maar Tine Wagenaar voelde ook een stille angst: als het maar niet té mooi leek, té volmaakt...
Martin keek naar zijn kleine meisje van vroeger. Hij had goede verwachtingen voor haar toekomst. Daniël was een fijne, verstandige vent. En hij had een goede baan.
Ook belangrijk, ja toch? Te weinig geld maakt het leven moeilijk. Je kunt niet wat je wilt, het brengt wrijving en narigheid. Bij dit koppeltje zou dat niet gebeuren. Martin was een tevreden vader. Zijn dochter had goed gekozen, op de manier die ze van hem geleerd. 'Je ogen openhouden, meisje, en je verstand erbij.'

Maaike van Bergen keek naar haar zoon. De vrouw op wie hij gewacht had, zat naast hem. De blonde Corine. Maaike had het blije vertrouwen dat het geluk bij deze twee bleef. Wanneer er tegenslagen zouden komen – geen mens heeft de gebeurtenissen in het leven in handen – zouden ze elkaar steunen. Er waren liefdesavontuurtjes voor Daniël geweest. Hij had op veertien-, vijftienjarige leeftijd al belangstelling gehad voor de meisjes. Hij vond ze leuk, ze kwebbelden zo leuk en ze lachten zo schaterend. Toen hij ouder werd, wilde hij een vast vriendinnetje. Dat lukte, want de meisjes wilden Daniël wel. Maar hij wist steeds weer dat wat hij voor het meisje naast zich voelde niet voldoende was voor een leven lang. Na enige tijd verbrak hij de relatie. Hij was dan even sip, maar niet echt verdrietig, omdat hij verwachtte dat de echte liefde voor hem zou komen...
Hij praatte er met haar over. Het waren fijne gesprekken tussen moeder en zoon. Maaike vond het heerlijk zijn vertrouwen

te hebben; welke jonge vent besprak deze dingen met zijn moeder?
Christian deed het soms ook, maar op een andere toon. Hij had toen hij tweeëntwintig was een leuk meisje. Hij vertelde haar: 'Ik vind Tonny aardig, maar ik tril niet van emotie als ik haar zie, en dat hoort toch bij een grote liefde?'
Ze had hem geantwoord: 'Ik weet zeker dat de echte, grote liefde niet voor elk mens op aarde is weggelegd, Christian. Er wordt over geschreven, er worden gedichten over gemaakt, het wordt ons aangepraat in sentimentele liefdesliedjes, romantische films eindigen op de trouwdag. Daarna begint het echte leven als man en vrouw, maar dat leven laat de filmmaker niet zien.'
Christian had met een wrange lach geantwoord: 'Dus geen dromen, nuchter blijven en aanvaarden wat gaat komen.'
Deze middag in de trouwzaal, waar straks haar jongste zoon en zijn bruid elkaar het jawoord gaven, was een stille glimlach om haar mond. Lieve Christian. Ze had zich meerdere malen afgevraagd of hij in staat was echte liefde te geven. Hij had het beslist in zich om zich open te stellen voor de vrouw van wie hij hield, maar daarnaast was hij geremder, voorzichtiger, minder open en spontaan dan Daniël.
Hij had voor Harriët gekozen. Ze waren dolverliefd geweest, maar het was het grote geluk niet geworden. Op dit moment was er in elk geval geen goede harmonie tussen hen. Was Harriët de schuldige of Christian? Maaike wist het niet.
Daniël was ervan overtuigd dat hij de vrouw die voor hem bestemd was, zou ontmoeten. En die dag was gekomen. Hij vertelde er op een zondagmorgen aan de ontbijttafel over. 'Ik heb mijn vrouw gezien. Ze stapte gisteravond bij Gerben en Ria de huiskamer binnen.'
Maaike van Bergen geloofde in dit huwelijk.

Thomas, haar man, zat naast haar. Maaike wist dat ook zijn gedachten bij Christian en Harriët waren. De twee zaten vier stoelen van hem af. Naast Christian zat Willem Hoogkarspel, een collega van Daniël. Hoogkarspel probeerde een gesprekje te beginnen. Christian knikte wel, maar zei geen woord. Naast Christian zat Harriët. En naast Harriët zat Louise. Die twee babbelden opgewekt. De hoofden naar elkaar toe en lachjes over en weer.

De ambtenaar van de burgerlijke stand kwam de zaal binnen. Een lange, magere man met een ernstig gezicht, maar bij het zien van bruidspaar, de familie en de vrienden, gleed een lach over zijn gezicht.

Hij heette allen hartelijk welkom. Het geroezemoes verstomde. De ceremonie begon. Een inleidend gesprekje, geen woord over rechten en plichten zoals die vroeger naar voren werden gebracht, wel woorden over liefde, verdraagzaamheid, rekening houden met elkaars gevoelens, kunnen vergeven en vergeten, elkaar helpen in moeilijke tijden.

Hij vroeg het bruidspaar op te staan, elkaar de rechterhand te geven en beiden spraken hun antwoord, 'Ja, dat wil ik', duidelijk uit. De ringen werden aan de vingers geschoven. Daniël kuste zijn vrouw en Corine kuste haar man.

Het grote gezelschap vertrok naar hotel-restaurant De Banjelier. De koffie werd ingeschonken, Daniël en Corine sneden de bruidstaart aan, er volgde een drukke receptie, veel cadeaus en goede wensen, veel kussen, fijne woorden, gelach en gepraat. Een heerlijk diner en een gezellige avond volgden.

Christian bracht zijn broer en schoonzusje naar hun appartement. Er was tussen Daniël en Corine gesproken over een huwelijksreis, maar ze wilden liever de eerste weken in hun eigen omgeving zijn.

Nadat van Christian afscheid was genomen, stonden ze tegenover elkaar in de huiskamer.
'Mijn mooie, lieve bruid, mijn Corine, mijn vrouw, ik houd van je.'
'En ik houd van jou. En als ik nu terug mag keren vanaf mijn roze wolk naar onze eigen kamer, Daniël, vraag ik je me te helpen uit deze japon te komen. Je moet voorzichtig doen, hij mag niet klemmen, de lange rits van boven tot het einde openmaken. Daarna moet je me uit al dat wit tillen als we de jurk niet willen beschadigen.'
Daniël lachte en deed wat ze gevraagd had. Ze stond in haar beha en een klein broekje voor hem. 'Ik vond je prachtig in die witte droom, maar zo ben je ook mooi. Zo ben je mijn Corine.'
De jurk werd op een stokje aan de kastdeur in de slaapkamer gehangen. 'Wat doen we er nu mee?' wilde hij graag weten. Ja, wat doe je met zo'n prachtige bruidsjapon?
'Schoon laten maken en weten dat het weinig zin heeft de jurk jaren in de kast te laten hangen. Daar wordt hij stoffig en het wit verandert waarschijnlijk in grauwgeel. Een trouwjapon is een kostbaar product. We verkopen hem. Dan voelt opnieuw een jonge vrouw zich er dolgelukkig in.'
'Mijn nuchtere vrouwtje! Ik heb weleens gehoord dat zo'n japon gebruikt wordt voor de bekleding van het wiegje bij de komst van de eerste baby.'
'Als er voor ons een baby komt, leggen we hem of haar in een bedje bekleed met stof in een Brabants ruitje. Zachtblauw en wit. Of zachtroze en wit. Dat vind ik knusser.'
Ze praatten over de voorbije dag. Daarna zei Corine lachend: 'Het is fijn dat aan deze dag maanden van samenwonen vooraf zijn gegaan. Het is behoorlijk laat. Het was een heerlijke, enerverende dag, we zijn allebei moe, we gaan slapen en dromen. Onze huwelijksnacht hebben we eerder beleefd.'

Het leven nam het dagelijkse gangetje weer aan. Corine fietste vroeg in de morgen naar Het Hofke. Daniël reed in de auto naar het kantoor van Overboom Boeken. Wie in de namiddag het eerst thuis was, begon aan de maaltijd. Op het kladblokje op de keukentafel had Corine geschreven welke gerechten voor deze avond op het menu stonden. De benodigde ingrediënten waren ergens aanwezig, in de bergruimte of in de koelkast.

In het begin van een donderdagavond zaten ze na de maaltijd in de huiskamer. Vanuit de keuken klonk het geluid van de afwasmachine. Daniël zei: 'Lieve schat, ik ben zo blij met jou...'

Hij sprak vaak woorden met deze inhoud uit. Hij was zich bewust van zijn geluk en hij wilde het haar zeggen. Ook als hij er niets over zei, wist ze hoe goed hun leven was, maar hij vond het prettig het aan haar te tonen. Het was waardevol het te laten blijken.

Ze glimlachte naar hem en zei simpel: 'Ik ben ook blij met jou, schat.'

'Je moet het weten. Ik bekijk even de krant. Misschien staat er een waarderend artikel in over een pas verschenen boek waarvan ik nog niet weet.'

Hij verdiepte zich in de krant, zij las het interview van een journalist van Libelle met de acteur die de hoofdrol speelde in het stuk *Het verleden voorbij*.

Drie kwartier later rinkelde de telefoon. Daniël legde de krant naast zijn stoel op de grond en liep naar het toestel. Hij luisterde, hij zei geen 'ja' en geen 'nee'. Pas nadat een stroom woorden van de andere kant was gekomen, zei hij: 'Christian, natuurlijk kun je naar ons toe komen om over je moeilijkheden te praten.'

Corine bleef in de Libelle kijken, maar ze hoorde zijn woorden. Daniël legde de hoorn terug. 'We weten dat het tussen die twee

niet echt goed gaat, maar aan zijn stem te horen lopen de emoties deze avond behoorlijk hoog op. Hij wil wat rust creëren. Hij komt hierheen om erover te praten.'
'Het is natuurlijk goed, Christian is welkom, maar wat kunnen jij en ik over hun schermutselingen zeggen? Weet jij welke moeilijkheden er spelen? Waarover ze struikelen?'
Daniël aarzelde. 'Voor zover we weten, heeft Christian geen vriendschap aangeknoopt met een andere vrouw en Harriët niet met een andere man. Dat struikelblok kunnen we opzijschuiven. We zien het stel niet dikwijls, we zijn natuurlijk alle vier druk bezig. Het kan zijn dat geldzorgen een rol spelen. Maar ze hebben beiden een goede baan, Christian op het kantoor van de bouwmarkt en Harriët in de salon van Ina Holtkamp. Er komt genoeg geld binnen. Maar ze kochten destijds wel een mooi en duur huis. Harriët zei toen: 'De woning moet compleet aan onze wensen voldoen.' Voor de inrichting kozen ze evenmin goedkope meubels. De gedachten erachter was dat ze zich koningskinderen in een kasteeltje wilden voelen. Goed plan, maar je moet wel het geld voor rente en aflossing kunnen neerleggen.'
Na een kort peinzen vervolgde Daniël: 'Ik weet vrijwel zeker dat we het probleem van nu niet in de richting van hun huis moeten zoeken. Als ze bij de plannen na optellen en aftrekken tot het besef waren gekomen dat de last te zwaar was, sloten ze de lening niet af. Ik heb wel een vermoeden in welke hoek de strubbelingen zijn ontstaan. Het is een ietsje té ingewikkeld het je in een paar woorden uit te leggen. Als mijn vermoeden juist is, lijkt het me geen onoverkomelijk probleem, maar Christian komt er alleen niet uit. Hij zit erin gevangen en ziet geen uitweg. Christian staat over een kwartier op de stoep. Hij zal ons vertellen wat verkeerd gaat tussen Harriët en hem. Het wordt een verhaal over Harriët dit en Harriët dat, maar hij brengt de

werkelijke oorzaak niet naar voren. En dan is praten over een oplossing onmogelijk. En schieten we dus niets op. Het is ook mogelijk dat hij de ware oorzaak niet in de gaten heeft. Hij draait er in zijn denken omheen omdat hij de waarheid niet wil zien. Dat vermogen heeft Christian, ik ken hem. Maar ik ben bang er iets over te zeggen. Op gezellige avondjes is Christian een prettige kerel, maar hij heeft het moeilijk als hij een taak op zich heeft genomen die hij achteraf niet kan waarmaken. Dat vindt niemand leuk, maar Christian voelt het sterk als inbreuk op zijn kwaliteiten. Als hij de schuld van hun ruzies bij Harriët neerlegt, geven we hem daarin geen gelijk. Harriët kan heftig uit de hoek komen, het is af en toe een fel vrouwtje. Het is voor haar dikwijls: zo wil ik het, zo zal het gebeuren, zo drijf ik het door, maar het is in een goed huwelijk niet het juiste systeem. Hier speelt een andere oorzaak mee. Als ik het niet op de juiste manier breng, reageert hij ontkennend. Maar de waarheid moet op tafel komen.'
'Als je Overboom Boeken niet interessant meer vindt, moet je een opleiding psychologie volgen.' Corine zei het om even ontspanning te brengen. Daniël was duidelijk nerveus over het komende gesprek.
'Dat is een goed voorstel. Maar, lieve schat,' er kwam een bedachtzame klank in zijn stem, 'ik moet je er toch iets over zeggen omdat je bij het gesprek aanwezig zult zijn. Je moet iets weten over de achtergrond. Snel terug in de tijd. Er is een middag in onze kinderjaren geweest die ik nooit ben vergeten. Mama riep me naar de huiskamer. Ik weet haar woorden natuurlijk niet meer in de volgorde van toen, maar het ging over een plannetje dat mijn broer en ik hadden uitgebroed. Ze zei: 'Over dergelijke plannetjes moet je niet te veel met Christian praten. Jij denkt het uit, het zal een leuk ideetje zijn, maar dikwijls komt van het uitvoeren niets terecht. Na een

uurtje ben jij het plannetje alweer vergeten. Voor Christian ligt het anders. Hij houdt het bij zich. Hij piekert erover hoe het uitgevoerd had moet worden, wat de beste methode daartoe zou zijn geweest, en al in de tijd van dat uitdenken is er in hem een stille vrees het aan te pakken. Want het kan mislukken, en wat gebeurt er dan, wat moet hij dan doen? Het maakt hem onrustig. Het belast hem te veel. Het blijft hem bezighouden."
Daniël keek naar een punt in de verte voordat hij verderging. 'Dat gesprek vond plaats kort na mijn achtste verjaardag. Ik was dus nog een jongetje. Christian was mijn grote broer. Ik nam aan dat hij alles beter kon en beter wist dan ik. Hij had in die drie jaren toch veel geleerd? Ik vond wat mama vertelde interessant. En ze praatte erover met mij! Aanvankelijk begreep ik niet wat ze precies bedoelde, maar ze probeerde het me uit te leggen, want ze vond het belangrijk dat ik, als speelgenootje van Christian, ervan moest weten. Het liet me niet los, ik dacht erover na, ik was toen al een denkertje en ik wist dat ze gelijk had. Want ik kende Christian. Maar ik had nog nooit op deze manier over hem gedacht. We waren dag en nacht in hetzelfde huis, we speelden veel met elkaar. Als een plannetje voor mij al lang van de baan was, begon hij er nog eens over met de vraag: 'Hoe zouden we dat ook alweer doen?' Dan antwoordde ik: 'We deden er helemaal niets mee', en dat hield hem ook weer bezig. Want waarom hadden we er niets mee gedaan? Ja, dat wist ik ook niet. Het plannetje was gewoon weg gevlogen. Dat doen plannetjes heel vaak.'
Hij glimlachte even. 'Ik zie het niet als nadeel deze trekken in je karakter te hebben. Het geeft gevoeligheid en betrokkenheid aan. Christian is een gevoelig mens. Maar hij gaat er niet goed mee om. Mama praatte er niet met hem over. Ik vermoed dat ze bang was dat hij, hij was nog jong, niet zou durven denken zoals hij dacht. Er geen oplossing voor wist en er een minder-

waardigheidscomplex aan zou overhouden. Mama wist dat Christian anders reageerde dan ik. Ze praatte erover met mijn vader, maar hij vond dat het niet zo was. Hij merkte erover op: 'Wat wil je, het zijn twee verschillende jongetjes.' Hij schoof mama's denken toe aan moederlijke overbezorgdheid. Hij ging er gemakkelijk van uit dat alle Van Bergens nuchter en zakelijk waren. Neem nou oom Cor en oom David en onze neven Richard en Carl, allemaal echte Van Bergen-mannen!'
Hier moest Corine om lachen. Ja, het waren echte mannen.
'Later is er nog een tweede gebeurtenis geweest die ik onthield. Dat speelde toen de beslissing genomen moest worden welke opleiding Christian na de lagere school ging doen. Ik zie die avond nog duidelijk voor me. Ons gezin in de huiskamer, de donkerrode gordijnen dichtgeschoven voor de grote ramen, de brandende schemerlampen en de theekopjes op de lage tafel. Mama had me gezegd dat ik in de kamer mocht blijven, maar op voorwaarde dat ik mijn mond dicht hield. Geen geklets tussen de belangrijke onderwerpen door. Papa vroeg: 'Beste jongen, wat wil je later worden?' Dat wist Christian niet. Daar had hij nog niet over gedacht. Maar papa zou het hem wel vertellen. Hij raadde zijn oudste zoon aan een studie te kiezen die hem wijsheid zou brengen in de richting van planning en ondernemen. Vader was toen al als manager verbonden aan een hotel-restaurant in Zandvoort. Hij raadde Christian leiderschap en organisatie aan. Christian begreep weinig van alle woorden. Hij was elf jaar. Hij wist wel dat hij rekenen en alles wat daarbij hoorde leuk vond. Optellen, delen, aftrekken. Hij stelde dus dat hij op een kantoor wilde werken. Vader probeerde dat uit zijn hoofd te praten. 'Dat houdt in dat je in een kantoor opgesloten zit, jongen, dat is een saaie, stille, vervelende bedoening! Alle mensen met de koppen over de boeken gebogen! Je moet iets kiezen waar je ruimte krijgt, waar mogelijk-

heden zijn. Kijk naar mijn werk, steeds andere mensen om me heen, voortdurend nieuwe plannen om uit te denken!"
Daniël schudde zijn hoofd. 'Vader ging er nogal heftig op in, ik luisterde vol belangstelling naar hem en opeens zei moeder, ik weet nu nog dat ik schrok van het felle waarmee ze met stemverheffing besliste: 'Christian gaat naar de havo. Meneer Slotenmaker heeft gezegd dat hij dat met gemak kan halen. Daarna zijn er veel mogelijkheden voor hem.' Vader zei er nog wel iets over, maar eigenlijk was het gesprek abrupt afgelopen. Ik vond dat toen heel raar. Papa had een goed voorstel, mama schoof het resoluut van de baan. Maar achteraf is het een verstandige beslissing van haar geweest. Na de havo koos Christian voor een opleiding accountancy. Met de papieren op zak werkte hij korte tijd bij een vervoersbedrijf, daarna kwam hij op het kantoor van een bouwmarkt terecht. Hij dook in de rotzooi die een afgevoerde administrateur achterliet. Hij zocht alles uit, zette de gegevens op het scherm en in de computer. Het is een hele klus geweest, maar hij kreeg alles keurig op orde.'
Daniël praatte verder. Hij moest snel vertellen, Christian kon elk moment aan de bel trekken. 'Deze avond is belangrijk omdat ik wil proberen Christian zijn zelfvertrouwen te laten behouden. Ik denk te weten waaruit zijn moeilijkheden ontstaan. Hij heeft een taak op zich genomen maar hij kan die opdracht niet waarmaken. Het klinkt ingewikkeld, maar voor de klok vannacht twaalf uur slaat, is het je volkomen duidelijk. Want, mijn lieve Corine, hem treft geen schuld. Ik hoop het goed te kunnen aanpakken. Jammer dat er geen tijd is geweest om me erop voor te bereiden.'
'Het geheel is me zo helder als koffiedik,' merkte Corine op, 'maar je moet zeggen hoe jij het ziet. Anders wordt de verdere avond oeverloos gekletst en dat lost niets op. Christian is je broer, jullie relatie kan tegen een stevige stoot. Als je hem en

daardoor ook Harriët kunt helpen, moet je dat doen.'
De bel rinkelde en even later stapte Christian samen met Daniël de huiskamer binnen. 'Ga zitten, jongen.' Daniël legde een joviale klank in zijn stem. 'Je weet dat je altijd bij ons kunt aankloppen als er moeilijkheden zijn. Misschien hebben we goede raad.'
'Ik weet dat ik bij jullie welkom ben. Ik belde om te horen of er misschien visite was. Als dat zo was, kon ik niet over mijn problemen beginnen. Jullie weten dat het al enige tijd niet goed gaat tussen Harriët en mij. Dat sloop sluw binnen. De een had een vervelende opmerking, de ander gaf er een vervelende reactie op. Dergelijke dingen gebeuren in je eigen huis. Je kunt binnen je eigen muren en deuren allebei doen en zeggen wat je wilt en dat liep bij ons uit de hand. Je voelt dat het te ver gaat, je bent je daar ook van bewust, maar je beseft te laat hoe heftig het kan groeien. Opeens sloeg de vlam in de pan. Gemene opmerkingen van Harriët naar mij toe, echt vervelende dingen, en daarop moest ik antwoorden. En welke antwoorden kies je dan? Ook geen goede dingen. En ik begrijp het niet. We hielden van elkaar, we houden beiden van ons ventje, maar het gaat tussen ons steeds minder goed, en dat is zwak uitgedrukt.'
'Jij vindt dat Harriët met het roepen van minder leuke dingen is begonnen.'
'Minder leuke dingen!' Christian begon meteen af te draaien. 'Ze roept dat ik elke dag chagrijnig en dwars thuiskom en de hele avond geen mond opendoe. De televisie moet aan, maar ik kijk amper naar de beelden. En met zo'n vent moet zij de hele avond in de kamer zitten! En als het later wordt, moet ze met hem in bed kruipen! Ze is blij dat ze zes dagen in de week werkt. De mensen die ze in die dagen om zich heen heeft, zijn tenminste normaal, maar dan moet ze nog de hele zondag doorworstelen met zo'n dwarskop!'

Christian probeerde zichzelf weer iets te kalmeren. 'We worden er allebei balorig van. Het een rolt over het ander heen en het wordt steeds erger. En ik ben overal de schuldige van. Maar zij is ook niet te genieten. Er zijn grote spanningen tussen ons. Zet alles op een rij: we hielden van elkaar, we wilden dolgraag trouwen, ons huwelijk werd gesloten, feest en plezier. We hebben een kind, maar zoals het nu is, kunnen we niet bij elkaar blijven. We maken elkaar het leven zuur, erger nog, we maken elkaar gek!'
Plotseling laste Christian een korte stilte in, daarna voegde hij er zo rustig als voor hem mogelijk was aan toe: 'Zo gaat de communicatie tussen ons. Ik roep natuurlijk iets terug. Dat ik als ik thuiskom veel huishoudelijke karweitjes moet opknappen. Het eten klaarmaken en de rotzooi opruimen die ze in de morgen heeft achtergelaten. Tijdschriften op tafel, de krant op de grond, vuile bordjes en mokken op het aanrecht, sloffen van haar en speelgoed van Robbie. En als je in onze slaapkamer komt, denk je dat ze na luid alarmgejoel halsoverkop is gevlucht. Het wordt dag na dag een beetje erger. Ze geeft mij van alles de schuld. Ik ben nu op een punt dat ik niet weet hoe het verder moet. We maken elkaar het leven zuur. Erger nog: we maken elkaar gek!'
Corine zag aan de houding van Daniël dat hij dit een geschikt moment vond om op een meer gericht onderwerp over te stappen. Christian had stoom afgeblazen, nu wilde Daniël zijn gedachten over de achtergrond van de strubbelingen naar voren brengen.
Ze stond op en ging naar de keuken om koffie te zetten. Het grote koffiezetapparaat maar vullen; sterke koffie was waarschijnlijk gewenst. Toen ze terug was in de kamer, hoorde ze Daniël zeggen: 'We nemen even een ander onderwerp. Je vertelde kort geleden over de strubbelingen die in de bouwmarkt

aan de gang zijn. Ik heb Corine er nog niet over verteld. Zeg jij haar in het kort wat er aan de hand is. Jij weet er alles van.'
Het klonk alsof het een onschuldig incident was.
Christian keerde zich naar Corine. In zijn stem was een onwillige klank – wat had dit nou te maken met de moeilijkheden tussen Harriët en hem? – maar hij wilde het Corine wel vertellen. Het was in elk geval wat anders dan Harriët. Mogelijk wilde Daniël het daarom naar voren gebracht zien. 'Je weet dat Hans Vogelaar de eigenaar is van de bouwmarkt waar ik de administratie in handen heb. Kort geleden waren er mensen nodig die als verkoper aan de gang wilden gaan. Er stappen veel timmerlieden de zaak binnen, maar ook huisschilders, loodgieters en noem maar op. Die lui weten wat ze nodig hebben. Ze redden het meestal zelf wel. Ze pakken een transportkar en laden hun spulletjes op. Naar de kassa, betalen en vertrekken. Maar er komen ook mannen en vrouwen die een klus willen aanpakken, maar niet weten welk materiaal ze daarvoor nodig hebben. En met welk gereedschap kan de klus geklaard worden? De verkopers en verkoopsters weten er alles van en maken hen wegwijs. Ze geven advies en voorlichting. Dat is tenminste de bedoeling,' zei Christian.
'Op de advertentie meldden zich zes mannen. Niet allemaal op één morgen, maar wel kort na elkaar. Flinke kerels; Vogelaar zag wel wat in hen. Hij nam ze alle zes aan. Maar algauw stroomden klachten over die lui binnen. Ze hielpen de klanten niet, ze stuurden ze van de ene afdeling naar de andere. De bouwmarkt is groot. Als je niet weet waar de spullen die je wilt aanschaffen te vinden zijn, maak je een trektocht langs alle schappen en rekken. Die lui gaven het advies: 'Kijkt u bij vak zesentwintig.' Dan ging de klant moedig op weg, maar de nieuwbakken medewerker had geen idee of er wel een vak zesentwintig was. In elk geval kon de klant het niet vinden. Als

Vogelaar een probleem heeft, komt hij naar ons kantoor. Hij wilde er met mij over praten. Hij vermoedde dat deze zes kerels een groepje vormden. Ze hadden met elkaar afgesproken werk aan te nemen waaraan een redelijk salaris verbonden was, maar waarvoor ze, als ze het goed aanpakten, weinig werk hoefden te verrichten. Dus in dit geval: niet tillen en sjouwen met deuren en pakken laminaatplaten. Alleen advies geven. En 'kijkt u even bij stelling vijfenzeventig' is ook advies geven. Maar zo werkt het natuurlijk niet. De klanten zijn niet gek. Het gevolg was een klachtenstroom die via de telefoons op het grote kantoor binnenkwam en klachten die rechtstreeks Hans Vogelaar bereikten. Daarnaast aan de balie en de klantenreceptie. Uiteindelijk kwamen ze allemaal bij Vogelaar terecht. Ik had er als kantoormannetje niets mee te maken, maar wanneer Vogelaar wil praten, schuift hij aan mijn bureau. Ik luister naar hem en ik geef hem een goed antwoord als ik denk dat ik het antwoord weet. Maar wat moest ik hiermee?'
Daniël nam het gesprek over. Christian boog zich naar voren en nam de koffiekop op die Corine voor hem had neergezet. Hij dronk een paar slokjes. 'Jij dacht aan de wijze lessen van vader, de succesvolle hotelmanager. Vader vertelde tijdens de maaltijden dikwijls over zijn werk. Hij voerde leerzame en opbouwende gesprekken met de obers in het restaurant, de kamermeisjes in het hotel, de juffertjes achter de balie en de koks in de keuken. Zo'n gesprek ging, om even een voorbeeld te noemen, over beleefd zijn tegen de klant, maar té overdreven beleefd was ook niet goed, er moest een gezellige sfeer zijn. Het verblijf moest de gasten zo prettig mogelijk gemaakt worden, nou ja, jullie weten het wel. Het waren prachtige verhalen en om het leuk te maken, vlocht hij er dikwijls grappige anekdotes tussendoor. Het geheel ging in de richting van wat je bedrijfspsychologie kunt noemen. Zijn devies was en is nog

steeds: de gast is koning, maar je moet als man of vrouw die zijn bediende is ook plezier in je werk hebben. Waarschijnlijk dikte vader zijn inbreng in alle verbeteringen af en toe wat aan, maar dat kon ons niet schelen. Wij leerden er ongemerkt van. We mochten niet van tafel voor de schaaltjes met de toetjes leeg waren en het was plezierig om naar hem te luisteren. We hebben er achteraf veel van geleerd. Steeds kwamen als wijze les de woorden terug: uitleggen, motiveren. Maar goed; terug naar de lanterfanters in de bouwmarkt. Hans Vogelaar vroeg of jij een idee had hoe dit aangepakt kon worden. De kortste klap was alle zes ontslaan, maar daarmee had hij geen werknemers in het bedrijf en hij was bang dat het niet gemakkelijk zou zijn deze zes te ontslaan, met alle regels en voorwaarden die daaraan verbonden zijn. Als de mannen volhielden hun uiterste best te doen, wie had dan gelijk? Ontslaan was voor Vogelaar niet echt een optie. En, vermoedde Hans optimistisch, die kerels brachten nu geld thuis voor hun gezinnen, ze begrepen toch dat het op deze manier niet verder kon gaan. Het proberen was leuk geweest, maar nu moest er aangepakt worden. Iemand moest hun vertellen hoe het moest. Hans Vogelaar wist dat hij daartoe geen capaciteiten had, te weinig geduld ook, en bovendien ontbrak hem de tijd zich met klusjes als deze bezig te houden.'

Even knikte Christian. Dat klopte.

'Jij vertelde,' ging Daniël verder, 'denkend aan de vele wijze lessen van je vader, hoe een en ander aangepakt kon worden. Praten, uitleggen, motiveren. Het zat nog in je kop. Vogelaar stelde voor overleg te plegen met Pieter, Charlotte en Hanna om voor jou de mogelijkheid te scheppen enige tijd per dag de taak op je te nemen van voorlichter aan het personeel op de werkvloer. Een manager zijn dus. Jij kon de mannen leren hoe gewerkt moest worden in een grote onderneming als de bouwmarkt. En – Hans Vogelaar is een zakenman die vooruitdenkt – als alles op rolletjes liep, was het waarschijnlijk een uitstekend idee om de rest van het personeel ook meer kennis en motivatie voor hun werk bij te brengen. Verkooptechnieken aan te praten, leren op de goede manier met klanten om te gaan. Als dat lukte, werd de sfeer in de bouwmarkt prettiger. Vogelaar zag het helemaal voor zich. Vogelaar zag de toekomst zonnig tegemoet. Maar eerst die zes aanpakken. Jij wist hoe het moest gebeuren.'

Christian zei: 'Ik verwachtte inderdaad dat het me zou lukken. Pap is een gewaardeerd en geprezen manager. Hij leerde ons veel. Waarom zou ik als zijn zoon dat niet kunnen? Ik ben tenslotte een echte Van Bergen.'

Daniël legde direct de waarheid op tafel. 'Maar de simpele wijsheden overbrengen op die kerels viel tegen. Het lukte je niet.'

Christian knikte instemmend. Nee, het lukte hem niet. Hij had zoveel juiste argumenten aan die kerels voorgelegd, maar het drong niet door.

'Christian,' Daniël keek hem strak aan, maar had warmte in zijn stem, 'het lukte jou niet, maar het zou niemand lukken met die zes op dit vlak iets te bereiken. Om de eenvoudige reden dat die raddraaiers niet willen werken op de manier waarover jij lange en gloedvolle betogen afstak. Ze wilden wel instemmend jaknikken, maar ze wisten dat hun knikken niet oprecht was en geen verandering beloofde. Omdat het hun bedoeling niet was het op de juiste manier aan te pakken. Aan dit stelletje is geen eer te behalen.'

Hij zag de verbaasde uitdrukking op het gezicht van zijn broer en hij zag de warme glans die in zijn ogen kwam. Daniël zocht andere, onbelangrijke woorden om Christian de gelegenheid te geven deze zienswijze te aanvaarden. 'Jij probeerde het serieus

en op de juiste manier, maar zij wilden jouw adviezen niet opvolgen. Ze vonden het genoeglijk met je om een tafel in de kantine te schuiven. Koffie erbij, luisteren en instemmend knikken. Die kerel bracht het leuk, maar op die manier aan het werk gaan was hun bedoeling niet. Ik zeg het volgende niet om je te bezeren, dat weet je wel, je bent mijn broer, maar ik ben ervan overtuigd dat ze je achter je rug om hebben uitgelachen. Die Van Bergen heeft mogelijk jaren gestudeerd voor hij dergelijke kletspraatjes naar voren kon brengen; maar wie komt op de gemakkelijkste manier met een goed loon thuis? Precies. Zo ligt het. Jij kunt de mislukking niet accepteren. Dat begrijp ik heel goed.'
Christian hing meer in de stoel dan dat hij erin zat. Daniël vroeg zich af of wat hij min of meer als waarheid naar voren had geschoven wel tot hem doordrong – zo te zien niet. Of dat hij, uitgeput en zonder energie, alle woorden over zich heen liet komen. Dat schoot ook niet op.
Maar Christian had wel geluisterd. Zijn gezicht vertoonde vermoeide, uitgebluste, bijna wanhopige trekken. Hij zei: 'Ik ben diep in mezelf teleurgesteld. Ik kan daar niet tegen, dat weet je. Je kent me al zo lang. Ik weet dat ik gelijk heb met mijn uitspraken. Vader heeft ze me geleerd. Hij is met die theorieën een geslaagd man geworden. Ik weet ook dat het de juiste methode is. Je best doen, met plezier werken, niet de zaak traineren. Maar wat jij zegt: ze willen simpelweg niet naar me luisteren. Ja, dat kan zo zijn. Er zit waarheid in je redenering. En,' er trok even een lachje over zijn gezicht, 'het doet me goed in deze richting te denken.'
Daniël besefte hoe zwaar deze zorgen in de voorbije maanden in het leven van Christian een rol hadden gespeeld. Het had hem heftig beziggehouden. Hij dacht erover, hij leefde er van uur tot uur mee. Nu hoorde hij dat zijn praten bij voorbaat

gedoemd was te mislukken. Want de mannen wilden niet naar goede raad luisteren. De kerels wilden niet op de juiste manier werken en ze lieten zich door niemand dwingen dat wel te doen. Niemand kon ze daartoe dwingen.
Dit was een nieuwe gedachte. Voor die gedachte moest Christian ruimte maken. Maar 'ik heb gefaald' was moeilijk weg te schuiven. Teleurstelling en onmacht doolden nog rond.
'De problemen in de bouwmarkt houden me verschrikkelijk bezig. Vogelaar zegt dat hij resultaten ziet, maar dat is beslist niet zo. Hij kwam, vóór deze narigheid speelde, heel weinig op de werkvloer. Hij heeft belangrijker zaken te regelen. Maar de laatste weken stapt hij nu en dan de bouwmarkt binnen om te kijken hoe alles reilt en zeilt. Op het moment waarop hij de achterdeur opent, wordt zijn komst doorgeseind. Als op dat moment een klant een van de slampampers aanspreekt, doet die vent ontzettend zijn best om een goede indruk te maken, want uiteindelijk is het wel het doel om het maandloon te behouden. Vogelaar zegt: 'Het gaat langzaamaan de goede kant op, Christian.' Misschien wil hij de sociaal denkende werkgever uithangen. Maar de klachten stromen binnen en er komen minder klanten.'
'Duidelijk dus dat jij de problemen niet kan oplossen,' zei Daniël. 'Niemand kan ze oplossen. Je had je zorgen erover. Maar je vertelde ze niet aan Harriët. Zij moest denken: mijn Christian kan de taak die hij op zich heeft genomen natuurlijk aan. Waarom mocht Harriët niet weten dat het je niet lukte? Het moet schaamte zijn geweest over wat jij als jouw mislukking zag. Maar áls het een mislukking van jou op je werkterrein was geweest, was het niet goed erover te zwijgen. In een goed huwelijk weten man en vrouw deze dingen van elkaar. Dat is van elkaar houden. Elkaar vertrouwen. En elkaar helpen. Verdorie, Christian, je maakt met die valse

schaamte alles tussen jullie kapot!'
Daniël stapte over op luide woorden, ze moesten goed verstaan worden. 'Nu je het vanavond hier naar voren hebt gebracht, weet je dat er een andere oplossing is voor de impasse in de bouwmarkt. De zaak stevig aanpakken! Tegen Vogelaar zeggen dat in elk geval de leiders van dat groepje de laan uit moeten. Waarschijnlijk komen de anderen dan tot het besef dat, als ze hun werk willen houden, er aangepakt moet worden. Het tweede deel van de narigheid is dat je Harriët erbuiten hebt gehouden. Dat was dom. Ze is heus verstandig genoeg om het te begrijpen. Maar ze weet niet wat er aan de hand is. Zij constateert dat je behoorlijk chagrijnig bent: je houdt je mond dicht en je bent ontzettend nukkig. Ze zit er als je onwetende echtgenote bij. Pas thuis de wijze lessen van je vader toe: praten, uitleggen, motiveren! Zij begrijpt niets van je moeilijkheden, logisch: zij weet niets van je moeilijkheden.'
Christian grijnsde wrang.
'Ik ga er nog even op door omdat je moet beseffen wat je in je leven kapotmaakt. Je ego heeft een geweldige knak gekregen. Je dacht steeds aan hetzelfde: ik klets me suf tegen die kerels, ze moeten het toch begrijpen, het zijn toch geen gekken... Je teleurstelling groeide van dag tot dag. En alles is onnodig, daar komt het weer: het is een niet uit te voeren opdracht!'
Christian hing nog onderuitgezakt tegen de leuning van de stoel, zijn lange benen de kamer in. 'Het gedoe op het werk richt me volkomen ten gronde. Ik kan het niet accepteren dat ik hen niet kan overtuigen van mijn waarheden. Ze nemen zo'n baan aan, moeilijk is het niet, ze weten van hamers en beitels, van eikenhout en panelen; waarom ben je dan te beroerd iemand die dat wil kopen te adviseren? Is het alleen het spel de boel volkomen te verzieken? Dat hebben ze bereikt, nou daar kunnen ze trots op zijn, wat een prestatie!'

Daniël besefte: het gaat in de eerste plaats om zijn leven thuis. Hij zei: 'Terug naar de sfeer in jullie huis. We weten alle drie wat de waarheid is. Vertel Harriët wat er aan de hand is. Van het begin tot het eind. De zes struikrovers op het toneel, Hans Vogelaar die jou inschakelt omdat jij gezegd hebt er een oplossing voor te weten, het mislukken. Rust de mislukking op jouw schouders? Nee, beslist niet. Maar jij handelt fout tegenover Harriët en wat is daarvan het vervolg: zij slaat terug! Logisch toch? Je moet vanaf dit moment onder ogen zien wat er fout is gegaan. En vasthouden dat jij geen fout maakte door de opdracht van Vogelaar aan te nemen. Je moet nog deze avond Harriët alles vertellen. Misschien barst je in huilen uit, alle opgeslagen emoties komen naar buiten, maar dat hindert niet, dat is goed voor jou en goed voor haar. Ze is jouw vrouw, jij bent haar man, tussen jullie moet het opgelost worden. Geef toe dat je wat jij als nederlaag ziet, niet kon verwerken. Harriët zal je zeggen dat het geen nederlaag is. Let op mijn woorden. Ik ken Harriët.'
Daniël keek zijn broer indringend aan om te zien of zijn boodschap overkwam. 'En morgen stap je naar Vogelaar. Niet zoals je gewoonlijk doet, even zijn kantoor binnenwandelen alsof je een kort praatje wil maken. Je maakt een afspraak met hem. Omdat je hem iets wil zeggen. Op die afspraak zeg je dat je de taak van manager in het bedrijf wel wilt voortzetten, het is voor de mannen en vrouwen die in de bouwmarkt werken nuttig, maar eerst moeten in elk geval twee van de raddraaiers de laan uit. En het idee dat Vogelaar ze niet mag ontslaan, is ondenkbaar. Het wordt te zot als een zakenman werknemers niet kan ontslaan als ze hun werk niet goed uitvoeren en de sfeer in het bedrijf volkomen verpesten. Dat voert zelfs in Nederland, met alle wetjes en voorschriften, te ver. Misschien is met de overgebleven vier mannen te praten nu ze weten dat dit niet de

manier is om een baan te houden waarmee ze een goed inkomen verdienen.'
Hij pauzeerde even voor het dramatische effect en ging toen verder: 'Maar dat is niet het belangrijkste. Harriëts liefde voor jou is niet voorbij, maar als je op deze manier doorgaat, komt de dag waarop ze zegt: 'Bekijk jij het maar met je frustraties waarvan ik niets mag weten. Zo wil ik niet verder.' Jij wilt Harriët niet missen. Jullie liefde is er nog, maar als je het herstelwerk niet aanpakt, om in bouwtrant te spreken,' Daniël lachte bij zijn woorden, die lach klonk bijna bevrijdend voor alle drie, 'gaat veel verloren.'
Bij het luisteren naar Daniëls betoog gleed over het gezicht van Christian een vermoeide glimlach, maar in die glimlach lag ook iets van hoop. Was er hoop om zijn huwelijk te redden? Verder met zijn vrouw, hun zoon? Ze wilden allebei voor hem zorgen. Daniël had rake dingen gezegd. Hij was naar hen toe gegaan om weg te zijn van huis, even ademhalen, even rust. Daniël had vastgesteld dat niemand die kerels op het juiste pad kon brengen. Dat was een belangrijke waarheid.
Daniël kende de gedachten van zijn broer. Het was goed ter afsluiting iets algemeens te zeggen. Een stukje terughalen uit hun kinderjaren. Hij pakte het bierglas van de tafel, nam een paar slokken, zette het glas terug en zei: 'Jij en ik waren in onze jeugdjaren rustige zonen van onze ouders. We haalden geen vervelende streken uit, we joelden en schreeuwden niet, we waren niet brutaal. Uiterlijk lijken we niet op elkaar. Ik heb de bruine ogen en het donkere haar van vaders familie, jij hebt de blauwe ogen en het blonde haar van moeders familie. We verschillen van karakter. Ik wist als jongetje meestal wat ik wilde. Geen verlegen of bang kind. Ik stapte af op wat ik wilde zien en horen. Ik was me er redelijk van bewust wat ik durfde en wat ik kon. Jij was een rustiger ventje. Je hoefde niet zo nodig

vooraan te staan bij een optocht. Op de tweede of derde rij volgde je het gebeuren ook goed. En op dat plaatsje viel je niet op. Je hield van kalmte om je heen. Dat is gebleven. Je voelt je in het lichte, ruime kantoor achter de grote verkoopruimte als een maharadja in zijn paleis.'

Christian grijnsde. Daniël kon het leuk brengen, maar hij had geen zin erop te reageren. Daniël bracht zijn woorden rustig, Christian liet zich erop meevoeren. Hij voelde zich loom en miserabel door de toestand thuis. Hij vroeg zich af wat Harriët deed op dit moment. Was ze verdrietig of was ze vreselijk boos? Allebei was ook mogelijk, hij wist het niet. Hier zitten en luisteren was goed, en het babbelen van Daniël kabbelde wel verder...

Corine had nieuwe bierflesjes neergezet. En een schaal met hapjes gemaakt. 'Het is beslist geen gezellige feestavond geweest, niets te vieren, maar na diepe gesprekken kan een mens ook verlangen naar een hartig hapje.' Ze zette de schaal op de tafel en ging weer zitten.

Daniël keek naar zijn broer. Hij zag de veranderde blik in de blauwe ogen. Er was berusting, iets van toegeven, weten verloren te hebben zonder echt te verliezen. En er was ook vertrouwen.

Christian zei: 'Na alle woorden die je vanavond gezegd hebt, weet ik dat je gelijk hebt. De ergernis die de tegenwerking van dat stelletje in mij teweegbracht, maakte me kapot. Ze knikken en glimlachen naar me als ik een pleidooi houd voor een andere aanpak. Een van hen zei zelfs een keer glashard: 'Nu u dit zo zegt, geloof ik dat er wat in zit, meneer Van Bergen.' Hans Vogelaar belazert mij ook. Hij zegt dat er verbetering in zit, maar in werkelijkheid durft hij de maatregelen niet te nemen om het stelletje buiten de deur te zetten. Hij hoopt dat de hele geschiedenis zich stilletjes oplost. Hij is mogelijk bang dat ze

hun ontslag zullen aanvechten met grote bekken over hun harde werken. Maar het hele gebeuren maakte mij dol! Ik wist niet hoe het op te lossen en wat je zegt, ja, ik ben er heftig in teleurgesteld. Ik weet wat moet gebeuren, ik kan het ze vertellen, ieder verstandig mens kan het ze vertellen, daar hoef je geen Christian van Bergen voor te zijn, zo moeilijk is het toch niet? Gewoon je werk goed doen! Maar ik weet nu hoe het ligt.'
Daniël haakte er meteen op in.
'Harriët weet niet wat er met jou aan de hand is. Misschien zocht ze een aanknopingspunt, maar deze achtergrond vond ze niet. Ze ging ervan uit dat het werk als manager je goed beviel. Je nam de opdracht met plezier aan en ze was ervan overtuigd dat jij het aankon; haar Christian zou het wel redden. En jij hield je groot, maar intussen voltrok zich een ramp tussen jullie.'
Heel even beet hij peinzend op zijn onderlip. 'Ik maakt me zorgen om Harriët kwijt te raken. Zoals het nu tussen ons gaat, is het niet vol te houden. Ik ben bang dat ze me op een dag zal zeggen dat ze wil dat ik het huis uit ga. Een ander onderdak zoeken. Dat vind ik wel, maar ik wil Harriët niet missen en Robbie ook niet. Naast alles wat jij mijn frustraties noemt, speelt die grote angst duidelijk mee. Harriët is heel lief, maar als ze vindt dat de grens bereikt is, neemt ze maatregelen, hoe erg die ook voor haar zijn.'
Er gleden, langzaam, tranen over Christians wangen. Hij kon zich niet herinneren wanneer hij voor het laatst gehuild had, dat moest vele jaren geleden geweest zijn, maar nu kon hij zijn tranen niet tegenhouden. Dat probeerde hij ook niet. Zijn broer en schoonzus mochten ze zien.
Daniël praatte weer. 'Je moet je niet schuldig voelen, daar schiet je niets mee op. Jij hebt geen opleiding gevolgd tot manager, maar je hebt wel veel wijze lessen van je vader aan-

gehoord. Manager zijn is iets wat in je karakter zit, je moet het aanvoelen. En je moet lef hebben. Vader heeft het, maar jij en ik hebben andere dingen waarin we goed zijn. Jij manoeuvreerde jezelf in moeilijke omstandigheden en het lukte je niet om de opdracht goed uit te voeren. Je moet er geen drama van maken. Alles nuchter onder ogen zien. Ik mag dit als je broer tegen je zeggen. Je kunt hier volledig uit komen. Het voorstel lijkt me een goed plan. De twee grootste raddraaiers eruit. Als Hans Vogelaar dat niet wil, is het enige besluit hem te zeggen dat je dit werk niet langer wilt doen. Waarschijnlijk kun je terug naar je plek in je stoel achter het bureau. Waarom niet. En als het niet lukt na alle strubbelingen een oplossing te bewerkstellingen, vind ik een baan voor je bij Overboom Boeken. Daar zijn veel letters en cijfers die een plaats moeten krijgen,' zei Daniël met een glimlach.
Christian glimlachte voorzichtig met hem mee. 'Ik ben vreselijk moe. Mijn kop barst bijna uit elkaar van de vele gedachten, maar een ding is belangrijk en doet me verschrikkelijk goed: jij vindt dat het mislukken van de missie niet mijn schuld is. Die mislukking was voorbestemd. Niemand kon de mannen op het rechte spoor brengen omdat ze dat niet wilden. Het was de laatste maanden voor Harriët moeilijk redelijk met me om te gaan. Ik legde de fouten ook bij haar. Nu weet ik wat me te doen staat. Ik ga naar haar toe en ik vertel alles.'
'Je bent haar man,' zei Corine nu, 'ze houdt van je en ze zal je begrijpen.' Ze liep naar Christian toe. 'Ik heb een goede tip voor je, zwager. Misschien weet je na alle emoties van vanavond niet hoe het aan te pakken.' Ze zei het zacht lachend. 'Als Harriët nog in de huiskamer is, sluit je haar in je armen, je zet haar naast je op de bank en je zegt: 'Ik weet nu hoe alles in elkaar past.' En je vertelt wat er gebeurd is.'
Christian legde zijn armen om haar heen. 'Dat doe ik, Corine,

dat doe ik. Maar het is al heel laat. Misschien is ze al naar bed gegaan.'
'Tijd is niet belangrijk. Als ze slaapt, maak je haar wakker uit een nare droom over ruzie met een soms wat moeilijke man. Je vertelt alles. Dan ben je voor haar weer de vent op wie ze verliefd was en met wie ze graag wilde trouwen.'
Christian grijnsde en gaf haar een dikke kus. Hij ging de deur uit en stapte in zijn auto. Hij reed langzaam het parkeerterrein af, stuurde over het Noorderplein in de richting van de Zuidergracht. Voorzichtig rijden. Hij had bier gedronken, hij was moe en heel geëmotioneerd, hij moest veilig thuiskomen. Aan de gracht stonden de auto's stil en donker langs het brede trottoir. Hij parkeerde voor het huis. Er brandde nog licht in de woonkamer, hij zag het door de lichte sluitgordijnen. Hij opende de voordeur en liep met grote passen naar de huiskamer.
Harriët lag op de bank, haar hoofd op de twee donkerrode kussens die altijd op de bank lagen. Ze had een plaid over haar lichaam getrokken. Ze was kennelijk in een lichte slaap. Ze schrok wakker van het opengaan en weer sluiten van de kamerdeur, ze kwam meteen overeind. 'Waar kom jij midden in de nacht vandaan?' Ze riep de woorden luid en boos. 'Eerst bij Daniël en Corine je klaagverhalen neerleggen over je vervelende vrouw en toen ze je de deur uit hebben gezet ben je naar de kroeg gegaan en daar...'
Hij liep op haar af, trok haar van de bank en hield haar stevig in zijn armen, dicht tegen zich aan. 'Nee, Harriët, nee.' Ze hoorde de emotie in zijn stem. 'Er is vanavond zoveel gebeurd, er is me heel veel duidelijk geworden. Ik vertel je alles. Op de bank, dicht naast elkaar. Lieveling, ik ben zo bang geweest jou kwijt te raken, maar ik zat opgesloten in alle problemen die me bezighielden en waarvoor ik geen oplossing kon vinden. Ik zag

geen uitweg. Daniël heeft het me vanavond duidelijk gemaakt. Er gebeuren nare dingen in de bouwmarkt en ik wist niet hoe ze op te lossen. Ik moest ze oplossen, het was mijn werk, mijn taak, maar het lukte niet. Ik kon het niet aan, dat zat me meer dwars dan ik wilde toegeven. Ik werd er chagrijnig onder, de grote teleurstelling, ik wist niet wat ik moest doen... Daardoor ontstonden de ruzies tussen jou en mij. Maar Harriët, jij en Robbie zijn de belangrijkste mensen in mijn leven. Ik was zo bang je kwijt te raken.'
Hij had de warme plaid om haar heen geslagen, over het dunne, korte nachthemdje, hij klemde haar tegen zijn lichaam aan. 'Ik vertel je alles. Het is voor jou onmogelijk te begrijpen dat ik van de ware oorzaak van mijn nare buien de oorsprong niet wist, maar geloof me, ik zag het niet! Ik zat zo heftig in de knoop...'
Ze voelde de tranen die over zijn wangen liepen. Tjonge, wat was er gebeurd; Christian en huilen, ze had hem nog nooit zien huilen. Niet van geluk op hun trouwdag, niet van blijdschap na de geboorte van Robbie; maar nu, deze avond, zag ze zijn tranen.
Dicht naast elkaar vertelde Christian van Bergen over zijn strijd om de problemen op zijn werk op te lossen.

In de huiskamer aan het Noorderplein zei Daniël: 'We gaan naar de slaapkamer. We kunnen in bed praten. Na dit alles in een rustige slaap vallen zal niet lukken.'
In het brede bed, twee schermlampjes met zacht licht, kroop Corine dicht tegen hem aan. 'Het was een lange, moeilijke avond voor je, lieverd. Je vertelde me van tevoren dat het moeilijk was dit aan Christian voor te leggen zonder zijn ego te beschadigen. Je hebt hem waarschijnlijk voor een minderwaardigheidscomplex behoed door twee of drie keer te zeggen

dat niemand die lanterfanters op het goede pad kon zetten.'
Daniël lachte zachtjes. 'Maar Christian heeft naar mijn mening toch een grote fout gemaakt, lieveling. Hij kende vaders verhalen. Ze rolden regelmatig over ons heen. Er werden steeds nieuwe geschiedenissen aan toegevoegd, want er gebeurde steeds wat op zijn werk. Mogelijk vertelde vader die verhalen ons ook om zelf nog eens naar de gebeurtenissen te kijken. Christian en ik bewaarden veel van die verhalen. Christian had zichzelf beter moeten kennen. Weten van zijn zwakke plekken. Wat hij wel kan en wat niet. Ik begrijp dat hij, toen Hans Vogelaar hem over de moeilijkheden in de bouwmarkt vertelde, dacht aan vader. Maar wat voor vader een kolfje naar zijn hand is, is dat beslist niet voor Christian. Dat had hij moeten weten. Direct de bel luiden: hieraan niet beginnen, Van Bergen! Dit is jouw weggetje niet. Maar Christian dacht dat hij het wel aankon. Hij wist toch hoe het moest? Ja, dat wel, maar weten hoe iets moet en het waarmaken zijn twee verschillende zaken. Er tegen Vogelaar iets over zeggen was niet fout, het was toch zijn grote baas die erover wilde praten. Maar hij had moeten weten dat hij niet de geschikte persoon was om op dat vlak te werken. Een mens kent zijn capaciteiten toch? Er moet ook een zekere flair in je zitten, een vrijheid, een manier van handelen. Vader heeft dat. Christian niet. Leuke vent, maar geen geboren leider.'
Corine lag nog dicht naast hem. Ze streelde zijn blote bovenlijf. 'Daniël, ik heb grote bewondering voor de manier waarop je Christian hebt geholpen. Ik leer hem steeds beter kennen. De mislukking van zijn missie is bij hem stevig aangekomen. In hem is nog iets van het jongetje waarover je moeder je vertelde. Hij groeide over kinderangsten heen, hij is een volwassen man, maar als hij werk op zijn schouders neemt, wil hij dat

karwei goed afmaken. Als dat niet lukt, maakt er voor zichzelf een drama van.'
Daniël drukte een kus op haar voorhoofd. 'Hoe denk je dat de omstandigheden op dit moment tussen hen zijn?'
'Maak je daarover geen zorgen. Harriët zag hoe geëmotioneerd hij hun huis binnenstapte. Waarschijnlijk had ze het plan hem woedend aan te vallen over zijn late thuiskomst, maar toen ze hem zag, wist ze dat er andere dingen aan de hand waren en ze zal naar hem geluisterd hebben.'
'Ik heb er ook vertrouwen in. Christian is een lieve en goede jongen, maar hij heeft geen gemakkelijk karakter. Ik heb meer de stijl: denk je dat ik het niet goed doe? Nou, vertel maar wat ik niet goed doe. Misschien kan ik ervan leren. Christian gaat er snel van uit dat hij gelijk heeft. Hij heeft gedachten over iets en die gedachten zijn goed. Ik had weinig bedenktijd, maar ik nam direct het besluit geen negatieve dingen aan hem te leggen. Het was niet ondenkbaar dat hij boos tegen me zou uitvallen. Dat kan ik wel hebben, begrijp me niet verkeerd. Waar het om ging was het feit dat hij zich door zijn teleurstelling in een geestelijke put liet zakken. Het maakte hem tot een verliezer. Het is voor niemand prettig een verliezer te zijn, maar voor Christian zeker niet. Het kon op een laaiende ruzie tussen de broers Van Bergen uitlopen, dat besefte ik heel goed, maar ik had geen keus. Er voluit tegenaan, erop of eronder! Mijn mond dichthouden was geen optie. De ellende in de bouwmarkt en het gevolg tussen Harriët en hem. Maar in deze donkere nacht gloort een lichtpuntje aan de horizon...'

Het wekkertje wees de tijd aan, bijna halfdrie. De lampjes waren uit. Beiden lagen nu onder het dekbed, de hoofden elk op het eigen kussen. Er was een gevoel van tevredenheid, een sfeer van vrolijkheid ook. Het was een enerverende avond,

maar het einde voorspelde voldoening en daar vertrouwden ze op.
Ze waren moe, maar de slaap wilde niet komen. Daniël zei: 'Stel dat hun huwelijk in een scheiding was geëindigd. Harriët is een lieve meid, maar ze laat niet te lang met zich sollen door Christian. Als het vastliep, zette ze hem de deur uit. Zij bleef met Robbie in het huis wonen. Christian kan niet zonder het kind. Als wij een kind krijgen en tussen ons loopt het stuk...'
Corine antwoordde op fluistertoon: 'Daarom is het goed niet over een kind te dromen. Als er geen zoon of dochter is, blijft het verdriet het te moeten missen je bespaard. Een rustige gedachte om mee te gaan slapen.'
Daniël greep haar vast. 'Zo midden in de nacht zo ondeugend! Je weet hoe ik verlang naar een baby voor ons, lieveling. Zullen we er morgen over praten?'
Ze kuste hem. Ze zocht haar deel van het bed weer op. 'Ja, dat is goed. We gaan slapen. Dromen over een baby. Op die gedachten moet een vredige slaap volgen.'
Maar zo was het voor Daniël niet. Hij wist dat er nog iets speelde in het leven van zijn broer en schoonzus dat een struikelblok voor hen kon worden.
En Corine dacht, haar ogen al gesloten: morgenochtend direct een verder-uitwerken-notitie maken voor Louise. *Niet aan werk beginnen waarvan je zeker weet het niet aan te kunnen.* Als je er nooit over hebt gedacht dat vak te kiezen, ben je er niet geschikt voor. Opmerking erbij voor Louise. Een stip met een rode stift op het papier: je moet het nog verder uitwerken... Maar dat snapte Louise zonder die stip ook wel. Geen rode stip dus.
Ze dommelde even weg.
'Vind je,' de stem van Daniël, 'dat het gemeen van mij is geweest om tegen Christian te zeggen dat de opdracht zes don-

derjagers te bekeren een taak is die niemand, zelfs de knapste manager niet, tot een goed einde kan brengen?'
Ze antwoordde rustig: 'Misschien is er een goede manager die het wel voor elkaar kan krijgen. Maar jij was een uitstekende begeleider voor je broer. En een leugentje om bestwil mag voor het goede doel. En een goed doel is het geworden, toch? Hans Vogelaar zet de raddraaiers de deur uit. En Christian is ervan overtuigd dat wat jij hebt gezegd – niemand kan die lui op de goede weg krijgen – de waarheid is. Hij twijfelt niet aan jouw woorden. Alles wordt opgelost. Hans Vogelaar vindt andere, gedreven verkopers. Ik wil slapen. Over een paar uur gaat de wekker...'
Daniël lachte. Een vrouw als Corine, heerlijk dat hij haar had ontmoet. Als hij die avond niet naar Gerben en Ria was gegaan, hoe was het dan gelopen?
Gelukkig zou hij op die vraag nooit antwoord krijgen.

3

De volgende morgen rinkelde de telefoon in het ruime kantoor van Overboom Boeken. Annelies de Koning nam op en antwoordde de stem aan de lijn: 'Ik verbind u door.'
Op het bureau van Daniël ging het toestel over. Annelies meldde kort: 'Je broer.' Dat was voldoende. De stem van Christian volgde er direct op: 'Ik wil je snel vertellen hoe het verder is gegaan. Ik was gisteravond volkomen van slag na alles waarmee jij me overviel. Verdorie, dat was nogal wat! Jouw woorden bevatten een waarheid die ik tot dat moment zelf niet had ontdekt. Ik hakte rond in mijn eigen gedachten over de moeilijkheden. Maar er werd me opeens veel duidelijk. Over de bouwmarkt en over Harriët. Ik ben bijna stapvoets naar huis gereden. Daar deed ik wat Corine me aanraadde en wat ik dolgraag wilde. Ik sloot een vreselijk boze Harriët snel in mijn armen, ze kon geen tegenstand bieden.'
Er klonk een hikkend lachje in het oor van Daniël. 'Ik vertelde haar alles, werkelijk alles. Tranen biggelden over mijn wangen. Maar ik schaamde me er niet voor. Harriët mag ze zien, ja toch? We hebben lang gepraat. Het morgenlicht kwam al door de sluitgordijnen, maar ik moest alles vertellen. Omdat ik er thuis optimistisch over kletste, kwam zij niet op de gedachte dat er in werkelijkheid iets vreselijk mis mee was. Ze luisterde aandachtig en ze begreep het meteen. Toen ik uitverteld was, zei ze: 'Een probleem als dit aanpakken is niets voor jou. Volwassen kerels aan tafel die niet willen luisteren. Met dergelijke mensen werken lukt je niet. Jij hebt het talent getallen op hun plaatsjes te zetten en er glunderend naar te kijken als ze daar keurig blijven staan.' Dat zei mijn Harriët!
Ik kan jou wel toevertrouwen, Daniël, dat ik het gevoel kreeg dat ze met lichtelijk plezier deze zwakke plek in mij ontdekte.

Het streelt mijn ego niet echt, je weet hoe ik ben, maar ik ben gelukkig met de veranderde toestand. Er zal nog over gepraat worden, maar het is nu goed tussen ons. En ik weet wat je nu wilt zeggen: te veel praten kan weer gevaren opleveren. Dat is ook zo. Ik kijk met open ogen naar de omstandigheden. Ik was bang dat Harriët me het huis uit zou sturen; zo hevig waren de strubbelingen tussen ons. Het was natuurlijk het belangrijkste niet, maar ik vroeg me wel af: waar moet ik dan heen? In de familiebungalow is altijd een plekje voor me, maar ik kan niet zonder Harriët en Robbie. Ik heb voor vanmiddag een afspraak met Hans Vogelaar. Om vier uur. Ik bel je vanavond over de afloop.'

'Dat is een goede mogelijkheid, maar misschien is het beter wanneer Corine en ik vanavond naar jullie toe komen. Dan horen onze vrouwen uit de eerste hand de woorden die jij uitspreekt. Zij moeten erbij betrokken zijn, Christian, dat is belangrijk. Veel weten is veel begrijpen. En als wij bij jullie zijn, kan Robbie in zijn eigen bedje slapen. We houden de klok in het oog: acht uur binnenstappen, tien uur weer naar buiten. Het is gisteravond laat genoeg geworden. Bespreek het met Harriët.'

'Dat is niet nodig. Dit is goed.'

'Afgesproken. En voor vanmiddag: blijf bij je besluit. In elk geval twee kerels eruit, of jij eruit. Er is geen andere oplossing.'

Even viel een stilte. Toen zei Daniël – hij vroeg zich af of dit het geschikte moment was om erover te beginnen, waarschijnlijk niet, maar de kans deed zich voor: 'Luister ook naar Harriët. Je bent blij met haar. Weet je wat zij graag wil?'

Christian herhaalde die woorden vragend: 'Wat zij graag wil?'

'Je moet het weten, Christian. Maar je was er door je eigen zorgen van de laatste tijd niet attent op. Harriët houdt van haar werk. Jij en ik begrijpen niet dat iemand het prettig vindt om

de haren van anderen te wassen, maar Harriët vindt het leuk. En het vak gaat verder dan haren wassen.' Doorgaan, Daniël van Bergen, sprak hij zichzelf stil toe. 'Harriët wil naar eigen inzicht werken. Anders knippen, anders föhnen dan hoe Ina voorschrijft. Maar dat is onmogelijk omdat Ina de bazin in haar tentje is.' Het doel op tafel leggen, nu! 'Harriët wil een eigen salonnetje,' zei hij.
'Een eigen salonnetje, dat is nogal wat! Los van het willen: we hebben er geen geld voor!'
'Het geld wat jullie erin investeren, wordt er zeker in terugverdiend.'
Het enige wat Christian kon antwoorden, was: 'Ik houd je woorden bij me...' In die woorden lag zijn verbazing. De verbinding werd verbroken. Om Daniëls mond trok een tevreden glimlach. Hij was blij met het eerste deel van dit telefoontje. De vrede was terug in het gezin van zijn broer. Hij was ook tevreden het tweede deel te hebben uitgesproken; de wens van Harriët duidelijk te hebben gemaakt. Harriët vertelde nu en dan over de opmerkingen van Ina Holtkamp, maar omdat er volgens Christian geen verandering mogelijk was, had het weinig zin er steeds hetzelfde over te zeggen. Hij reageerde: 'Ja, lieverd, jij bent een goede kapster, maar Ina is de eigenaresse van de kniptent. Zo liggen de verhoudingen van baas en knecht nu eenmaal.'
Daniël toetste het nummer van Het Hofke in. De stem van Corine, haar woorden, dansten zijn oor binnen: 'Het Hofke, met Corine.'
Hij vertelde over het gesprekje met Christian; maar alleen het eerste deel.
'Heerlijk, Daniël,' zei ze. 'Het was een moeilijke avond voor hem, maar ook voor jou. Nu wordt het nog even spannend als hij met Hans Vogelaar praat. Misschien raakt hij zijn baan

kwijt, maar hij vindt snel weer werk waarmee hij een goed salaris verdient; ja toch?'
'Dat geloof ik ook.'

Die avond zaten ze in de ruime huiskamer aan de Zuidergracht. 'Ik maakte Vogelaar duidelijk dat met deze lui niet gewerkt kan worden. Hij moet in elk geval de twee grootste raddraaiers de deur uit schoppen. Na dat advies knikte Vogelaar. Het gaat binnenkort gebeuren. Daarna zei hij dat hij heeft begrepen dat een manager in een bedrijf als zijn bouwmarkt goede resultaten kan afwerpen. De verkopers en verkoopsters hebben een en ander geleerd tijdens hun vakopleiding, maar hoe ze met klanten moeten omgaan, weten ze niet. Hij vroeg of ik, als twee van die zes mannen vertrokken zijn, dat werk deels wil blijven doen. Geen hele werkweek, dan worden de mensen tureluur van alle goede raadgevingen die ik spui, maar ik kan het naast het normale kantoorwerk oppakken. Vogelaar twijfelt dus niet aan mijn kunnen op dit terrein! Zo staat het er nu voor. Ik ben erg blij. Ik weet, Daniël, dat je over dankbaarheid van je broer niets wilt weten, maar je hebt me geweldig geholpen.'
Met een gespeeld ernstige stem antwoordde Daniël: 'Je bent af en toe een eigenwijs mannetje. Ik aarzelde je te zeggen waar ik het probleem vermoedde, maar het was nutteloos lang over die aarzeling na te denken. Het werd wel zeggen of niet zeggen. Ik trotseerde een woordenwisseling door het wel te doen. Het is goed afgelopen. En dankbaar hoef je niet te zijn. Mensen moeten elkaar helpen, en broers zeker.'
Daarna vertelde Harriët over de vorderingen van Robbie met praten en spelen, en over haar werk. Ze vond het kappersvak heerlijk: 'Maar jullie weten dat Ina bij het standpunt blijft dat elke klant zich bij haar kapsel prettig voelt. Als daarin verande-

ring wordt gebracht, raken we klanten kwijt.'
Over dit onderwerp zetten de schoonzusjes het gesprek korte tijd voort. De broers keken naar elkaar, grijnsden en luisterden toe.

Heel vroeg op een morgen van een koude winterdag in januari werd Corine wakker. Ze keek naar het wekkertje op het nachtkastje: halfvijf! Dat was toch geen tijd om wakker te worden? Maar er was iets; ze voelde zich niet echt lekker. Ze wist niet wat het was. Of ja, toch wel, ze was misselijk. Niet verschrikkelijk misselijk zodat ze naar de badkamer moest rennen, maar lichtelijk misselijk. Een ietsje onpasselijk was er de juiste omschrijving voor. Ze glimlachte stilletjes met het hoofd op het zachte kussen. Het gaf een licht blij gevoel; was dit het begin van een zwangerschap? Of had ze gisteravond iets gegeten wat niet goed tot rust was gekomen in haar maag en nu vervelend ging doen? Maar zoiets had ze niet gegeten. Gewoon een varkenshaasje met een lekker sausje, gekookte aardappelen en bloemkool. Een gezonde Hollandse maaltijd. Dus... Ze bleef stil liggen, warm onder het dekbed, de ogen open. Naast het gevoel van misselijkheid dat bleef, groeide ook het blije gevoel. Als dit was wat ze hoopte, als ze zwanger was, dat zou heerlijk zijn...
Daniël sliep rustig. Mannen merken niet dat ze misschien over negen maanden papa worden. Even later werd hij wakker. Het was nog schemerdonker in de slaapkamer. Hij keerde zijn hoofd naar haar toe en kwam iets overeind. Ze lag zo stil, hij zag dat ze haar ogen openhield. Ze staarde naar het plafond. Dat was vreemd. Er kwam een lichte angst in hem naar boven.
'Ben je wakker? Je ligt zo stil...'
'Ik voel me een beetje raar, ik ben misselijk.' Ze zei het met een zacht, vlak stemmetje.

'Je bent misselijk?' Er gleed een lach over zijn gezicht, een blije lach, Hij boog zich naar haar toe. 'Lieveling, denk je dat je heel prilletjes en stilletjes zwanger bent?' Daniël kon zo lief iets zeggen, zelfs vroeg in de morgen.
'Ja, dat denk ik. En dat hoop ik. Maar het is een heel kleine aanwijzing. Elk mens voelt zich weleens een beetje misselijk.'
Hij kuste haar. 'Als het echt zo is, lieve schat, gaat onze wens in vervulling '
Na enige dagen was er zekerheid. Corine bleef vroeg in de morgen misselijk, ze werd niet ongesteld. Duidelijke aanwijzingen, toch? Na thee en droge biscuitjes ging haar misselijke gevoel weg, maar de zwangerschap bleef. Het nieuws werd aan de ouders verteld. En aan Christian en Harriët. En aan Louise natuurlijk.
Tine Wagenaar reageerde blij. 'Een heerlijk bericht, kinderen. Jullie zijn er blij mee, maar vader en ik ook. Wij wachtten zes jaar op de eerste tekenen van een zwangerschap. We hadden de moed al opgegeven en maakten andere plannen voor ons verdere leven. We besloten reizen te maken, we wilden meer van de wereld zien. Het zou afwisselend en interessant worden, maar het was een alternatief. Ons echte verlangen was een gezin met drie of vier kinderen. We wilden ze zo graag. Zonen en dochters. We waren zonder kindje blij met elkaar, maar we verwachtten toch stiekem dat enige maanden na de trouwdag een zwangerschap zou volgen. We moesten helaas langer wachten en hopen. Ik ben zo blij dat het voor jullie anders is. Dit is een heerlijk bericht.'
Daniël en zij reden naar de bungalow om het nieuws te vertellen aan Daniëls ouders. Ook die waren blij met het bericht. Vader Thomas merkte op: 'In leeftijd scheelt Robbie niet eens heel veel met jullie komende zoon of dochter. Ze kunnen heerlijk met elkaar spelen als ze hier zijn. Een grote tuin, bomen en

bloemen, en tegen die tijd zorgen wij speelgoed voor ze te hebben.'
'Ja,' haakte moeder Maaike er op in, 'ik wil daarover iets vertellen.' Ze keek lachend het rond kringetje vol nieuwsgierige gezichten. 'We reden op een dag langs de bungalow. Er stond een bord van een makelaar in de tuin. We waren allebei direct min of meer verliefd op het huis. Toen we het voor de eerste keer bezichtigden, stonden we aan het einde van de rondleiding op het terras. Ik kreeg daar iets wat je een visioen zou kunnen noemen. Er gleed een mooi, vredig plaatje voorbij mijn ogen. Het bleef een poosje, ik kon er rustig naar kijken. Vader en de makelaar waren druk in gesprek, ik stond er stilletjes bij. Ik zag spelende kinderen op het gazon. Het konden onze jongens niet zijn, zij waren intussen al flinke knullen. Het beeld is me bijgebleven. Het was een prachtige zomerdag, achter ons waren de deuren naar de kamer wijd geopend. De tuin was mooi aangelegd door de familie die het huis wilde verkopen. Het was een wonderlijke belevenis. Of ik even in de toekomst mocht kijken. En het was voor mij een bevestiging, los van het praten van de mannen, dat wij in dit huis gingen wonen.' Ze knikte hevig. 'Enerzijds geloof ik niet in dergelijke gebeurtenissen, maar ik weet wat ik heb gezien. Misschien had het te maken met een verlangen waardoor ik deze beelden voor me kon toveren. We hoopten eens opa en oma te worden, maar daar was het de tijd nog niet voor. Christian had een vriendin. Nee, niet Harriët; ze heette Greetje. Daniël had geen verkering. Hij wachtte tot hij de juiste ontmoette. Hij was ervan overtuigd dat het op een mooie dag zou gebeuren. Haar zoeken had geen zin. Er waren veel leuke toetjes, maar die toetjes trokken hem niet. Hij zou de echte liefde onmiddellijk herkennen. Vader merkte na die woorden op dat het een klein kansje zou zijn dat het meisje van zijn dromen op een dag op hem af zou stappen

en zou zeggen: 'Hallo, hier ben ik!' Zo werkt het niet. Je moet opletten of je haar ziet, want ze trippelt je op hoge hakjes zo voorbij! Misschien hangt ze aan de arm van een andere vent. Dan moet je het stel volgen en op het moment dat hij haar loslaat grijp jij haar vast! Zot voorstel natuurlijk. Daniël reageerde er ook wijselijk niet op. Hij vertelde ons er later pas over. Hij zei toen: 'Het gebeurde zoals ik het me had voorgesteld. Sterker nog, zoals ik wist dat het zou gebeuren. Ze liep op me af, we keken elkaar aan...' Nou ja, de rest van het liefdesverhaal is jullie bekend.'

Ook Christian en Harriët waren blij met het nieuws, want ze gunden het Daniël en Corine van harte. En Louise natuurlijk ook. 'Corine, ik kan me niet voorstellen dat jij over enige maanden achter een kinderwagen loopt; dat is toch niets voor ons?'

Corine lachte. 'In onze jonge jaren dachten we niet aan een kind en als we eraan dachten, verbonden we het met geschreeuw, gekrijs, poepluiers en de deur niet uit kunnen omdat er een baby in een wiegje lag. Maar met Daniël kwam dromen over een baby in beeld.'

'Ik ken nog geen vent waarmee ik de stap durf te zetten. Harry is aardig, maar niet meer dan dat. Jerry is vrolijk en gezellig om mee uit te gaan, maar hij meiert me te veel over geld. Als dat nu al begint, hoe moet het dan later gaan? Tot nu toe heb ik de grote liefde niet ontmoet.'

'De lieverd kan zomaar op een stoel zitten als je een kamer binnenstapt.'

'Jij hebt het beleefd. Wat zei je tegen hem? Hallo, zit je hier?! Ik maak er een notitie van op een verder-uitwerken-kladje. Er is een interessant stukje over te schrijven. Jonge vrouw – zeg me even voor, jij hebt het beleefd tenslotte – kijkt elke jongeman aan. Hij is het niet, hij is het niet... Het lijkt me

een vermoeiende bezigheid.'
'Zeg het als je serieus met dit onderwerp bezig bent. Dan vertel ik hoe het werkt. Hoeveel columns heb je tot nu bij Nu en Morgen ondergebracht?'
'Acht. Ik vind het leuk om te doen, Corine! Ik heb een onderwerp, zet het eerste zinnetje op het computerscherm, de verdere woorden rollen erachteraan. Soms ontdek ik na vier zinnen: dit gaat niet de kant uit die ik wil. Dan wis ik alles tot de beginwoorden. Ik heb met mezelf afgesproken dat die woorden het uitgangspunt moeten vormen. De hoofdredactrice is enthousiast over mijn schrijven. Ik moet goede onderwerpen in voorraad hebben. Vanaf nu kan ik me ook op jouw aanstaande moederschap werpen. Het schept nieuwe mogelijkheden. Jij vertelt me hoe je je voelt, wat je denkt en wat je verwacht.'
'Ik wil je daar best tips over geven. Vriendinnen helpen elkaar tenslotte. En ik ben trots een columniste in mijn kringetje te hebben. Onder jouw lezeressen zullen ook moeders van jonge kinderen zijn. Uit mijn ervaringen bij Het Hofke kan ik daarover veel wijsheden spuien,' zei ze lachend.
'Heel graag.'
'Maar wat mijn ervaringen met de zwangerschap betreft, daarover vertel ik mijn ware gedachten niet.'
Louise knikte goedmoedig. 'Een klein tipje is genoeg. Ik heb genoeg fantasie om er passende woorden bij te schuiven. Ook over hoe de aanstaande vader zich gedraagt.'
'Je hebt niet eens een leuke vriend, hoe wil je je dan een gelukkige vader voorstellen?'
'Ik schuif de droomfiguur van mijn komende echtegenoot in die rol. Dat gaat wel lukken.'
Ze lachten er beiden om.

Op een zomerse avond in juni, de zwangerschap was al duidelijk zichtbaar, vroeg Daniël: 'Wat is jouw liefste wens, een zoon of een dochter?'
'Ik heb daar geen wens over. Ik zal dolgelukkig zijn met een dochtertje, maar een zoontje lijkt me ook heerlijk. Toen ik die morgen heel vroeg wakker werd omdat me iets overkwam wat me nog nooit was overkomen, dacht ik in de loop van de dag aan het gebeuren en ik hoopte dat het van een jongetje zou zijn. Ik wil graag een kind dat ik Daantje kan noemen. Het klinkt lief, Daantje.' Ze sprak de naam zacht en vol liefde uit.
'Lieve schat, dat gaat niet gebeuren! Toen ik net los kon staan, wiebelend van onzekerheid op mijn kleine beentjes, staarden mijn ouders trots als een pauwenpaar naar mijn prestatie. Mama lokte me. Ze riep: 'Daantje, twee stapjes en je bent bij mama!' Ik wist nog niet wat stapjes waren, maar ik weet zeker dat ik dat naampje met rillingen heb aangehoord. Ik vind het vreselijk. Mijn vader begreep me onmiddellijk. Hij werd boos op moeder. Ze hadden Chrissie gehad met hun oudste kind en nu dit... Hij verbood haar mij ooit Daantje of Daan te noemen en hij legde meteen vast, je kent hem, dat hun zoon nooit Daan genoemd mocht worden. Niet door familieleden, niet door vriendjes, niet door een vriendinnetje. Vader wilde me de naam Daniël geven omdat hij het een mooie naam vindt. Maar Daantje vond en vindt hij vreselijk. Ik kan me niet herinneren dat iemand me ooit Daan heeft genoemd. Op de lagere school was ik Daniël. In mijn studententijd is het voorgekomen dat iemand met drank op me Daan noemde, maar ik hakte dat meteen heftig af. Ik denk ook over een naam voor ons kind, heus, maar Daantje zal het niet worden. Er spelen twee namen in mijn hoofd die ik mooi vind voor een zoon. Julian en Alexander.'
'Ze klinken beiden goed. Maar ik houd van de naam Daniël. En

niemand kan me verbieden mijn eigen zoon Daantje te noemen; jij ook niet.'
'We praten er nog over,' zei Daniël met strenge stem.
Corine zuchtte diep. 'Ik hoop dat het een meisje is. We noemen haar Franciska. Fransje vind ik ook leuk klinken.'
Daniël schudde gespeeld geërgerd zijn hoofd.

Vier maanden later werd op kille, regenachtige oktoberdag de baby geboren. Een bevalling is nooit een prettig gebeuren en deze bevalling was het ook niet, maar Corine doorstond de pijnen dapper en Daniël probeerde haar te helpen en te steunen waar dat voor hem mogelijk was. De verloskundige, rustig en kundig, was aanwezig, samen met een jonge kraamverpleegster, Anneke, die deze en de komende dagen assisteerde.
Om kwart voor zeven in de avond kwam de zoon van Corine en Daniël ter wereld. Een mooie baby met donkere haartjes. Hij huilde met schrille kreetjes. De verloskundige hield hem trots vast. Ze zei: 'Het is een prachtig kind, jullie zoon.'
Hij kreeg de naam Alexander. Daniël had bij de beslissing een vrolijke opmerking gemaakt. 'Je mag het afkorten tot Alex, dat klinkt leuk. Als we voor Julian kiezen, kort je het af tot Juul – een andere mogelijkheid is er niet – en als dat te vaak gebeurt, loop ik rond met kippenvel van ergernis.'
'Het is simpel te voorkomen,' vond ook Corine. 'Alexander is de beste keuze.'
Later in de avond lag Corine stil in bed. Vermoeid, nog met veel pijn, maar ze was gelukkig en blij. De verloskundige was vertrokken, Anneke had beneden in het huis bezigheden. Daniël kwam de slaapkamer binnen. Hij liep naar het bed toe, kuste haar, zei alleen: 'Lieve mama', en ging naar het wiegje.
Hij kwam terug naar het bed en knielde neer. 'We hebben vaak over een kindje voor ons gedroomd en ik maakte me er ook

een voorstelling van. Ik heb weinig ervaring met kleine kindjes, in elk geval niet met baby's, maar ik had wel houvast aan Robbie. Nu ons kindje in de wieg ligt, is het zo anders. Ik heb dit mensenkind verwekt, ik zag zijn lijfje groeien in het lichaam van de liefste vrouw, ik zag hem geboren worden. Het is een groot wonder. Het kindje ligt in een wiegje in ons huis en het kindje blijft in ons huis, het hoort bij ons. Het is onze zoon. Corine, ik denk daarover, ik ben er blij mee en ik ben er dankbaar voor. Hij is zo mooi... Het ronde hoofdje, de haartjes, de oogjes, het mondje, de kleine handjes... Het is zo heel anders je eigen kind in de armen te houden dan naar een kindje van anderen te kijken. Dit kindje is van ons, hij woont hier, in ons huis. Hij heeft zijn eigen kamer. Nu nog met beertjes en knuffels op de kast, maar over enige jaren ruilt hij ze in voor autootjes en treintjes, en daarna komen er leerboeken. Ik hoop dat wij hem kunnen opvoeden tot een prettig en eerlijk mens.' Daniël sprak de woorden met een bewogen stem uit.
Echt iets voor Daniël om dit zo te zeggen. Zijn gevoelens, zijn blijheid, zijn geluk lagen in zijn woorden. Ze begreep wat hij bedoelde; er zat veel achter zijn woorden verborgen. Het onbekende van de toekomst, hun verantwoordelijkheid voor dit kind, hun verwachtingen. Misschien waren ze te hoog. Werd alles niet zoals ze het zich wensten en droomden, kwamen er situaties waarvoor de goede wegen gezocht moesten worden. Maar Daniël was geen tobber en zij ook niet. Hij schetste een toekomstbeeld zoals het voor veel ouders en kinderen werkelijkheid was geworden. Een leven dicht bij elkaar.

De eerste weken na de geboorte van Alexander gingen redelijk rustig voorbij. Corine had zwangerschapsverlof en door haar werk in Het Hofke wist ze van lieve baby's, huilende baby's en hun verzorging. Het ging uitstekend. De wieg stond in de huis-

kamer. Volgens Corine moesten kleine kinderen zo snel mogelijk deel uitmaken van het gezin, in het ritme ervan opgenomen worden.
Er kwam veel bezoek. Haar ouders en schoonouders, vriendinnen en natuurlijk Louise. Dikwijls kwam ze direct na haar werk naar het Noorderplein en bleef gezellig mee eten.
Op een donderdagmiddag kwam Harriët. De donderdag was haar vrije dag in salon Lilianne, de salon van Ina Holtkamp. Robbie maakte in de klas van juf Helga kleurige tekeningen en Alexander deed zijn middagslaapje.
'Ik kom iets leuks vertellen, Corine!' Harriët riep het juichend. 'Je weet van de moeilijke tijd tussen Christian en mij, maar die tijd is voorbij! Hij is weer thuis op zijn plekje tussen de paperassen op het kantoor en met zijn baantje als manager lukt het uitstekend. Hij heeft toch kwaliteiten van zijn vader geërfd. Geregeld schuift hij met een ploegje om een tafel in de kantine, dan praten ze over verkoopkunde. Christian heeft er twee boeken over aangeschaft. En hij leest ook in die boeken! Want alleen de wijsheden van papa Van Bergen rondkraaien, dat wil hij niet. Hij komt met eigen, uit de boeken geplukte wijsheid. De mannen en vrouwen luisteren aandachtig en ze steken er, volgens Christian, veel van op. Hij vertelt er thuis genoeglijk over.'
Harriët zweeg even en Corine vroeg zich af waarmee Harriet nou zo blij was. Niet om het tevreden werken van Christian. Dat was natuurlijk fijn, maar er moest meer zijn. Waarschijnlijk een tweede zwangerschap...
Harriët vertelde juichend: 'En Corine, luister, ik krijg een eigen salon! Christian reed over de Loosenbergsingel en zag daar aan het pand op de hoek een bord hangen: te koop! Toen ik het hoorde, kon ik niet geloven dat hij onmiddellijk dacht: 'Dit is een geschikt plekje voor Harriët een eigen kapsalon te begin-

nen!' Het was alsof plotseling een bundel zonnestralen over me heen viel. Ik was verbaasd en blij tegelijk. Christian zei: 'Ik weet dat jij graag in een eigen salonnetje wilt werken, lieve schat. Je bent redelijk tevreden bij Ina bezig, maar het gaat niet op de manier die jij graag wilt. Als mevrouw Dekker zegt dat haar haren zwart gespoeld moeten worden, ben jij ervan overtuigd dat koperrood haar beter zal staan. Maar je mag dat niet voorstellen.' Daarom vond hij dat ik maar mijn eigen salon moest beginnen, zodat ik mag zeggen wat ik wil.'
Glunderend ging Harriët verder: 'Het pand is eigendom van een man die meerdere huizen en winkeltjes in de stad heeft. In de meeste gevallen worden ze verhuurd. Maar op dit gebouw hing een bord 'te koop'. Nadat Christian het bord had gezien, belde hij de verkoper op. Hij vertelde over mijn verlangen een eigen salonnetje te beginnen en nu dit pand wordt aangeboden, wilde hij er met hem over praten. Ze spraken af elkaar na kantoortijd te zien aan de Loosenbergsingel. Het ging zo goed! Christian kwam enthousiast thuis. Hij had de sleutel in zijn broekzak. Wij gingen samen kijken. En, Corine, het is bijzonder geschikt voor een salonnetje! En het gaat door! Ik krijg mijn eigen salon!'
'Wat heerlijk, Harriët! Dit wilde je zo graag! Echt een grote verrassing!'
'Is het niet ontzettend lief van mijn man? Ook omdat dit plan een belangrijke wens van hem naar de achtergrond schuift. Christian wil graag nog een kind. Wanneer hij erover vertelt, dansen de verhalen over de heerlijke jeugd van Daniël en hem voorbij. Eén kind in een gezin is volgens Christian vaak een zielig kind. Dat is onze Rob dus. Niemand om mee te spelen en niemand om ruzie mee te maken. Met twee kinderen is dat opgelost. Maar Rob vermaakt zich uitstekend met zijn vrienden. Ik weet dat Christian me het liefst in de rol van zorgzame

mama ziet. Vooral omdat het ook voor hem een veilig wereldje zal zijn. Christian houdt van veiligheid. Huisje, boompje, kindjes. Mannetje komt thuis, vrouwtje heeft de koffie klaar. Christian weet intussen dat hij voor dat plaatje de verkeerde vrouw ten huwelijk heeft gevraagd. Ik heb andere plannen. Ik vertelde hem de afgelopen jaren steeds stukjes en beetjes over die plannen. Ik bracht ze als grapjes, maar ik hoopte dat hij er de waarheid uit zou oppikken. Maar Christian ging er niet op in. Als ik er serieus over begon, luisterde hij niet. Voor hem waren het, dacht ik, malle droombeelden aan een verre horizon. Maar opeens, hoe is het mogelijk, blijkt hij er wel van te weten!'

'Ik wil graag verder in dit vak,' zei ze. 'Ik weet dat mijn dromen waarschijnlijk onbereikbaar zijn, maar ik mag er toch over fantaseren? Ik zou graag met fotomodellen werken. Of achter de schermen bezig zijn bij toneelvoorstellingen, balletuitvoeringen of musicals om de kaspels te verzorgen van actrices en acteurs die de planken op gaan.

Ik zal dit niet van de ene op de andere dag kunnen realiseren, dat snap ik, maar helemaal onmogelijk lijkt het me ook niet. Ik praatte er de laatste tijd niet meer over, maar ik dacht er wel aan. Christian vindt dat het een verdorven wereldje is. Je kent de verhalen. Het lijkt mooi, glamour en romantiek, maar het is gevaarlijk. Ik ben een simpel kapstertje en ik zal meteen in de poel van het verderf verdrinken. Ik moet veilig bij Chris blijven, dan gebeuren er geen nare dingen, want hij past op me. Ik zie het anders. De mensen in dat wereldje werken hard.'

Corines gedachten maakten snel een zijsprongetje: hier was een onderwerp voor Louise in verborgen; maar op welke manier precies... Een notitie voor verder uitwerken, dan maar. Ze luisterde weer naar Harriët. 'Ik kan straks mijn eigen weg gaan en het gaat me lukken, Corine, daarvan ben ik overtuigd.

Ik ben er heel blij mee, maar ik laat mijn verdere plannen niet los. Ik heb grote dromen. Door die te koesteren, wordt het een steeds mooier en interessanter plaatje. Zoals de toekomst nu naar me lacht, is het leven heerlijk. Een lieve man, een heerlijke zoon, een mooi huis en nu ook nog een eigen kapsalon!'
'Vertel eens over het pand.'
'Het is niet groot. Maar het heeft goede afmetingen om er een knusse salon van te maken. De eigenaar vertelde dat het jarenlang een woonhuis is geweest. Beneden een voorkamer, achterkamer, gangetje, keuken, toilet en schuurtje. Het staat op een schitterend plekje aan de singel. Op de hoek van de Loosenbergstraat en de Loosenbergsingel. Omdat het op een hoek staat, noemt Chris het 'een binnenloper'. Hij zegt dat mensen er gemakkelijk binnenstappen. Chris weet sinds de verkoopwijsheid veel van verkooptechnieken.' Harriët knikte, een lachje in haar ogen.
'Harriët, je droomt komt uit! Wat heerlijk voor je!'
'Ik vind het ook echt geweldig. Er moet nog wel iets aan verbouwd worden, trouwens. We tekenen op kladpapier hoe het moet worden. Plannen uitbroeden kost geen geld en het moet worden zoals ik het wil. Ik heb een goed beeld in mijn hoofd. Christian wil het boven ook meteen aanpakken. In één keer alle drukte. Als het beneden klaar is, komen de klanten, dan moet er geen lawaai van hakken en breken meer klinken. Boven wil hij op de brede overloop een keukenhoek realiseren. Voor een studente die een eigen plekje zoekt, is alles aanwezig. Misschien schrijft Chris de huur daarvan al in een kasboekje!'

Corine vertelde Daniël over de voorbije middag.
'Ik weet ervan. Christian belde me met een vraag op een ander terrein. Toen daarop het antwoord was gegeven, vertelde hij erover: 'Nog snel een nieuwtje: Harriët begint op korte termijn

haar eigen salon! Meer berichten volgen.”
Door de glimlach die over zijn gezicht gleed, begreep Corine dat hij er meer van wist dan hij nu wilde laten blijken. Hij praatte verder: ‘Harriët werkte als kapster toen die twee elkaar ontmoetten. Christian was niet enthousiast over haar werk. Maar hij begreep dat zij met plezier bezig was. Hij was zo verliefd op de vrolijke, enthousiaste Harriët! Mijn moeder zei eens: ‘Ze is een warmtebron voor hem.’ Dat waren juiste woorden. Waarschijnlijk zag hij in die dagen hun toekomst voor zich: ze trouwden, er werden vier kinderen geboren; werk genoeg voor moedertje Harriët. Moeder en zij praatten soms over haar werk bij Ina Holtkamp. Moeder kwam in die salon. Ik hoorde hun gekwebbel en het stond vast dat deze *business* Harriët gevangen hield. Ik wist niet welke mogelijkheden er waren, maar ik voelde dat Harriët er meer mee bezig was dan Christian vermoedde. Hij zag het als een meisjesdroom die ze losliet nu de grote liefde in haar leven was gekomen. Welke heerlijkheden wachtten haar? Een zorgzame, lieve man, een leven met hem samen, over enige tijd het moederschap. Veel jonge mensen hebben dromen. Die dromen verbleken na verloop van tijd en lossen op in het niets. Dikwijls ook omdat het geld ontbreekt om ze waar te maken. Of omdat er geen kansen komen om ze werkelijkheid te laten worden. Maar Harriët laat haar dromen niet los.
Maar het was onmogelijk. Ze hadden geen geld. Ik stelde dat geld, wat geleend werd om een werkplek voor Harriët mogelijk te maken, in die werkplek terugverdiend ging worden. Het beroep van kappers en kapsters is een echt vak. Tot dan toe had Christian er niet serieus over nagedacht. Hij schoof het liever van zich af. Maar ontwijken kon hij het niet meer.’
Daniël glimlachte bij de gedachte. ‘Toen zag hij het pand aan de Loosenbergsingel te koop staan. Hij dacht: dit is een geschikt

hoekje voor Harriët! Want mijn broer realiseerde zich intussen dat hij in de voorbije jaren voortdurend alleen zijn eigen wil heeft gevolgd. Het was tegenover haar niet eerlijk. Hij hield toch van zijn vrouwtje? Maar Christian hoopte in stilte dat, omdat ze niet met echt plezier werkte, ze haar baan bij Ina zou opgeven en huisvrouw werd. Om halfzeven de maaltijd op tafel brengen. Veel aandacht voor hem en Robbie. Christian is een beste jongen, maar ik vond deze zienswijze niet eerlijk. Gelukkig zag hij dat zelf ook in. Nu is hij druk bezig in de salon. Er is geld geleend, maar dat geld wordt in de salon terugverdiend. Grootvader Van Bergen verkondigde vele jaren geleden de wijsheid al: 'De kost gaat voor de baat uit.' Harriët start over enige tijd haar eigen salon. Ze gaat elke morgen blij naar de Loosenbergsingel.'
Corine zei met een glimlach: 'Christian doet haar er veel plezier mee.'
En dat was ook zo. Een groter plezier kon hij haar niet doen. Twee maanden later werd salon Harriët geopend met een gezellig feestje.

Drie jaren gingen voorbij. In het tweede jaar van die drie jaren verlieten Daniël, Corine en Alexander de flat aan het Noorderplein en verhuisden naar de Van Diepenhorstdreef. Een ruime, lichte en zonnige woning met een grote tuin op het zuiden. Een tuin misten ze in de flat, vooral voor Alexander. Buiten spelen was daar voor hem onmogelijk.
Ze verhuisden in de zomer. Op het terras stonden de nieuwe tuinstoelen geschikt om een grote tafel, een fleurige, grote parasol erbij geschoven. Aan het einde van het terras een zandbak, ruimte voor Alexander op het gazon om met een bal te spelen en gelegenheid om op een fietsje over het pad te rijden dat rond het terras aangelegd was.

Voor Daniël en Corine met het jochie voor de eerste keer naar de Van Diepenhorstdreef reden om de woning te bekijken, had Daniël de kleine jongen verteld wat ging gebeuren. 'We gaan in een ander huis wonen. Alles spulletjes uit dit huis nemen we mee naar dat huis. De tafels, de stoelen, jouw bedje en ons bed, alle kleren en jouw speelgoed.'
Het jochie had geknikt, een klein beetje begreep hij wat papa vertelde, de rest wachtte hij af. En verhuizen, ja, wat was verhuizen...Toen ze voor de eerste keer in de nieuwe woning waren, liep hij verbaasd in de grote, lege kamer, maar zodra ze op het terras stonden, uitte hij dansend zijn blijdschap.
Het huis had een grote, lichte woonkamer, een prachtige keuken en bijkeuken. Boven vier kamers en een ruime badkamer. Daniël nam een van de kamers in gebruik als werkkamer. Een bureau werd naar boven gebracht, nieuwe stoel erbij en kasten tegen de muren.
Ze moesten afscheid nemen van de flat. Corine en Daniël stonden dicht naast elkaar in de lege kamer. Daniël zei met zachte stem, mijmerend zoals hij dat kon doen: 'Ik woonde hier alleen, ik wachtte op de vrouw die bij mij hoorde. Onze ontmoeting en de dag waarop jij voor de eerste keer hier binnenstapte. Dat was de middag waarop je met een chocoladetaart, schommelend in een tas aan je hand, kwam aanfietsen. En de avond, voor we naar Jelle en Margriet gingen, beloofde je: ik blijf vannacht bij je slapen. Onze eerste nacht in het grote bed. We waren hier gelukkig. Nu vormen we een gezinnetje, vader, moeder en kind. De flat is voor ons drietjes te klein. Er is te weinig ruimte voor Alexander. We gaan naar ons nieuwe huis en we nemen ons geluk mee.'
Corine glimlachte. Zo, met z'n tweetjes in de lege kamer; in een flits weten dat dit een van de vele momenten zou worden die ze haar verdere leven met zich mee zou dragen tot in de tijd

waarop ze beiden oude mensen waren geworden. Dan haalden ze alle waardevolle herinneringen die in hun leven waren geweest terug om ze te overdenken, met een warme glimlach: weet je nog...? Ja, ze wisten het beiden nog. Ze voelden dan de warmte en de emotie van 'toen' weer. Beelden om met je mee te dragen, om in tijden van verdriet en tegenslag moed uit te putten. Ze liet deze gedachten los, ze zei nuchter: 'Het was hier goed en het zal goed zijn in ons nieuwe huis.'

In het derde jaar van de drie die voorbijgingen, nam Louise het besluit haar werk bij Kappelhof Verhoeven los te laten en fulltime aan het werk te gaan bij Nu en Morgen. Door de columns was er geregeld contact geweest met de dames en heren die dagelijks bezig waren met het maandblad.
Aan de ronde tafel stelde Willemijn Jansma, de hoofdredactrice, op een middag de vraag: 'Louise, wij hebben iemand nodig in ons team en we vinden jou er geschikt voor. Je hebt een ruime en leuke kijk op het gebeuren om ons heen, je schrijft in een aparte stijl. Wil je een plaats innemen op de redactie van Nu en Morgen?' Louise had er meteen enthousiast 'ja' op geantwoord. Ze vertelde Corine en Daniël erover. 'Het werken bij Kappelhof Verhoeven was interessant. Maar toen ik steeds vaker het kantoor van Nu en Morgen binnenviel om over de columns te praten, leek het me heerlijk daar bezig te zijn. De sfeer is er heel anders. Bij Kappelhof Verhoeven komen mensen met hun zorgen over de komende echtscheiding binnen. Vaders vragen of ze hun kinderen in de toekomst kunnen blijven ontmoeten. De moeders hebben zorgen over de financiële omstandigheden waarin ze terecht komen. Allemaal gehannes en gedoe. Bij Nu en Morgen is het leven flitsend, snel en wordt er meer gelachen. Daarnaast speelt mee, jullie weten het, dat ik graag verder wil met schrijven. Na een goed gesprek met

Willemijn besloot ik over te stappen. Dit werk geeft me toch meer mogelijkheden, het is een uitdaging.'
Corine en Daniël begrepen het. Ze dronken een glas wijn op de toekomst. Er waren veranderingen in de levens van de vriendinnen, maar veranderingen om blij mee te zijn. En dat waren ze.

Op en avond in december zaten Daniël en Corine in de huiskamer. 'Herinner je je waarover we een poos geleden hebben gesproken?' vroeg hij.
Ze verborg een glimlach. Ze wist waarover hij wilde praten, ze had de voorbije dagen dezelfde gedachten gehad. Een tweede kindje. Ze verlangde ernaar. Maar ze reageerde – hem even uitdagen mocht – door te zeggen: 'Ik heb geen idee. Alles gaat naar wens. Jouw baan en mijn werk lopen goed. Alex voelt zich thuis bij zijn vriendjes en vriendinnetjes in Het Hofke. Hij kan zo leuk naar voren brengen wat hij wil vertellen. Als het een voor hem ernstige zaak is, gaat hij voor me staan om me duidelijk te maken dat wat hij gaat zeggen belangrijk is. Hij duwt even met een klein vingertje tegen mijn kin om mijn gezicht recht voor zich te krijgen. Ik zie dan sterk je vader in hem. Meer nog je vader dan jou.'
'Ja, mijn vader maakt onmiddellijk duidelijk wanneer woorden ernstig zijn: de luisteraar moet opletten. Alexander doet dat ook. Stevig op zijn beentjes staan, ietsje uit elkaar en je strak aankijken met zijn grote bruine ogen.' Het was een kinderachtig spelletje tussen hen, maar ze genoten er beiden van. Ze hielden van elkaar, ze waren gelukkig. Nu kwam hij ter zake: 'Ik herinner je aan de afspraak over een tweede kindje te dromen als Alexander drie jaar zou zijn.'
'Ja. De pil in het doosje laten en hopen dat onze wens vervuld wordt.'

'Zou dat voldoende zijn?'
'Nee, de pil in het doosje laten en over de wens dromen is niet voldoende. Maar de verdere bezigheden vormen geen bezwaar. Daniël, we houden van elkaar. Dat moet genoeg zijn.'
In het begin van het nieuwe jaar wist Corine dat ze opnieuw zwanger was. Ze ontdekte het net als bij de komst van Alexander. Op een vroege morgen wakker worden met het gevoel dat iets speelde in haar lichaam wat er gisteren en eergisteren nog niet was. Ze keek op het wekkertje. Vijf uur. Daniël sliep nog. Als hij wakker werd, hield ze haar ogen gesloten. Nog even dit geheimpje voor zichzelf houden. Een tweede kindje.
Wilde ze een jongetje of een meisje? Het maakte niet uit. Alexander was een heerlijk jochie. Nog zo'n manneke, een vriendje in huis voor hem. Ze scheelden dan bijna vier jaar. Dat leeftijdsverschil was er ongeveer ook tussen Daniël en Christian en volgens de verhalen vanuit de bungalow hadden ze als kinderen veel steun aan elkaar. En dat was nog zo. Bij moeilijkheden voor Daniël vroeg hij zijn broer om hulp. Christian zette hem op de weg het op te lossen.

De volgende avond zat Christian van Bergen in de ruime huiskamer van zijn huis aan de Zuidergracht. Het was bijna tien uur. In de kamer brandden drie schemerlampen. Twee ervan waren teruggedraaid naar zwak licht, echte schemerlampen nu. Eén ervan stond naast de boekenkast, de ander aan de andere kant van de kamer bij de deuren naar het terras. De derde lamp stond naast zijn stoel; hij gaf vol licht. Een leeslamp. Maar Christian las niet.
Rob sliep al enige uren, Harriët lag op de bank. Tegen acht uur had ze de kussens op elkaar gestapeld, de grote plaid uiteengewapperd en hem over de leuning van een stoel aan de grote

tafel gehangen. 'Ik doe even mijn ogen dicht. Het is elke dag druk, maar de ene dag verloopt alles vlotter dan de andere dag. Soms zitten meerdere dingen tegen. Vandaag was zo'n dag. En als het in de morgen al begint, zeurt het de verdere dag door. Alsof het ritme niet deugt. Vanmorgen kwam een klant niet opdagen. We belden haar natuurlijk direct. Ze had zich in de dag vergist. Ze kwam zo snel mogelijk, maar er ging veel tijd verloren.' Harriët zuchtte, ze was intussen op de bank neergestreken. 'Wil jij de plaid over me heen leggen?'
Natuurlijk wilde hij dat. Hij vond het vervelend voor Harriët wanneer die kleine tegenslagen voorbijkwamen, maar ook dat hoorde erbij. Hij liet zich wat onderuit in de stoel zakken. Zijn gedachten dwaalden naar de veranderingen die na de opening van de salon langzaamaan hun gezinnetje binnenslopen. Nee, het was geen binnensluipen. Binnensluipen gebeurt ongemerkt, valt niet op, niemand heeft er aandacht voor. Maar zo was het hier niet; hij merkte de veranderingen heel bewust.
Hij zei er ook iets over, meestal verpakt als grapjes in luchtige gesprekken bij zijn ouders, bij Daniël en Corine en bij goede vrienden. Er werd om gegrijnsd, maar hijzelf kende de ironische ondertoon in zijn woorden.
Nu, in de stille kamer, Harriët slapend op de bank, besefte hij dat de ironie in hem sterker werd. Hij snapte heus dat de werkzaamheden haar heftiger bezighielden dan toen ze bij Ina Holtkamp werkte, maar hier thuis leek een schaduw van die drukte te vallen. Hij wilde niet zeuren, hij duidde ze aanvankelijk met 'kleine veranderingen' aan. Dat zwakte de stille pijn enigszins af, maar hij wist dat die pijn hem dieper raakte dan hij wilde erkennen.
De eerste maanden na de opening van de salon haalde Harriët na een redelijk sluitingsuur van de salon Rob op bij een van de plekken waar hij na schooltijd onderdak had gevonden. Vaak

ging hij met een vriendje mee naar huis. Soms liep hij naar het huis van opa en oma Herlings, de ouders van Harriët. Opa was nog aan het werk, maar oma was meestal thuis. Zij woonden niet ver van de school.
De zaterdag was een prettige dag, want dan was Rob bij Christian. Samen deden ze boodschappen in het winkelcentrum. Soms verdeelden ze de taken, ging Christian naar de keurslager en de supermarkt en Rob naar de kaaswinkel en de groenteman. Op zondag waren ze met z'n drietjes thuis.
Na enkele maanden belde Harriët naar zijn kantoor en zei – het was geen vraag geweest – dat hij, als hij van kantoor ging, Rob moest ophalen. Zij had er geen gelegenheid toe. Er zat een mevrouw onder de kap en als het haar droog was, moest het opgekamd worden. Daarna moest ze nog opruimen en afsluiten. Hij begreep het toch wel? Ja, hij begreep het, maar als ze geen afspraak had gemaakt met die mevrouw om vijf uur of halfzes nog te komen, kon ze eerder de deur van de salon sluiten. En waar was Rob? Dat wist Harriët niet. De enige mogelijkheid was een rondje langs de verschillende adressen rijden en als hij niet bij een van de vriendjes was, zat hij waarschijnlijk bij haar ouders aan tafel. 'Je vindt hem wel, Christian, tot straks!'
Het werd snel vaste regel dat Christian zijn zoon oppikte. Hij vond het contact fijn. Rob en hij, een goed koppel. Zo had elk nadeel toch een voordeel.
Harriët wilde Rob na schooltijd niet alleen in huis hebben, al helemaal niet met vriendjes. Het waren geen kleine jongetjes meer, maar het was onvoorspelbaar wat ze uithaalden. Ze waren te jong om gevaren te zien: wat kon er niet allemaal gebeuren? Een brandje stichten, zo wild met elkaar dollen dat er ongelukken gebeurden... Hij haalde Rob dus op.
Zijn gedachten gleden naar de maaltijden in huize Van Bergen.

Hij grijnsde om zijn denken. Hij speelde stilletjes in zijn eentje de geplaagde huisvader. Harriët had alles geregeld. Hij moest er, ondanks zijn irritatie, om glimlachen.
Ze zette in de eerste week na de opening van de salon haar plan uiteen. 'Ik maak in de avond zoveel mogelijk het eten voor de volgende dag klaar. Dat kan tussen de bedrijven door gebeuren. Tijdens het koffie zetten en als ik naar de verhalen van Rob luister schil ik een paar aardappelen en maak, bijvoorbeeld, de sperzieboontjes panklaar. Jij gaat als je thuis bent aan de slag. Het vlees in de bakpan en de potjes op de platen zetten. Je bent een handig kokkie en je vindt het leuk werk. We eten als ik thuis ben. Daarna hebben we een fijne avond vóór ons.'
Een leuk plannetje, maar na korte tijd wist ze een betere werkwijze. Ze belde hem als ze naar huis kwam en dan kon hij zorgen dat het eten op tafel stond. Rob aan tafel roepen en het werd een gezellig etentje. Welke overdracht van huiselijke karweitjes had nog meer plaatsgevonden? De was. Harriët sorteerde de was in verschillende manden. Hij was pienter genoeg om te weten in welke mand de witte was lag. Dat waren allemaal witte spullen. Hij herkende ook het bonte goed en wat Harriët 'de zorgwas' noemde. Je hoeft echt geen vrouw te zijn die groepen te onderscheiden, dat kon haar Christian toch wel? Natuurlijk kon haar Christian dat. De spullen in de wasmachine stoppen, waspoeder toevoegen, een knop indrukken en het proces kwam op gang. Een man kan ook de was doen. Als alles schoon en fris was geworden, gaf de machine simpel aan dat het karwei geklaard was. Het lampje ging uit. En wat hij ook snapte – dat was voor domme mannen bedacht – was dat als het lampje nog brandde, het deurtje niet openging. Want dan stroomde het water uit de machine. Dat zou een complete ravage teweegbrengen. En wie moest het water opdweilen? Hij natuurlijk. Zijn vrouwtje was nog niet thuis. Zijn vrouwtje had

haar eigen bedrijf. Nog verder met de was, want het wasgoed in de machine laten liggen was niet goed. Dan kreukelden de spullen. Alles moest aan het rek gehangen worden. En dat deed handige Christian! De spulletjes uitslaan, met knijpers aan de lijn pikken en de klus was geklaard. Maar was het vrouwtje dankbaar voor zijn hulp? Welnee, waarom zou ze dankbaar zijn? Het was een bezigheid in hun gezin. Het ging hem aan en het ging haar aan. Ze werkten beiden buitenshuis en binnenshuis. Een man kon ook de was doen.

Hij glimlachte. Och, zo heftig waren die kleine karweitjes toch ook weer niet? Waarom dacht hij er dan over?

Omdat hij constateerde wat de eigenlijke oorzaak van het gebeuren was. Harriët en hij leefden steeds meer in twee werelden. Misschien drie werelden. Want ook Rob leefde veel uren per dag in een eigen wereldje. School, na school bij een vriendje zijn. Die drie werelden vormden de hechtheid van zijn gezin, maar hij zag de vorm van hechtheid voor elk van hen niet meer.

Hij had een warm beeld gekoesterd van zijn toekomst. Het simpele beeld van een tevreden gezin. Vader, moeder, kinderen. Zijn eigen gezin was zijn voorbeeld. Vader was in de eerste plaats de man naast zijn vrouw, daarna was hij de vader van zijn zonen. Hij werkte met plezier, maar zijn gezin was het belangrijkste in zijn leven. Moeder had geen baan buitenshuis. Ze wist wat haar man bezighield, ze kende zijn minder prettige eigenschappen, maar bovenal kende ze zijn grote liefde voor haar en de jongens. Als vader thuiskwam, hoorde moeder aan de manier waarop hij de auto het pad naast de bungalow op draaide hoe zijn humeur was. De meeste dagen vonden Daniël en hij mama thuis. Ze luisterde naar hun avonturen, lachte mee met vrolijke gebeurtenissen en gaf bij moeilijkheden raad en hulp. Moeder kende haar kinderen. Hun karakters, angsten en plannen. Zoals Daniël onlangs vertelde over het in zijn kinderjaren vasthouden aan gebeurtenissen en er niet van kunnen loskomen. Moeder wist het en praatte er met hem over. Ze bracht andere gedachten in zijn jongenskopje. Ze had het goed gedaan, daarvan was hij overtuigd, hij had dat denken niet meer.

Wat wist Christian van de gedachten van Rob? Had de jongen stille angsten, waren er op school moeilijkheden die hij niet kon oplossen? Als er echt iets was, vertelde Rob het hem dan? En wat wist Harriët van hun zoon? Ze nam zonder nadenken aan dat alles goed ging. Wanneer was er voor de jongen gelegenheid om rustig met beide ouders te praten? Als er probleempjes waren, vertelde het jochie er dan over aan de moeder van Tobias? Nee, dat geloofde hij niet. Hij vertelde het ook niet aan oma Herlings. En na schooltijd naar oma Van Bergen fietsen was te ver.

Hield hij in stilte een pleidooi voor het leven zoals dat in het verleden was? Och nee, dat niet. Die tijd lag achter hem. En ook toen waren er werkende moeders. Maar er moest meer evenwicht zijn tussen de baan buitenhuis en de betrokkenheid bij wat binnenshuis speelde. Het huwelijk goed houden, weten wat het kind bezighield.

In de tijd van hun verloving vertelde Harriët veel over hoe zij naar haar vak keek. Hij hoorde het aan en knikte, hij begreep het. Ze praatte niet over verre verwachtingen op dit terrein.

Toen kwamen de plannen voor hun huwelijk. Harriët zei: 'We kopen een woning waarin we ons prettig zullen voelen. Dat geldt ook voor de inrichting. Alles om ons heen maken we zoals wij het graag willen. Dan hoeven we jarenlang geen dure dingen aan te schaffen. We weten waar we aan toe zijn. De maandelijkse hypotheekaflossing en de rente, meer niet.' Het was een prachtig huis, dat beslist. En een schitterende inrichting.

Maar toch miste Christian iets. In zijn droomgezin zag hij zonen en dochters. Vrolijkheid en drukte. Zijn vader had eens gezegd: 'Kinderen uit één gezin hebben dezelfde achtergrond en dezelfde opvoeding. Dat geeft een binding, ze weten van elkaar. Dezelfde herinneringen. Dat gevoel vergezelt je je leven lang met een glimlach.'
Harriët werd wakker en schoof de plaid van zich af. Christian ging rechter in de stoel zitten. 'Lekker uitgerust?' vroeg hij.
'Nou nee, niet echt uitgerust. Ik slaap niet echt ontspannen op de bank. Maar na een drukke dag is het heerlijk om even dommelend naar rustiger oorden te trekken.' Ze schoof de plaid naar de andere kant van de bank, rekte haar armen uit en lachte naar hem. 'Hoe laat is het?'
'Halftwaalf.'
'Ik ga meteen naar de slaapkamer. Tandenpoetsen, gezicht schoonmaken en snel in bed. Dan tuf ik zo dromenland in. Doe jij je avondronde?'
Christian knikte.
'Oké. Tot zo.'
Hij deed de deuren op slot en knipte de lichten uit. Daarna sloop hij naar de slaapkamer. Misschien, had hij stilletjes gefantaseerd, als hij haar in zijn armen nam, iets liefs in haar oor fluisterde, haar streelde, dan moest ze toch voelen wat hij wilde...
Maar het lukte niet. 'Nee, Christian, mijn hele lijf slaapt al bijna.'
Al snel hoorde hij haar rustige ademhaling. Ze sliep. Hij kon de slaap niet vatten. Hij keerde terug naar zijn mijmeringen. Wat ging er fout? Wat was het knelpunt? Het was duidelijk: de salon. De salon beheerste Harriëts leven te veel.
Hij lag op zijn rug, het hoofd op het kussen. Het schemerdonker van de slaapkamer sloot zich om hem heen.

Daniël had hem verteld over het verlangen van Harriët naar een eigen salon. Dat plan, een eigen salon voor haar, was misschien een enkele keer in hem opgekomen – het was de enige goede oplossing te werken zoals ze zelf wilde – maar hij had het direct naar de achtergrond geschoven omdat het onmogelijk was. En er was ook een waarschuwing in hem: het is beter dat het er niet komt... Daniel stelde vast: 'Dat geld wordt beslist terugverdiend.' Dat geloofde hij ook, en toch wilde hij er liever niet aan.

Nadat Harriët te weten was gekomen van zijn moeilijkheden in de bouwmarkt, was ze lief geweest. 'Schat, waarom vertelde je me er niet over? Alle ellende alleen verwerken is toch niet goed? We konden samen een oplossing zoeken. Je bent naar Daniël gestapt en eigenlijk ben ik daar een beetje boos om. Ik begrijp dat je hoopte dat Daniël een betere oplossing kon aandragen dan ik. Maar je had me alles moeten vertellen. Dan wist ik waar die nukkige buien vandaan kwamen. Ik had je kunnen opvangen...'

Die avond hadden ze in bed gestoeid en ze had lachend gevraagd: 'Wat wil je nou?'

Hij had, ook lachend, geroepen: 'Jou zwanger maken van een tweeling!'

Ze reageerde schaterend; of hij soms dacht dat ze moeder van een kindertehuis wilde worden! Nee, dat wilde ze niet. Ze droomde ervan toneelspeelsters ingewikkelde kapsels te geven, naar een voorbeeld uit de pruikentijd. In die dagen had Daniël gezegd: 'Besef je wat een grote wens van je vrouw is?'

En toen zag hij het bord op het hoekpand aan de Loosenbergsingel...

Twee dagen later zei Corine tegen Daniël: 'Ik zie een zorgelijke trekje om je mond. Waaraan denk je? Waarover pieker je?'

'Ik tob over Christian. Zijn leven is op het ogenblik niet echt plezierig. Hij was blij nadat de problemen bij de bouwmarkt waren opgelost. Daarna was hij nog blijer door de goede verstandhouding tussen Harriët en hem. In die tijd vroeg ik of hij zich ervan bewust was dat Harriët ernaar verlangde een eigen werkplek te hebben om haar vak uit te oefenen zoals zij graag wil. Hij zag geen oplossing. Er was geen geld. De hypotheek is nog lang niet afgelost. Daarop antwoordde ik dat een investering in een salon geen weggegooid geld zou zijn; het werd zeker terugverdiend. Ik kreeg weer wat meer zekerheid over hun relatie toen hij Harriët vertelde dat een pand aan de Loosenbergsingel te koop stond, en dat hij het wilde kopen om het te verbouwen tot een salon.
Harriëts grote wens werd waarheid, haar droom ging in vervulling. Haar lieve Christian maakte het voor elkaar! De lieverd, de schat! Nou, ik pieker de laatste dagen met die lieverd en die schat mee. Ik begin steeds meer te neigen naar de gedachte dat het voor hem beter was geweest aan het heftige verlangen van Harriët geen aandacht te geven. Want Harriëts droom staat zijn droom in de weg. Christian wil graag weer vader worden. Maar negen maanden zwangerschap lokt Harriët niet. En de geboorte van een baby, de zorg voor het kindje, kan ze er niet bij hebben nu de salon zoveel aandacht vraagt. Nuchter gesproken moeten beide dromen waargemaakt kunnen worden. Er zijn veel ouders die beiden een baan hebben. Harriët moet niet ieder vrij uur in de salon investeren. Ze heeft ook een man en een zoon. Het moet anders geregeld kunnen worden, maar Harriët wil dat niet. Er is een werkplan nodig. Werkuren in de salon vaststellen en tijd voor het gezin creëren. Harriët wil dat niet waarmaken. Ze is blij met man en kind, fijn dat ze hen heeft, maar de salon en alle mogelijkheden die ze voor de toekomst ziet, schuiven die twee naar een

zijspoor. Ik heb hem de salon aangepraat. Dat ligt me nu zwaar op mijn maag. Heb ik er fout aan gedaan?'
Corine wist het antwoord niet; ze keek hem alleen maar meelevend aan.
'Mijn woorden blijven in Christian naklinken. Hij wilde Harriët blij en vrolijk zien. Hij zag dat er een pand te koop stond en vertelde haar erover. Ze vloog hem meteen om de hals en zoende hem, zo blij was ze. En hij was de blije echtgenoot die zijn vrouw gelukkig maakte. Dat is wat hij wilde. En dat lukte hem.'
Daniël zweeg even. 'Hij belt zo nu en dan. Tussen de middag, als ik een broodje eet. Hij praat, ik kan intussen eten en koffiedrinken. De hoorn aan mijn oor en luisteren. In die gesprekjes blijkt duidelijk dat hij er behoefte aan heeft zijn hart te luchten. Hij weet dat hij steeds meer terrein verliest naarmate het op deze manier verder gaat. Corine, het zit mij dwars dat ik hem deze grote verandering heb aangepraat. Harriët zoekt geen weg tussen haar gezin aan de ene kant en haar werk aan de andere kant.'
'Het hele gebeuren is nog nieuw voor haar,' zei Corine. 'Over enige tijd wordt het weer gewoon. Dan overziet ze haar werkzaamheden en nemen Christian en Rob hun plaatsen weer in. Want naast goed gekrulde hoofden en geld in het laatje zijn die twee toch de belangrijkste mensen in haar leven. Christian moet haar tijd geven. Ze fantaseerde lange tijd over een eigen plaatsje. Ze dwaalt rond in ongekende mogelijkheden.'
'Misschien heb je gelijk,' zei Daniël. 'Je vroeg me wat me bezighoudt. Dit dus. Christian moet door erover te praten, veranderingen realiseren. Het belangrijkste in haar leven moet de driehoek man, vrouw en kind zijn. Maar de salon beheerst hun leven. Christian wil heus helpen, maar zoals het nu gaat, wordt er te veel van hem geëist. Hij staat in de schaduw. Wie vindt dat

leuk? Zo kan het niet doorgaan. Werken kan prettig zijn, maar het belangrijkste in het leven zijn toch de liefde en de zorg voor elkaar.'
Daniël grijnsde. 'We volgen het proces als leken. We hebben geen studie psychologie achter de rug. Maar we zien beiden dat een verkeerde richting is ingeslagen. Er moet gepraat worden voor het verder uit de hand loopt. Misschien gaat het over korte tijd beter als Harriët het hele gebeuren goed in de hand heeft en weet hoe het aangepakt moet worden. Christian houdt van haar en zij houdt van hem en van de kapsalon.'
Hij gaf haar een kus op haar voorhoofd. 'Lieveling, we gaan slapen. Jij bent zwanger, je bent de hele dag aan het werk geweest. Je hebt rust nodig. Kom dicht naast me liggen.'
Ze deed wat hij haar vroeg en samen vielen ze al snel in een diepe slaap.

De hieropvolgende maanden verliepen voorspoedig. Corine groeide; het viel zelfs de kleine Alexander op. Hij begreep er niets van, maar ze kon hem over een komend zusje of broertje vertellen. Corine vertelde haar verhaaltje. Alexander vond het een goed plannetje, nog een kindje in huis.
Zoals Corine op een morgen in februari wist zwanger te zijn, zo wist ze op een morgen in november dat de dag was aangebroken waarop de geboorte van haar tweede kind zou plaatsvinden. Afgesproken was dat haar moeder die dag in hun huis zou zijn. Vader kwam na zijn werktijd. Corine wilde dat Alexander die dag ook thuis zou zijn. Hij zou van het hele gebeuren niets merken en niets begrijpen, het speelde zich in de slaapkamer af. Maar hij zou de sfeer in huis ervaren. Corine kon er geen echt steekhoudende verklaring voor geven, maar ze wilde dat hun zoontje thuis was als zijn broertje of zusje werd geboren.

In de namiddag was het zover. Daniël was in de slaapkamer met de verloskundige en de kraamverpleegster. Even voor vijf uur in de namiddag werd het kindje geboren, een meisje. De verloskundige hield de baby even liefdevol vast voor ze het in de handen van de kraamverpleegster legde.
Corine sloeg de handelingen gade. Ze lag bevend van napijn, spanning en geluk in bed. Daniël zat naast haar. Hij depte haar gezicht met een koel washandje. 'Lieveling, we hebben een dochter en ze ziet er volmaakt en mooi uit. Ik heb na Alexander kijk gekregen op pasgeboren baby'tjes, en dit is een mooi meisje. Ik ben er heel gelukkig mee.'
'Ik ook,' zei Corine, trillend van de pijn en moeheid. Maar haar blijdschap was groter dan alles.
Over de naam van dit kindje was lang gepraat. Corine hield nog steeds vast aan de naam Franceska, maar kon het hierover niet eens worden met Daniël. Toen noemde ze een naam die ze altijd mooi had gevonden: Yvonne. Dat was precies goed. Het kleine meisje in de wieg heette Yvonne van Bergen.
Ruim een uur later lag Corine schoon, fris en gelukkig in het brede bed. Daniël was naar beneden gegaan. Hij ontmoette blijdschap en dankbaarheid, kussen en lachen. Daarna ging hij samen met Alexander en zijn oma, Corines moeder, naar boven. Alexander stapte aan de hand van papa de slaapkamer binnen, Tine Wagenaar volgde het tweetal. Haar dochter had een tweede kindje ter wereld gebracht, een tweede kleinkind voor Martin en haar.
Alexander bleef verbaasd staan. Er gebeurden zoveel dingen die hij met een lichte verwondering aanschouwde, maar erover denken deed hij nog niet. Daniël tilde hem op, want hij was nog te klein om over de rand van de wieg te kijken.
De volgende dagen kwam er veel bezoek, maar de kraamverpleegster hield het goed in de hand. Niet te lang blijven, rustig

praten, geen heftige verhalen. Koffie of thee en gebak, nee, geen beschuit met roze muisjes. Corine vond die muisjes te hard. Niet echt een lekkernij dat hoorde bij deze blijde gebeurtenis; zij had veel liever een gebakje met slagroom.

Vier weken na de geboorte van Yvonne was in huize Van Bergen de rust redelijk terug. In de morgen, van dinsdag tot en met vrijdag, bracht Daniël op weg naar zijn kantoor Alexander naar Het Hofke en rond halfvier in de middag, als daartoe even de gelegenheid was, stapte hij in de auto en bracht Alexander weer naar zijn mama en kleine zusje.
Corine had nog zwangerschapsverlof. In de morgen deed ze de baby in bad en kleedde het poppetje aan. Nadat het flesje was leeggedronken, bleef ze een poosje met Yvonne op schoot zitten en praatte zacht tegen het kindje. Tijdens dat praten keken de donkere oogjes haar met een ietwat verbaasde blik aan. 'Mijn kleine lieveling, jij begrijpt nog niets van mama's woorden, maar psychologen noemen dit contact opbouwen tussen moeder en kind. En daar gelooft mama in. We zijn toch eventjes knus samen?' Maar de meeste ochtenden viel Yvonne weer snel in slaap. Corine legde het hummeltje dan in de wieg en begon aan de dagelijkse werkjes.
Meerdere malen kwam haar moeder 's ochtends langs om te stofzuigen en andere klusjes te doen. 'Het is belangrijk de eerste weken na een bevalling niet de sterke, jonge, energieke moeder te spelen die alles weer aankan,' zei ze daarover. 'Een bevalling is een ingrijpende gebeurtenis. Lichaam en geest moeten tijd krijgen om te herstellen.'
Corine had bij haar moeders wijze woorden geknikt. Het was waarschijnlijk een waarheid, maar zij vond het in de eerste plaats prettig om iemand om zich heen te hebben.
Op de dag waarop Yvonne vijf weken was geworden, kwam

Louise in de middag langs. 'Hallo, moedertje!' begroette ze Corine vrolijk. 'Hoe gaat het? Druk in de weer met je kleintjes?'
'Valt erg mee. Alexander is vier dagen in de week in Het Hofke. Op maandag rommelt hij hier rond. Yvonne gedraagt zich als een voorbeeldige baby. Ze huilt natuurlijk weleens, maar niet meer dan gewoon is voor een baby. Het gaat heel goed. En hoe gaat het met jou?'
'Het bevalt me uitstekend bij Nu en Morgen. Er is vaak onverwachte drukte. 'Hallo,' klinkt het dan ineens, 'ik kom even bij jullie kijken!' De meeste onderwerpen hebben een vrolijke insteek, maar er komen ook heel serieuze gesprekken voorbij. Je weet dat ik sinds kort beschouwingen schrijf onder de naam Hanneke Korenaar in de rubriek 'Het leven bekeken...' Ik kwam op de rubriek door wat ik thuis ontdekte. Daar zag ik een man en een vrouw die elkaar al jarenlang kennen en ongemerkt steeds nuchterder met elkaar omgaan.
In de tijd bij Kappelhof was ik alert op dingen die konden wijzen op een echtscheiding, maar die sfeer hangt niet tussen mijn ouders.
Ik vond de omgang van mijn ouders normaal. Het een is het gevolg van het ander. De heftige liefde van kort na de trouwdag groeide naar de periode 'we kennen elkaar en we begrijpen elkaar'. Weer een paar stappen verder raakten ze lichtelijk op elkaar uitgekeken. Kleine ergernissen kwamen in mijn moeder op en zakten weer af. In de wetenschap 'zo is die man nu eenmaal, ik heb hem zelf uitgekozen en ik kon destijds niet in de toekomst kijken', accepteerde ze dat. Ik vond dat jammer, want mijn paps is best een aardige kerel.'
Louise grijnsde en Corine knikte. Wat kwam er nu...?
'Als ik in de avond in de huiskamer ben, speuren mijn gedachten rond. Ik zag mijn moeder met een ietwat afkeurende blik

naar mijn vader kijken en ik vroeg me af of ze soms denkt: 'Ik had destijds 'ja' tegen Joop moeten zeggen.' Joop was haar eerste vriendje. Hij komt uit de verhalen als een flamboyante bink naar voren. Op deze manier denken kan mijn moeder stille frustraties brengen, dat geloof jij toch ook?'
Corine bevestigde het glimlachend.
Louise praatte verder. 'Ik wilde het uitzoeken. Ik pakte in gedachten een zogenaamde ingezonden brief van ene mevrouw uit Amsterdam uit de stapel post. Gericht aan de redactie van de rubriek 'Het leven bekeken...' Dat ben ik dus.'
Louise grinnikte hierom en Corine lachte vrolijk met haar mee. Die Louise, wat een figuur toch ook. Nergens bang voor.
'Mevrouw schreef al enige tijd teleurgesteld te zijn in haar echtgenoot. Te vaak dacht ze aan haar fijne vriend van vroeger. Ze zocht hem en ze vond hem. De teleurstelling was groot. De vlotte jongeman van destijds was geworden tot een man die te veel dronk, die al het geld naar de kroeg bracht. Een wrak om te zien. Deze mevrouw uit Amsterdam schreef me over de trieste geschiedenis. Mijn mams leest Nu en Morgen van voor naar achteren. Ik vroeg terloops wat zij ervan vond. Ze zei: 'Ik had wel medelijden met die vrouw, het was toch een teleurstelling. Maar,' zei mijn wijze moeder, 'het is in dergelijke gevallen toch vaak zo, Louise, dat je beter kunt kijken naar wat je wél hebt. Pa is ook niet meer de charmante bink van vroeger, maar ik ben tevreden met hem. Hij is een stevige kerel en hij drinkt weinig drank.' Je snapt, ik ben weer helemaal gerustgesteld. Zo los ik als dochter voor mijn moeder een stilzwijgend probleem op.'
Corine lachte schaterend. 'En je had weer een onderwerp! Jouw gedachten kronkelen soms toch wel heel erg raar!' Ze genoot er altijd van als Louise langskwam. Met haar praten was al net zo interessant als haar stukken lezen.

In de avond keek Daniël naar een natuurfilm. Corine had een boek in handen, maar haar gedachten dwaalden naar het praten van deze middag. Ook Daniël kon zijn gedachten er maar moeilijk bij houden. Toen ze in bed lagen, vroeg Corine hem ernaar: 'Wat is er aan de hand?'

'Ik dacht aan Job Winkelaar. Alweer een poos geleden had ik een afspraak met hem, weet je nog? Ik verwachtte toen dat hij met een bijzonder onderwerp kwam, maar aan het einde van de avond had ik dat niet gehoord. Hij maakte wel een onrustige indruk. Ik vermoedde dat er iets broedde in de winkel of in het woonhuis van de Winkelaars. Maar wat er aan de hand was, werd me niet duidelijk. Job Winkelaar zeurde eromheen. En ik heb niet het type band met hem om rechtstreeks de vraag te stellen: heeft u soms een liefde buiten de winkeldeur of heeft uw vrouw een minnaar aan de achterdeur?'

Hier moest Corine toch even om lachen. Zo'n vraag zou hij aan niemand zo bleu stellen, wist ze. Daar was hij het type helemaal niet naar.

'Hij kwam vanmiddag,' zei Daniël. 'We trokken ons terug in het kleine kantoortje. Deur dicht, alle woorden blijven dan binnen de muren.

Nu het een ernstiger zaak is geworden, moet ik je meer over Job Winkelaar vertellen, zodat je een beeld van hem krijgt. Hij heeft een prachtige winkel in de binnenstad van Doetinchem. Job is een keurige, beleefde, vriendelijke man. Ook een geschikte kerel om te zien. Flink postuur, dikke bos krullend haar en een gaaf gebit. Ik let altijd op hoe mensen binnenkomen. Op dat moment zijn ze dikwijls al bezig met de zaken die straks op tafel zullen komen. Als het blije gedachten zijn, stappen ze met een lachje binnen. Als het tobberige gedachten zijn, willen ze die liever loslaten en kijken hoe het verder verloopt, maar dat lukt meestal niet. Job Winkelaar zag er vanmiddag

tobberig uit. Zijn grootvader begon jaren geleden met de boekhandel, de vader van Job nam de zaak over. Na zijn studie kwam Job bij zijn vader in de winkel. Hij was het enige kind van het echtpaar, dus het stond vast dat hij de zaak overnam. Job houdt van boeken, hij vindt de business op zich prima. Geschikter dan een slagerij of een viswinkel. Het is een goedlopende zaak, het levert een prima inkomen op en Job beheerst het vak volkomen. Dat was dus geen enkel probleem. Zijn ouders verhuisden van de woning achter de winkel naar een ruim huis in een buitenwijk, zodat Job bij de boekhandel kon gaan wonen.'
Corine knikte. Ze snapte dat het handiger was, maar het leek haar niks: direct bij je werk wonen. Ze moest er niet aan denken dat ze bij Het Hofke in de achtertuin bivakkeerde.
Daniël vertelde verder: 'Job richtte de woning naar zijn smaak in, hij was de alleenheerser in zijn paradijsje. Hij keek uit naar een leuk meisje. Maar op zaterdagavond hupste hij niet in een disco rond en een café was ook niets voor hem. En daarbij, de meisjes die daar kwamen, pasten niet bij hem. Hij noemde ze 'vrolijke vlinders', niet geschikt om een huwelijk mee aan te gaan en niet geschikt om in de boekwinkel te helpen. Dat 'helpen' hadden moeder en grootmoeder altijd gedaan; dat hoorde erbij. Ik vermoed dat zijn hart niet heftig op hol sloeg bij het zien van twee mooie blauwe ogen en slanke, lange benen, maar,' Daniël glimlachte even, 'dat is soms niet te bekijken. In elk geval wilde Job een aardige vrouw naast zich. Dan was hij niet meer alleen. En een vrouw zorgde voor veel dingen, dat zag hij bij moeder thuis. Hij was gewend aan een klassieke rol voor de vrouw.
Dat zag hij ook bij zijn ouders,' zei Daniël. 'In zijn vrije jaren ging hij na sluitingstijd naar zijn ouderlijk huis, eten bij vader en moeder. Maar behalve het zorgende aspect zal ook de sek-

suele relatie hem getrokken hebben. Het was een gezonde jonge vent, dan is het een normaal verlangen. Hij had geen ervaring op dit terrein en zijn ouders praatten er niet over. Maar er stonden genoeg boeken over seksualiteit in de winkel waarin hij wijsheden kon vinden. Hij zal er af en toe een mee naar zijn slaapkamer hebben genomen en er werd hem veel duidelijk. Maar hij kende geen geschikte jonge vrouw die hij in zijn armen kon nemen. Maar, je weet het, soms worden problemen door het dagelijks leven simpel opgelost. Zo ook voor Job Winkelaar. Geregeld kwam een jonge vrouw in de winkel. Blond haar, grijze ogen, dikwijls gekleed in een wijde, blauwe mantel. Ze treuzelde bij de boeken. Ze wachtte tot hij naar haar toe kwam met zijn vraag of hij haar kon adviseren bij haar keuze.'
Daniël gaf Corine een knipoog. 'Hij zag haar heel bewust. Hij vond haar leuk en ze was vriendelijk. Job verlengde de gesprekjes. Het boekenmeisje in de blauwe mantel leek hem een goede keuze. De gesprekjes groeiden naar vriendschap en de vriendschap werd genegenheid. Ze noemden het beiden waarschijnlijk liefde. Als je niet weet wat echte liefde is,' Daniël gaf Corine snel een kus, 'verwar je 'aardig vinden' en 'stil verlangen' daarmee. Job trouwde met Gerda. En ze hielp hem in de winkel. Hij hangt het principe aan dat elke klant die een boekwinkel binnenstapt, aandacht moet krijgen. Als je een klant niet vraagt of je hem of haar kunt helpen, gebeurt het dikwijls dat men rondkijkt, maar niet weet waar het verlangde boek of de vulpen te vinden is, en men loopt de winkel weer uit. Dat gebeurt in boekhandel Winkelaar dus niet. Job vindt het een goede werkwijze om elke klant te helpen tot hij heeft gevonden wat hij zocht. En Gerda was het met hem eens. Zij las in de avonduren nieuw binnengekomen boeken. Job noemde het 'vluchtig doorlezen', maar Gerda kon de klant duidelijk over de

inhoud en de schrijfwijze van de auteur inlichten. Dat stellen veel klanten op prijs. Het was dus een gedreven boekwinkelechtpaar.'

Corine knikte. Daniël praatte alsof hij een compleet boek voorlas, maar ze wist dat hij een juist beeld van de gebeurtenissen wilde geven. En hij vond het verhaal waarschijnlijk interessant. Ze onderbrak hem niet. Hoe zou dit aflopen?

'Het echtpaar woonde dus achter de winkel,' ging Daniël verder. 'Een ruime woning met een flinke tuin op het zuiden. Er werden twee kinderen geboren, twee zonen, Richard en Stefan. Gerda had de zorg en de werkzaamheden in het gezin en ze hielp natuurlijk nog veel in de winkel. Alles liep ogenschijnlijk op rolletjes. De kleine jongetjes werden grote jongens. Ze konden zich samen vermaken. De uitspraak 'papa en mama zijn in de winkel', wat net zoiets betekende als 'papa en mama verblijven op de maan', kwam vaak voorbij. Dan wisten de beide jongens: ze zijn onbereikbaar. Want alleen in echte nood mochten papa en mama geroepen worden. De winkel had in het gezin Winkelaar bijna de uitstraling van een afgesloten fort. Als het stil was in de zaak, liep Gerda even naar de huiskamer, maar Job riep haar direct terug als een klant drie minuten ronddrentelde. Hij had daarvoor een belletje onder de toonbank gemonteerd. Als hij op het knopje drukte, rinkelde in de huiskamer een belletje, dat riep: onmiddellijk komen!'

Corine vond het een afschuwelijk idee. Hop, belletje en opdraven. Dat zou zij niet kunnen doen. Zo zou zij absoluut niet willen leven. Ze hield zielsveel van Daniël, en ze kon zich niet voorstellen dat hij zo met haar zou omgaan. Het leek haar niet dat Job veel om zijn vrouw gaf, als hij haar op deze manier als een hondje behandelde.

Daniël vertelde: 'Op een dag stapten twee dames de winkel binnen. Gerda kende ze. Het waren Loes en Janna. Zij drietjes vormden op de middelbare school een vriendinnengroepje. Het was prettig om elkaar weer te zien; verhalen uit voorbije jaren kwamen voorbij. Na de havo kozen Loes en Janna dezelfde verdere studierichting. Gerda koos voor een andere opleiding en haakte dus af. Tussen Loes en Janna was het contact gebleven. Ze vertelden Gerda genoeglijk over middagjes gezellig in de stad dwalen, na geslaagde inkopen koffiedrinken. En avondjes naar de schouwburg; de mannen gingen dan mee. De dames kwamen nog twee of drie keer naar de winkel om hun vroegere vriendin te ontmoeten. Ze hadden kennelijk een leuke tijd met Gerda gehad. Job vertelde vanmiddag dat hem achteraf duidelijk was geworden dat Gerda na die bezoekjes was veranderd. Hij had er een rare uitdrukking voor: 'Ze keek anders naar wat er op de houten vloer van de winkel gebeurde, en ook anders naar haar bezigheden op het wollen tapijt in de huiskamer.' Loes en Janna lieten Gerda op een andere manier naar haar eigen leven kijken. Tot dan toe besteedde ze daar weinig aandacht aan; dit was haar leven. Getrouwd met Job en met de winkel, moeder van Richard en Stefan. Maar de dametjes vertelden dat Job goed had nagedacht voor hij haar vroeg met hem te trouwen. Hij kon nergens een goedkopere werkkracht vinden en ze was ook nog een uitstekende verkoopster! Slim kereltje, die Job! Eigenlijk was zij een zielige vrouw die volkomen tot een dienstbaar wezen van haar man was geworden. Hoe was het mogelijk, en dat in deze tijd! Ik verpak hun woorden in mijn eigen taaltje, Corine, dat snap je. Ik heb de dametjes niet horen spreken, maar uit wat Job naar voren bracht, geeft dit redelijk goed de inhoud weer. Job had snel door wat er speelde, want dom is hij zeker niet. Eerder heel geslepen. Er moest het een en ander bijgesteld worden. Hij zei dat hij het goed vond wanneer ze zo nu en dan – hoor je wat ik zeg, nu en dan – een middagje met Loes en Janna op stap

ging. Natuurlijk op een rustige middag, de maandagmiddag bijvoorbeeld. Hij heeft gezegd, hij vertelde het me vanmiddag heel nadrukkelijk: 'Je werkt met plezier in de winkel, maar als je er een middagje op uit wilt, moet dat kunnen.' Hij maakte duidelijk een groots gebaar naar zijn vrouw toe, vond hij zelf. Maar Gerda zag het anders. Het was leuk geweest om Loes en Janna weer te ontmoeten, maar zij zag hen niet meer het kringetje van vroeger vormen. Loes en Janna waren dezelfde vrolijke types als vroeger, Gerda had dat niet meer. Ze bleef met vragen achter. Welke leuke dingen beleefde zij? Heel weinig. De winkel... de winkel... Het was altijd alleen maar de winkel.'
Daniël schudde moedeloos zijn hoofd. 'Omdat er niets gebeurde, stelde Job vast dat Gerda geen zin had in verdere omgang met de meiden van vroeger. En hij begreep dat heel goed. Dergelijke bijeenkomsten gaan over het algemeen over man en kinderen. Dat is voor de vertelster interessant, maar voor de luisteraars niet. Wat moet je met de zorgen van een ander op je bord? Ik ben ervan overtuigd dat de dames hebben geroepen: 'Je hebt lang genoeg twee taken vervuld, de winkel en het gezin. Je kent alle boeken op de planken. Zoek prettiger bezigheden! Job kan toch iemand zoeken die jouw taak in de winkel overneemt? De zaak loopt als een trein, die kosten kunnen beslist betaald worden.'
De vriendschap werd niet voortgezet. Job was ervan overtuigd dat zijn vrouw het lezen van nieuwe romans interessanter vond dan met hen optrekken en de vlotte vrouwtjes uithangen. Dat was niets voor Gerda. En, ze was getrouwd met een zakenman die op haar medewerking rekende. Hij dacht dat hij het goed voor elkaar had. Maar de sfeer tussen hen verslechterde. Job legde oorzaak en schuld bij Gerda en ook – ik moet hem bij die woorden verwonderd hebben aangekeken – speelde mee dat Gerda op een leeftijd was gekomen waarop veranderingen in

het lichaam van een vrouw een rol gaan spelen. Gerda was negenenveertig. Vanaf die leeftijd verandert veel in de hormoonhuishouding van een vrouw. Voor haar was het vervelend, natuurlijk, dat begreep Job, maar het is het lot van de vrouw. En voor hem was het ook niet prettig. Gerda werd nukkig, in de avond werd bijna niet gepraat. Gelukkig hadden ze een televisiescherm! Hij vertrouwde me ook toe dat er minder warmte van haar kant was bij het bedrijven van de liefde. Job zag veel gebeuren. De overgang is een moeilijke tijd voor een vrouw, maar hij kon er niets aan veranderen. Nee toch?' Daniël zweeg even en keek naar haar. 'Zal ik de rest van het verhaal morgen vertellen? Ik wil het niet inkorten, dan verlies je een deel. De geschiedenis houdt me erg bezig, dus ik wil het je op de goede manier vertellen.'
Corine kwam overeind in het bed, keerde zich naar hem toe en wreef stoeiend over zijn blote bovenlijf. 'Nee, niet morgen vertellen, ik wil het nu weten.'
'Dan moet je je hoofd weer op het kussen leggen en luisteren,' zei hij met een glimlach.
Corine gehoorzaamde.
'Je weet dat ik over deze dingen nadenk.'
'Ja, je had in de filosofie kunnen duiken.'
Daniël ging er niet op in. 'De moeilijkheden tussen Job en Gerda hadden mogelijk opgelost kunnen worden door wederzijds uitleggen en motiveren, maar hij liet wat er gebeurde simpelweg gebeuren. Hij voerde nog andere oorzaken aan. Bijvoorbeeld: Gerda miste de jongens. De twee studeerden en woonden in Amsterdam en kwamen niet vaak thuis. En Gerda vertelde niet meer over haar gesprekjes met de klanten. Waarschijnlijk waren het geen interessante onderwerpen. En voor leuterpraatjes had hij geen belangstelling, dat wist ze intussen.

Job zei vanmiddag op een ernstige toon dat hij had geconstateerd dat ze langzaamaan van elkaar vervreemdden. Het was voor hem een verdrietig constateren. Hij vond het ontzettend vervelend; ze was zijn vrouw, hij hield van haar, maar hij zocht geen manier om het op te lossen. Als er sprake is van schuld, leg ik die bij hem neer. Maar de man heeft ondanks al zijn boekenwijsheid een oppervlakkig karakter en hij voelt weinig emoties. Voor hem is in de eerste plaats de winkel belangrijk. Donderdagavond, na het opbergen van de gegevens en het afsluiten van de winkeldeur, liep Job door het halletje naar de woonkamer. Gerda was vanaf vier uur in de woning geweest, het was rustig in de winkel. Ze zou de maaltijd met zorg bereid hebben. Hij verheugde zich erop. Hij stapte de kamer binnen. Gerda stond in de keuken bij het aanrecht. Ze schoof de gekookte aardappelen uit de kookpan in een schaal. Hij had een opmerking gemaakt als 'het ruikt lekker' en Gerda antwoordde: 'Het is een kostje dat je graag op tafel ziet. Ik zeg er straks meer over.' Hij dacht: je hoeft er niets over te zeggen. Job weet weinig van eten koken, maar die kennis is ook niet nodig, Gerda weet er voldoende van. Na de maaltijd bracht Gerda de schalen naar de keuken. Job droeg de borden en het bestek erachteraan. Terug in de kamer ging Gerda op de bank zitten, in het midden. Links en rechts van haar geen ruimte voor hem. Ze zei: 'Job, ik ga bij je weg. Ik kan het hier niet langer volhouden. Ik wil weg van alles. Van jou, van de winkel, van het huis, van de stad. Van mijn ouders, de jongens en hun vriendinnen. Ik houd dit leven niet langer vol. Ik ben geestelijk dood terwijl ik nog leef.''
'Hoera!' juichte Corine voor Gerda.
Daniël vervolgde na een klein lachje: 'Job had gereageerd: 'Je wilt niet meer hele dagen in de winkel zijn, daar heb ik begrip voor, hoewel ik het niet echt begrijp. Er is een oplossing te vin-

den. Wil je met Loes en Janna omgaan? Of is de verhouding met hen je tegengevallen? Is er iets gebeurd wat je als onprettig hebt ervaren? Maar je kunt met die meiden breken zonder bij mij weg te gaan. We hebben het goed samen. We houden toch van elkaar? We hebben de jongens, we hebben elkaar.'
Gerda had geantwoord: 'Er is niets voorgevallen tussen Loes, Janna en mij. We konden vroeger goed met elkaar opschieten, maar zij zijn met z'n tweetjes verder gegaan, ik pas er niet meer bij. Ik heb geen spijt van mijn werk in de winkel. Maar het is voorbij. Er is geen achtergrond voor mijn besluit dat ik met jou kan en wil bespreken. Ik wil alleen zijn. Ik weet waar ik naartoe ga, maar dat blijft een plekje dat alleen ik ken.'
'Je begrijpt, Corine,' zei Daniël, 'dat wat gebeurde moeizaam tot Job doordrong. Hij heeft er nooit aan gedacht dat Gerda bij hem zou weggaan, ze had het toch nergens beter dan bij hem? Hij schrok vreselijk van de mededeling. Nadat alles na de eerste onthutsing een ietsje tot hem was doorgedrongen, vroeg hij of ze wilde scheiden. Daarop was haar korte antwoord: 'Dat is de enige oplossing. Dan zijn we beiden vrij.' Daarop was Job dieper ingegaan. Hij heeft iets gezegd met de strekking: 'Je weet dat je me hiermee naast het verdriet jou te moeten missen in grote financiële moeilijkheden brengt. We zijn in gemeenschap van goederen getrouwd. Dat vond en vind ik de enige juiste wijze van trouwen. Wij beloofden elkaar trouw voor ons verdere leven. Mijn bezit was jouw bezit en ook andersom, hoewel jij weinig bezit had. Ik zal de helft van alles, het pand, de inventaris van de winkel en noem maar op, aan jou moeten overdragen. Je hebt er recht op. Maar je ruïneert me. Misschien denk je daar in al je vreemde gedachten niet bij na."
Corine kon niet nalaten op te merken dat ze vond dat Job op dat cruciale moment zijn financiële zorgen toch wel erg dui-

delijk naar voren had geschoven. Hij ging niet dieper in op het hoe en waarom van haar besluit! Het was toch normaal geweest naar de echte redenen voor haar te vragen? De emotionele kant?

'Ik ben het met je eens. Job Winkelaar zag snel alle nuchtere problemen voor zichzelf, terwijl zijn vrouw en de moeder van zijn kinderen in zijn denken naar achteren schoof. Hij kon door te vragen en te praten meer aan de weet komen, maar voor hem was de financiële kant van het gebeuren ontzettend belangrijk. Gerda zei hem dat alles nuchter, maar de gevoelskant negeerde hij. Dus zei zij dat het wel geregeld kon worden. Ze praatte met hem over geld. Bij de bank was men volkomen op de hoogte van wat te gebeuren stond. Onvoorstelbaar, dat zo gehandeld werd door een over het algemeen rustige en volgzame vrouw als Gerda. Maar ze had de draaiboeken in haar hoofd. Ze zei tegen Job: 'Je begrijpt dat ik geld nodig heb. En ik heb recht op het geld. Een deel is overgebracht van de spaarrekening naar mijn privérekening. Ik verdiep me er niet in hoe jij dit kunt oplossen. Dat zijn mijn zaken niet meer. Je kent mensen die je zullen adviseren wat te doen."

Corine juichte inwendig nog meer voor Gerda. De onderdrukte vrouw sloeg terug; dit was een prachtig verhaal!

'Er zal nog verder gepraat zijn,' zei Daniël, 'maar opeens stond Gerda op. Ze trok haar mantel aan, gaf Job een hand, keek hem daarbij met een ongenaakbare blik aan. Ze liep, tas over de schouder, autosleutels in de hand, de deur uit, naar de auto die even verderop in de straat stond. In de kofferbak lag heel waarschijnlijk een grote koffer gevuld met rokken, broeken, ondergoed en verdere persoonlijke bezittingen. De achterbank stond vol tassen en dozen. Ze stapte in en reed weg...

Job bleef, zo vertelde hij, de eerste uren na haar vertrek volkomen verbijsterd en ontgoocheld in de stoel zitten. Het was een

onvoorstelbaar gebeuren, hij kon er geen gedachten voor vinden. Na die uren belde hij zijn oudste zoon. Job zei: 'Je moeder is weggegaan...' Meer kon hij niet uitbrengen. Richard Winkelaar had geantwoord: 'Het is dus toch zover gekomen.' Uit het verder vertellen van Job heb ik begrepen wat er ongeveer is gebeurd,' legde Daniël uit.
'En wel het volgende: Richard was op de hoogte van haar plannen, maar eigenlijk verwachtte hij niet dat zijn moeder deze stap durfde te nemen. Ze was toch een ietwat bange vrouw. Maar hij wist dat ze niet blij was met haar leven naast zijn vader. Haar verlangen om zelf te kunnen beslissen en vrijheid te hebben, had ze veel te lang onderdrukt.
Ze vertelde Stefan en hem over haar leven met hun vader, maar de jongens wisten natuurlijk het een en ander. Gerda wilde alleen verder. Job had haar geen geluk gebracht. Integendeel, het was voor haar een geestelijk eenzaam leven geweest. Ze wachtte tot haar zonen zich konden redden; dat was nu. Haar leven tot nu sloot ze af, ze vertrouwde erop dat de volgende jaren prettiger zouden zijn. Vrijheid was voor haar voldoende. Richard zei niet te weten waarheen ze reisde. Waarschijnlijk naar het buitenland, Frankrijk of Spanje. Ze hield van landen waar de zon schijnt, maar het was er nooit van gekomen er een vakantie door te brengen. Twee weken de winkel sluiten was onmogelijk. Dus toen stond ze op en ging ze weg.'
'Wow, Daniël.' Corine zat rechtop in het bed. 'Dit is een heftig verhaal! Ik ken Job Winkelaar niet. Uit jouw verhalen over hem komt hij niet op me over als een sympathieke vent die ik voor jou wil inruilen.'
Daniël grijnsde, nee, hij zou het zijn liefste ook niet willen aandoen om met zo'n man te zijn.
Corine praatte verder: 'We kunnen aannemen dat Gerda lang met dit vertrekplan heeft geworsteld. Ze groeide er steeds dich-

ter naartoe.' Ze keek naar hem, nog vol ongeloof over dit verhaal. 'Hoe gaat het verder? Vroeg Job jou om raad?'
'Nee. Hij wilde alleen vertellen. Hij heeft mogelijk enkele kennissen, hij is vriendelijk en keurig, maar hij heeft waarschijnlijk geen echte vrienden. Dat zijn de fantasiefiguren in de boeken. Zij maken hem hun geheimen bekend, maar ze luisteren niet naar zijn trieste geschiedenis.
Job is diep ongelukkig en ondanks dat hij schuldig is aan de hele geschiedenis, heb ik medelijden met hem. Hij ging met oogkleppen op door het leven: tevreden met de winkel, tevreden met zichzelf en tevreden met zijn gezin. Het is een man die het gevoel voor een echte liefde nooit zal voelen.'
Corine knikte. 'Dan realiseer je je weer eens hoe bijzonder het is wat wij hebben.'
'Ja, liefste,' zei Daniël. 'Zulke liefde komt niet vaak voor. Maar nu moeten we proberen in slaap te komen, want voor je het weet roepen de kinderen.' Daniël trok aan het koordje, het licht vloeide langzaam weg.
Maar de slaap wilde niet komen.
'Denk je aan Job?' vroeg Corine. Ze sprak de naam uit op de manier alsof Job een goede vriend van Daniël was; zo was het natuurlijk niet. Maar hij had wel medelijden met Job. Job had er schuld aan dat het zo tussen Gerda en hem was gelopen, maar hij had de opmerkzaamheid niet om een en ander bijtijds te ontdekken. Job vertelde hem de geschiedenis, rechtstreeks van slachtoffer tot luisteraar. Een bewogen man als Daniël probeerde zich in de moeilijkheden van Job te verplaatsen. Als de vrouw van wie hij hield bij hem weg wilde...
'Nee. Ik denk aan jou en mij, en vooral aan jou. Als ik jou zou moet missen, Corientje, mijn lieveling...' Hij schoof onder het dekbed naar haar toe en nam haar in zijn armen. 'Ik kan je niet missen, jij moet bij me blijven tot we oude mensen zijn. Dan

zijn we blij met het gelukkig leven waarop we kunnen terugkijken. Een leven vol herinneringen, alles wat in ons leven gebeurt slaan we in ons geheugen op en bewaren we in ons hart. Het verwachten van de kinderen beleefden we bewust, van maand naar maand. Het was een fijne tijd, maar daarnaast was er een stille angst en zorg. Want veel kan tijdens een zwangerschap en een geboorte misgaan met de moeder en met de baby. Maar we hebben twee gezonde, mooie kindjes. Een zoontje en een dochtertje. Dat noemt men een koningswens. En ik denk vaak aan onze ontmoeting. Die avond zal ik mijn levenlang niet vergeten. Ik wachtte op mijn liefde, ik wist dat ze zou komen, en opeens was het zover. Ik wist meteen: zij is het! Lachend snoetje, lieve ogen: Corine Wagenaar. Het is een wonder dat tussen alle mooie jonge vrouwen op de aardbol die ene de enige juiste is. Mijn grote liefde, en dat herkende ik in jou onmiddellijk. Charlotte was het niet en Leonie was het niet, jij was en bent het voor mij.'
Corine lachte zachtjes. Ze sprak de woorden niet uit, maar dacht: Daniël, lieve Daniël, ik houd zoveel van jou. Wij horen bij elkaar. Wij zijn gelukkig en dit geluk blijft.
Een kwartier later was het stil in de slaapkamer. De rustige ademhaling van Daniël was het overheersende geluid. Maar opeens schoot Corine wakker uit wat ze als een lichte roes voelde. Ze zat rechtop in het bed. Daniël werd door haar bewegingen uit zijn slaap gewekt.
'Wat is er?' vroeg hij verbaasd.
'Daniël, ik heb gedroomd, een korte droom, een heel nare droom! Job Winkelaar, een stille man, een vreemde man, een geruisloze man. Wat hij jou vertelde, hij vertelde het allemaal aan jou, och, Daniël, ik kreeg opeens een vreselijk beeld! Hij vertelde dat hij niet weet waarheen Gerda is vertrokken. Hun jongens weten het ook niet. Waarom zou Gerda het niet aan

haar zonen zeggen? Ze wil ze toch niet kwijt? En die zoons weten toch wat voor man hun vader is? Daniël, er zal toch niet iets vreselijks gebeurd zijn? In een flits zag ik een moord!' Ze schreeuwde de woorden. 'Niemand zoekt haar, ze wilde zelf weg, niemand weet waarheen!'
Daniel had het licht aangedaan. Hij schoof naar haar toe en hield haar dicht tegen zich aan. 'Lieve schat, rustig, rustig. Dit was wat men een nachtmerrie noemt. Je viel in slaap met alles wat ik je vertelde over Job Winkelaar in je bolletje. Je hersentjes bleven ermee bezig en dit kwam eruit voort. Ik haal een glaasje water voor je.'
Hij trok het kussen stevig achter haar rug omhoog en drukte haar er zachtjes tegenaan terwijl hij het glas water op haar nachtkastje zette. 'Ik had het slot tot morgen moeten bewaren. In het zonlicht zie je de waarheid beter.'
'De waarheid? Wat is de waarheid? Gerda mocht bij hem weggaan als ze niet langer met hem wil leven, als ze niet gelukkig met hem kan zijn. Ze mag proberen ergens anders nieuw geluk te vinden. Misschien is dat geluk haar eigen leven oppakken, maar krijgt ze de kans dat ook te doen...?'
Hij keek haar verbaasd aan. 'Job Winkelaar en een moord, dat is volkomen onmogelijk. Je moet dit loslaten. Hij heeft verdriet, hij vindt het vreselijk dat Gerda bij hem is weggegaan, maar meer is er niet aan de hand. Lieveling, laat die malle gedachten los. Het was een korte, nare droom. Geloof me.'
Een kwartier later was het weer donker in de slaapkamer. Corine dacht nog even: misschien zit er een onderwerp in voor de rubriek van Louise, 'Het leven bekeken...' Wel iets ombouwen, iets veranderen natuurlijk. Toen viel ze in slaap.
Daniël kon echter niet in slaap komen. Hij haalde alle woorden van Job Winkelaar terug. Alsof hij een spannend boek las. De opbouw van een moordenaar die zijn verdriet naar buiten

brengt om zijn onschuld vast te leggen... Naar de vrouw werd niet gezocht. Ze had het recht hem te verlaten... Spanje, Italië misschien... Hij nam zich voor de volgende morgen het telefoonnummer van Richard of Stefan Winkelaar op internet op te zoeken.

In het begin van de volgende avond zei Corine: 'Het verhaal over Gerda Winkelaar laat me niet los. Het heeft me de hele dag beziggehouden. Ik snap niet waar ze naartoe kan zijn gegaan. Ze kon toch niet zomaar haar hele leven in de steek laten? Heb jij het telefoonnummer van een van haar zonen?'
Daniël had een binnenpretje. Volhoudertje toch... Hij antwoordde rustig: 'Nee, wat moet ik met de telefoonnummers van die jongens? Ik heb alleen met de vader te maken. Maar ik kan proberen op internet iets te vinden.'
'Doe dat maar. Al is het alleen om mij gerust te stellen. Het houdt me erg bezig.'
Daniël ging naar zijn werkkamer, waar de computer stond. Hij legde het briefje voor zich op het bureau. Hij zocht even op internet en krabbelde er toen een telefoonnummer op, dat hij aan Corine gaf. 'Het nummer van Richard. Zal ik hem bellen?'
'Heel graag.'
Daniël toetste het nummer in. Een vriendelijke jonge stem meldde zich: 'Richard.'
'Richard, je spreekt met Daniël van Bergen van Overboom Boeken. In een kort geleden gevoerd gesprek met je vader vertelde hij dat zijn vrouw, jouw moeder, bij hem is weggegaan. Kan jij me zeggen waar ik haar kan bereiken?'
'Nee, helaas, meneer Van Bergen, dat kan ik u niet vertellen. Maar maakt u zich over haar geen zorgen. Het was voor haar een groot besluit te zeggen dat ze bij mijn vader weg wilde, maar mijn broer en ik begrijpen dat besluit volkomen. Pap is

vriendelijk en voorkomend in de winkel, maar mijn moeder betekende voor hem niet meer dan een goede hulp in de zaak, een huishoudster in het woongedeelte en een vrouw in de slaapkamer. Ik zeg het misschien bot, maar dit is de waarheid. Ze heeft een verblijfplaats gevonden die niemand bekend is. Ik kan u dus geen inlichtingen geven. Goedenavond, meneer Van Bergen.' En de verbinding werd verbroken.
'Hier schieten we niets mee op,' reageerde Corine. Er lag een boze klank in haar stem.
'De jongen zegt dat hij haar verblijfplaats niet weet.'
'Natuurlijk weet hij dat wel! Ik heb Gerda nooit ontmoet, maar als ze gevlucht is voor haar man, is het nog geen uitgemaakte zaak dat ze ook het contact met haar zonen verbreekt.'
'De jongen wilde niets zeggen.'
'Hij moet iets zeggen.'
Daniël lachte. 'Als hij het wel weet maar niets wil zeggen...'
'Misschien verwacht hij dat jij, als medewerker van Overboom Boeken, voor zijn vader wil onderhandelen over een geldkwestie tussen zijn gescheiden ouders. Maar daar gaat het voor ons niet om.'
'Ik vertrouw de woorden van Richard.'
'Ik niet. Waar is het briefje met het telefoonnummer? Dan bel ik hem.'
'Het ligt bij de telefoon.'
Corine liep naar het tafeltje waarop het toestel stond, een stoeltje erbij, ze ging zitten. Ze toetste het nummer in.
Weer de stem: 'Richard...'
'Richard, verbreek de verbinding niet. Dit is een belangrijke gesprek. Ik ben Corine van Bergen, de vrouw van Daniël van Bergen. Ik ken de geschiedenis die zich rond je ouders heeft afgespeeld. Naar berichten van je vader weten hij, jij en je broer niet waarheen je moeder is vertrokken. Ik begrijp dat zij er

geen behoefte aan heeft je vader van haar verblijfplaats op de hoogte te stellen, maar ik heb uit het verhaal niet begrepen welke reden er voor haar zou zijn ook met haar zonen te breken.'

'Ik weet niet waar ze is, mevrouw Van Bergen.'

Corine besliste dat ze nu hoog spel moest spelen. 'Ik heb je moeder nooit ontmoet, maar ik vind het geen goede zaak dat haar verblijfplaats niet aan jou en je broer bekend is. Wat kan er gebeurd zijn? Als ik niet weet waarheen ze is vertrokken, schakel ik de politie in.'

Van de andere kant van de lijn klonk een lach die verbazing en ongeloof uitdrukte. 'Maar mevrouw Van Bergen...' zei Richard.

Ze zei kort en duidelijk: 'Er zijn om simpeler redenen moorden gepleegd.'

Aan de andere kant van de lijn viel een stilte. Toen kwam de stem: 'Ik vermoed dat u weet van de financiële omstandigheden waarin mijn vader terecht is gekomen. Ik kan me voorstellen dat u in deze richting denkt als het verblijf van mijn moeder zo in duisternis gehuld wordt, maar ik vind dat u het heel ver zoekt. Dit moet snel en radicaal opgelost worden. Ik bel mijn moeder, ik leg uw woorden aan haar voor en ik vraag haar u te bellen. Ik kan niet beloven dat ze dat vandaag nog zal doen, maar ze zal het wel doen, hoewel mijn moeder liever haar verblijfplaats geheim wil houden. In elk geval totdat mijn vader haar vertrek heeft geaccepteerd. Maar goed, ik zal haar bellen. Ik vraag haar u gerust te stellen.'

'Ik dank je hartelijk, Richard.'

'Nogmaals, ik vind het een wonderlijke zaak, mevrouw Van Bergen. Maar nu ik er iets langer over nadenk, kan ik uw gedachten een beetje volgen. Maar maakt u zich geen zorgen. Ik wens u nog een prettige avond.'

De verbinding werd verbroken. Corine liep met kleine pasjes

langzaam naar Daniël toe. Ze had rode wangen en klamme handen van de spanning. Hij kwam uit de stoel en sloot haar in zijn armen. Hij lachte. 'Mijn moedig vrouwtje. Je kunt de suggestie aan Louise voorleggen, zij maakt er wel wat van.' Opeens lachte hij luid. 'Je kunt er ook zelf een boek over schrijven!'
'Ik had een ongerust, bang gevoel. De beschrijving die jij van Job Winkelaar tekende en daarna die korte, heftige droom... Job Winkelaar leeft dag en nacht met boeken. Hij leest waarschijnlijk veel spannende verhalen. Het is heel waarschijnlijk dat zijn vrouw in een vreselijke ruzie naar hem heeft geschreeuwd dat ze meer dan genoeg van hem had. Dat ze bij hem weg wilde, dat ze recht had op de helft van alle bezittingen. Hij raakte in paniek. Als ze werkelijk van hem wilde scheiden, hoe moest hij dan uit de financiële problemen komen? De vele gelezen verhalen over moorden spookten door zijn brein. Hij verdiepte zich in de vraag welke werkwijze zo'n auteur volgde. Hoe bouwde zo'n man zijn verhaal op? Het is heel belangrijk met elk detail rekening te houden, alles moet kloppen. Hij las sommige boeken nogmaals om onwaarheden te ontdekken. Het leek hem spannend om zo'n boek te schrijven. Het bleef op de achtergrond in zijn gedachten voortleven en toen Gerda dreigde bij hem weg te gaan en zij de helft van alle bezittingen eiste... Geef toe, Daniël, het kon hem tot waangedachten brengen. Als ze weer riep dat ze bij van hem wilde scheiden... Hij werkte stilletjes het script in gedachten uit. Hij moest zijn zonen en jou vertellen dat zijn vrouw bij hem was weggegaan. De jongens hadden begrip voor haar vlucht. Moeder had gelijk. En haar verblijfplaats voorlopig stilhouden was een juist besluit. Als hun vader er op de één of andere manier achter kwam waar ze zich bevond, bracht haar dat waarschijnlijk opnieuw narigheid. Zo groeide het in zijn brein en toen Gerda opnieuw over weggaan begon... Na jouw teke-

ning van Job zie ik hem als een man die geruisloos zijn vrouw op voor hem geschikte plekjes zette. Ze zijn al genoemd: winkeljuffrouw, huishoudster, vrouw in bed. Hij leek me een wereldvreemde man. Ik wilde gewoon het zekere voor het onzekere nemen.'

Om kwart voor elf rinkelde de telefoon. Corine nam op.' Corine van Bergen.'
'Mevrouw Van Bergen, met Gerda van Westen. Richard heeft me gebeld. Hij bracht uw vraag een ietsje lacherig, maar aan de andere kant ook ernstig omdat achter uw vraag waar ik nu verblijf toch argwaan is verborgen. U wilt de waarheid weten. Ik heb uw man een paar keer ontmoet. Ik begrijp dat mijn exechtgenoot uw man over mijn vertrek uit de winkel en het huis heeft verteld. Het is geen geheim dat Job een man is met twee levens in één lichaam. In de winkel een vriendelijke, belangstellende man, een goede verkoper. In de woning een man die op een sluipende manier zijn verlangens in werking stelt. Daarom ben ik weggegaan. Alleen de kinderen weten waarheen. Ik heb begrepen dat Job Winkelaar uw man het een en ander heeft verteld. Hij zal zichzelf als slachtoffer hebben voorgesteld. Ik lachte na het belletje van Richard, maar bij dieper nadenken kan ik me uw gedachten voorstellen. Hoeveel ontzettend nare dingen gebeuren er niet elke dag? Lees de krant en kijk naar het journaal, en je durft geen deur meer uit. Maar wat mij betreft kunt u gerust zijn. Ik kon het leven met Job niet langer volhouden. Ik heb een fijn onderdak in de Achterhoek. Ik voel me bevrijd.'
'U hoeft mij geen uitleg te geven,' zei Corine opgelucht. 'Ik ben gerustgesteld. Ik wens u een goede toekomst, mevrouw Van Westen.'
'Het doet me goed dat u zich ongerust over mij maakte.'

Ze praatten nog even met elkaar, maar wisten beiden niet wat te zeggen. Daarom beëindigden ze het gesprek, met allebei een goed gevoel. Corine vertelde Daniël wat Gerda had gezegd.
'Het is heel jammer dat er van je spannende misdaadroman niets komt,' zei Daniël toen met een lachje. 'Het is geen spannend einde om een gezonde vrouw in de Achterhoek te treffen. Maar ik ben blij dat je straks rustig kunt slapen.'
'Zo is dat. En ach, ik ben toch al niet zo'n schrijfster.'
Daniël keek haar aan, in zijn ogen fonkelden pretlichtjes. Hij vroeg: 'Waar denk je nu aan?'
'Ik ken wel een schrijfster natuurlijk. Dit zou een onderwerp voor Louise kunnen zijn. Ze kan er iets moois van maken. Maar ik speel het niet aan haar door. Dit is een onderwerp waarover we met niemand praten.'
'Een goed besluit, lieverd.'

4

DRIE JAREN GINGEN VOORBIJ. ALEXANDER WERD EEN LEUK VENTje met dik, donker haar en mooie, bruine ogen. Hij zat in groep drie van de basisschool, bij juf Gertrude. Hij vond het leuk op school en heel interessant, want hij leerde lezen en schrijven. Het ging nog niet vlot, alle begin is moeilijk tenslotte, maar er waren kleine woordjes die hij kon lezen en ook letters die hij kon schrijven.

Alexander had aan papa gevraagd wanneer hij zou kunnen lezen. Papa antwoordde dat het nog wel even zou duren, maar hij leerde het beslist en papa beloofde eenvoudige kinderboekjes uit de voorraad in het magazijn van Overboom Boeken mee te nemen zodat Alex ermee kon beginnen. 'En, manneke, ik zoek boekjes uit met veel mooie plaatjes. Als je de woorden nog niet goed kunt vinden, zijn de plaatsjes waarschijnlijk wegwijzertjes.'

Hierop zei Alex wijs: 'Ze wijzen de weg...'

Daniël had hem geknuffeld; hij was zo gelukkig met zijn zoon. En ook met zijn dochter. Yvonne was drie. Ook zij had de donkere haren en de bruine ogen van papa, maar haar haren krulden een beetje, zoals de blonde haren van mama. Corine juichte bij het eerste krulletje overdreven: 'Ze heeft toch iets van mij!'

Daniël had kort geleden op zijn heel eigen manier over de kinderen gezegd: 'Ik verdiepte me voor ik jou ontmoette niet in het hebben van kinderen. Ik kon me er geen voorstelling van maken hoe dat zou zijn. Maar toen jij in mijn leven kwam, we trouwden en jij zwanger werd, veranderde dat natuurlijk. Er was een baby op komst, ik werd vader! Nu hebben we twee kleintjes en het zijn grote wonderen in mijn leven. Het is heerlijk om te volgen hoe ze stap voor stap hun leventje ontdekken. Zoals Alex nu hij naar een echte school gaat. De eerste klas, het simpele begin van wat hij in de komende jaren aan wijsheid gaat vergaren. Hij leert lezen. Hij kan er nog weinig van, maar hij beseft dat over enige tijd een wondere wereld voor hem opengaat. Tot nu toe nam hij zonder nadenken aan dat de verhaaltjes die jij en ik voorlezen, gewoon in huis zijn. Zoals er thee in de theepot is en water in de kraan. We houden een boekje vast en we lezen. We weten wat die zwarte tekentjes op het papier betekenen. Wij kunnen al lezen omdat wij papa en mama zijn, maar hij, onze Alexander, leert nu lezen. Dat is fantastisch. En hij leert ook schrijven. Want eerst moet je kunnen schrijven, de woordjes op een blaadje neerzetten, voor je ze kunt lezen. Zo zit het in elkaar. Alexander is een pienter kereltje. Yvonne dwaalt ook in een wonder wereldje waarin veel te ontdekken valt. Van dingen die voor ons volkomen bekend zijn, ontdekte zij in de voorbije jaren het doen en laten. Het ronde dingetje dat mama op tafel zette, bleek een bordje te zijn. Mama deed pap in het bordje. Er hoorde een lepeltje bij om de pap van het bordje in haar mondje te brengen. Een handig dingetje, een lepeltje. Het lepeltje recht houden en goed sturen is moeilijk, maar het lukte steeds beter het volle ding naar het open mondje te krijgen. En dan ineens komt er ook nog een vorkje bij... Ik geniet ontzettend van de kinderen, Corine, en ik weet dat jij dat ook doet. Ze gadeslaan, hun verwondering zien... Alle nieuwe zaken worden in hun bestand opgenomen.'

Op een avond zat Corine alleen in de woonkamer. Daniël maakte wat hij noemde 'een rondje langs de familie'. Hij ging bij zijn ouders langs en stapte binnen bij Christian en Harriët om te horen of met hen alles goed ging. 'Jouw ouders hoef ik niet in mijn rondje op te nemen,' had hij gezegd, 'want ik weet dat moeder en dochter alles hebben besproken waarvan bei-

den vinden dat de ander op de hoogte moet zijn.'
Corine had hem glimlachend geantwoord: 'Ja, dat is ook zo.'
De kinderen lagen in bed, het was rond negen uur. Ze zat in een stoel, even de ogen dicht, het was een drukke werkdag geweest. In de morgen op tijd opstaan, Yvonne in bad doen, gespetter en tegenstribbelen omdat ze er niet uit wilde; elke dag hetzelfde ritueel. Alexander helpen met aankleden, hij kon zo heerlijk treuzelen. Nog even een treintje vooruitduwen en een autootje in de garage zetten. Daniël hielp met deze bezigheden in de morgen. Na het ontbijt snel opruimen, daarna werd het sein gegeven: naar school en kantoor.
Corine waakte nog steeds over de administratie van Het Hofke. Ze had nu de beschikking over een kleine auto, een Suzuki. Ze had Alexander naar zijn school gebracht en was daarna met Yvonne doorgereden naar de parkeerplaats achter Het Hofke. Yvonne vond het er fijn. Zingen, spelen, knippen en plakken onder leiding van een van de leidsters. Maar vanmorgen werd een van de kinderen plotseling onwel. Ze was vandaag naar het ziekenhuis geweest, maar gelukkig bleek het in orde te zijn. Nu zat ze alleen in haar woonkamer en was er rust om haar heen.
Uit het niets kwam opeens de stille angst naar voren die ze vaker voelde als ze alleen was of als ze in de nacht plotseling wakker werd. Waardoor ze wakker werd was dan niet te verklaren. Er waren geen vreemde geluiden om haar heen, er bewoog niets in de schemering van de slaapkamer. Naast haar sliep Daniël rustig. Alles was goed en vredig, ze moest proberen het zachte trillen van haar lichaam los te laten. Maar de angst bleef. Is ons leven niet te mooi, is het geluk niet te groot? Hun grote liefde. Hun fijne seksuele contacten, de twee gezonde, blije kinderen.

Ze vertelde Daniël niet over haar stille angsten. Ze vertelden elkaar vrijwel al hun gedachten en gevoelens, maar hiervoor maakte ze een uitzondering. Haar angst voor het geluk – want dat was het toch – wilde ze hem niet tonen. Ze wist hoe Daniël daarop reageerde. De lieverd zou zeggen: 'Je moet geluk accepteren. Je krijgt het, je moet het aanpakken en ervan genieten. Je mag niet twijfelen om het te mogen beleven. Een mens mag gelukkig zijn, Corine. Je maakt er iets aan kapot door er bang voor te zijn. Je moet het omarmen en bij je houden, zolang dat mogelijk is.'

Eenmaal had ze er voorzichtig iets over gezegd. Hij antwoordde toen: 'Lieveling, je mag onze liefde niet zien als een groot geschenk dat over ons heen is gevallen. Ik kuste meisjes, maar ik wachtte bewust op het meisje dat de juiste vrouw voor mij zou zijn. En zij bracht me het geluk. Als ik voor een van de eerdere vriendinnen had gekozen, ook lief en aardig, was ik niet zo gelukkig geworden als ik nu met jou ben. Waarom zou een mens wel hevig verdriet en ongeluk moeten accepteren, maar niet het geluk? Zo zit het leven niet in elkaar. Jij wachtte niet bewust op de enige ware, maar je bleef niet met Koos wandelen omdat je hem 'aardig' vond. Want je wist dat 'aardig vinden' niet het juiste op dit terrein inhoudt.'

Ze moest over de stille angst niet denken. Het maakte haar onrustig en als die onrust te ver groeide, kon het overgaan in de overtuiging dat een echte liefde geen werkelijkheid kon zijn, maar dat ze het gevoel zelf creëerde. En zo was het beslist niet. Daniël en zij maakten elkaar gelukkig, en waarom zou dat niet mogen? Het was moeilijk deze onrustige gedachten niet uit haar hoofd bannen...

Tegen halftien kwam Daniël thuis. 'Hoe was het?' vroeg ze; ze voegde er meteen nog een vraag aan toe: 'En heb je al koffie gedronken?'

'Ja, te beginnen in de bungalow. Je weet dat mijn moeder naar de waterketel grijpt als ze een goede kennis of familielid over het tuinpad ziet naderen. Koffie dus en lekkere koek. Bij mijn volgende pleisterplaats had Christian net koffie gezet, dus daar kwam het derde bakje op tafel. Met vader en moeder gaat het uitstekend, allebei tevreden. Bij Christian en Harriët heerst ook een tevreden stemming, want het goed gaat met de salon. Harriët vertelde er enthousiast over. Meerdere klanten komen van salon Lilianne naar salon Harriët. Ook in de bouwmarkt loopt alles op rolletjes. Goede sfeer, prettig voor de mensen die er werken en goede inkomsten voor Hans Vogelaar. Hij zal er blij mee zijn. En leuk voor de klanten goed geholpen te worden. Dus er is niet veel in de familie om over te kletsen. Bij mijn ouders loopt ook alles op rolletjes.' Ze dronk van de wijn die ze had ingeschonken.

Drie dagen later kwam Christian een boek terugbrengen dat hij van Daniël had geleend. Twee weken daarvoor had hij gevraagd of het boek *De vlucht van de zwarte vogel* in hun boekenkast stond. Daniël nam van pas verschenen boeken meestal een exemplaar mee naar huis om te lezen.
Daniël antwoordde rustig: 'Ja, dat heb ik wel staan. Het is een spannend verhaal. Maar we namen kortgeleden het besluit geen boeken meer uit te lenen. Het moet een hoge stapel zijn die we uitleenden met de belofte ze spoedig terug te krijgen, maar dat gebeurde in veel gevallen niet. Daarom, we maken geen onderscheid tussen vriend en vijand, lenen we geen boek meer uit.'
Christian kende de humor van zijn broer en hij ging er ernstig op in. 'Ik beloof je om het terug te brengen zodra ik het heb gelezen. Ik zal niet meer als smoes gebruiken dat Harriët het nog wil lezen, want zij heeft geen tijd om een boek in te kij-

ken. Zelfs niet om de krant te lezen.' Hij sprak de woorden uit alsof hij ze grappig bedoelde, maar ze voelden beiden een andere achtergrond.
'Toen we twee weken geleden op zondagmorgen met z'n allen in de bungalow waren, vertelde Harriët dat het uitstekend loopt met de salon,' zei Daniël.
'Dat is ook zo. We hebben veel geld gestoken in de verbouwing en de inrichting. Het kostte veel geld. Maar het loopt prima.'
'Uit de manier waarop je dit zegt, klinkt niet bepaald een groot enthousiasme.'
'Het is prettig voor Harriët dat het lekker loopt. Haar wens is vervuld. Maar ze steekt er veel te veel uren in. Daarover hebben we gepraat. Ze luisterde naar me, zei: ja, ja, dat is misschien wel zo. Vorige week, na weer een opmerking van mij, riep ze met stemverheffing dat ik toch weet dat we een forse lening hebben afgesloten en dat die lening zo snel mogelijk afgelost moet worden. Als ze minder uren bezig is, moet ze klanten afzeggen, en dat doet ze beslist niet. Ze terug sturen naar Ina Holtkamp kan toch niet? Bij thuiskomst zegt ze niet veel. Na de maaltijd wil ze op de bank liggen. Even uitrusten. Rob gaat dan naar zijn kamer of zoekt een vriendje in de buurt op. Ik wacht af wat gaat gebeuren, maar er gebeurt niet veel. Daarna nog wat drinken en Harriët gaat naar bed.'
Christian zuchtte. 'Op maandag is de salon gesloten. Afgesproken was dat ze die dag thuis zou blijven. Ze noemde destijds op waarmee ze bezig zou zijn: de wasmachine laten draaien, haar ouders en mijn ouders bezoeken. Familierelaties zijn belangrijk, ja toch? Maar de praktijk is dat ze op maandag beurzen bezoekt en naar grote inkoopcentrales rijdt waar de shampoos en crèmes goedkoper ingekocht kunnen worden. Na de maandag volgen vijf lange werkdagen. Rob gaat de laat-

ste weken uit school een paar uurtjes naar de Loosenbergsingel. De bovenverdieping is, nu Irene vertrokken is, ingericht met meubelen die bij haar en mijn ouders gemist konden worden. Het is een gezellige kamer geworden. Er is speelgoed voor Rob en ik kocht met hem nieuwe dingen. Hij neemt een enkele keer een vriendje mee naar boven, maar de jongens kunnen geen indianendans uitvoeren en gillend van de kamer naar de keuken hollen, want dat verstoort de rust van de dames in de salon.'

'Afijn,' ging Christian verder, 'ik rijd na mijn werk naar huis. Harriët heeft met me afgesproken dat ik dan aan de maaltijd begin. Ik ben intussen een redelijke kok. Het is ook leuk om te doen. Maar het is niet prettig om elke werkdag thuis te komen in een leeg huis en meteen aan de slag te moeten. Ik ben van 's morgens acht uur tot na zessen bezig bij de bouwmarkt, en dan ook nog thuis. Harriët en Rob komen al vrij snel thuis, dus ik moet echt meteen gaan koken. Harriët had maandag gelukkig een goede dag. Ze vertelde aan tafel over de klanten. Harriët zoekt uit welk kapsel past bij de vrouw in de stoel; jullie kennen de slagzin intussen.'

'Ben je nog steeds ontevreden over de gang van zaken?' vroeg Daniël.

'Ja. Het is fijn dat Harriët met plezier werkt, maar ik voel me op een zijspoor gerangeerd. Ik ben niet zielig, begrijp me goed, maar de uren thuis zijn niet prettig. Harriët komt vermoeid thuis. Dan eet ze even, vertelt over haar dag, en daarna gaat ze meteen op de bank liggen. Twee kussens onder het hoofd en een plaid over zich heen. Meestal slaapt ze dan een poosje. Ze hangt nog even in een stoel, een kopje koffie of een kopje thee, dan gaat ze naar de slaapkamer, want de moeheid is door het hazenslaapje niet verdwenen. Ik kan jullie zeggen: ons seksleven staat op een heel laag pitje.'

'Op deze manier gaat het niet goed, Christian,' merkte Corine op. 'Voor Rob en jou niet, maar ook niet voor Harriet.'
'Ik koesterde de stille hoop dat het in rustiger vaarwater zou komen. Alles wordt gewoon op den duur, dacht ik, ook het runnen van een kapsalon. Maar dat beeld is nog niet in zicht. Er melden zich voortdurend nieuwe klanten. Meer personeel aannemen wil Harriët niet omdat dat kosten met zich mee brengt. En de salon is niet groot. Tien hoofden vol krulspelden tegelijk onder kappen, dat kan niet.'
Daniël wist wat er moest gebeuren. 'Harriët moet begrijpen dat het op deze manier niet goed gaat. Het is geen domme meid. Er moet in overleg veranderingen aangebracht worden. Zoeken naar de goede verdeling van de werkuren van Harriët. De salon is belangrijk, maar jij en Rob zijn belangrijker. Het wordt een kwestie van organiseren. Hoeveel werkuren heeft ze, hoeveel klantjes kunnen zij en haar assistentes op een dag van negen tot vijf uur verwerken. Na de laatste klant moet ze naar huis komen.'
Corine vroeg zich af of Harriët wel zo veel om Christian gaf. Hij hoorde bij haar, hij paste in haar leven, ze wilde hem niet kwijt. Maar zoals Christian in enkele woorden iets over hun seksleven opmerkte, werd genoeg duidelijk. Zij had er waarschijnlijk geen behoefte aan. Zij had andere gedachten in haar hoofd en in de avond een te moe lijf, maar hij verlangde ernaar. De salon had haar aandacht. Hoe zwaar woog het een tegenover het ander...
In de avond, in de slaapkamer, praatten Daniël en Corine erover na. Corine merkte op: 'Er wringt meer kwaad dan aan de oppervlakte zichtbaar is. Harriët wilde werken naar eigen inzichten. Toen de mogelijkheid zich voordeed, heeft Christian zijn best gedaan het voor elkaar te krijgen. Maar ze geeft Christian te weinig terug. Hij krijgt geen waardering

voor de bezigheden die hij elke dag thuis verricht. Die hulde is misschien niet nodig, zo moeilijk is een maaltje klaarmaken voor hem niet, maar het is voor haar een kleine moeite en het kost niets om te zeggen dat ze het fijn vindt dat hij er elke dag weer voor zorgt. Dat horen zal hem goed doen. Als ze hem daarbij nog een kusje geeft, voelt hij zich de gewaardeerde echtgenoot. Zo is het toch? Als het zo doorgaat, wordt Christian de dupe van de kapsalon.'
Daniël lachte. 'Geraffineerd vrouwtje. Dat zou voor Christian inderdaad van veel waarde zijn. Maar het lijkt me het beste dat wij ons er voorlopig niet mee bemoeien, Corine.'

Het drama begon op een mooie zomeravond. De klok in de keuken wees aan dat het bijna halfzeven was. De kinderen speelden in de tuin. Corine keek naar hen door het wijd geopende raam boven het aanrecht. Alexander had een klein voetbaldoel op het gazon neergezet en oefende met een harde bal in doeltrappen. Hij stond achter een lijn. In dit geval was dat een lange, smalle lat die daartoe in het gras was gelegd. Corine keek met een warme blik naar hem. Haar zoon, een mooie jongen en lieve jongen. Hij had veel van het karakter van Daniël. Rustig, hartelijk, behulpzaam.
Yvonne zat met haar vriendinnetje en buurmeisje Hetty aan de lage tuintafel. Ze speelden memory. De kaartjes van het spel lagen uitgespreid voor hen. Er klonken juichkreetjes als een van hen twee dezelfde plaatjes had gepakt.
Corine schudde de mooie, geelgroene slablaadjes in het vergiet. In de middag had ze een heerlijke schotel klaargemaakt, die stond in de oven. Daniël kon elk moment zijn auto het pad naast het huis op rijden. Zodra dat geluid klonk, wisten de kinderen dat het tijd was voor de maaltijd. Het doel zou blijven staan en de bal bleef waarschijnlijk in het gras liggen, maar

Hetty en Yvonne legden de kaartjes wel terug in de doos. Ze mochten niet bij een windvlaag in het gras waaien en vuil worden.
Corine hoorde de auto, en de kinderen hoorden hem ook. Alexander gaf nog een harde trap, maar de bal belandde naast het doel in het gras en ja hoor, hij liet hem daar liggen. Hij liep naar de auto van zijn vader. De kaartjes van het memoryspel zaten weer in de doos; Hetty zwaaide naar Corine en verdween langs de auto naar de laan.
Daniël stapte de keuken binnen. 'Dag, lieve schat.' Ze kusten elkaar. 'Het ruikt hier heerlijk. Ik hoop dat ik ervan kan genieten, maar ik voel me niet helemaal goed.'
Door de onrust die in zijn woorden doorklonk, keek ze bezorgd naar hem. Hij zag erg bleek.
'Ik weet niet wat er aan de hand is,' zei hij. 'Waarschijnlijk een griepje. Beetje keelpijn en een naar gevoel in mijn buik. Ik voel me gewoon niet echt lekker. Nou ja, afwachten maar.' Hij lachte naar haar.
Hij zette zijn tas onder aan de trap in de hal. De kinderen stormden binnen, lachend en stoeiend. Alexander was natuurlijk als eerste bij zijn vader, want hij was groter en sterker. Yvonne gaf hem nog een duwtje. Hij deed of hij viel, maar er was niets aan de hand.
De maaltijd verliep rustig. 'Alex, Yvon,' had Corine gezegd, 'een beetje rustig. Jullie hebben het gehoord, papa voelt zich niet echt lekker.'
Ze keken allebei naar hem. Alexander merkte op: 'De vader van Frank Smit is dokter. Soms vertelt hij welke ziektes de ronde doen en Frank vindt het nodig ons dat te vertellen. Diarree, verkoudheid... En als het erger is dan een verkoudheid, heb je de griep.'
'Alsjeblieft, Alexander, ik ben er niet nieuwsgierig naar,'

zei Daniël met een pipse uitdrukking op zijn gezicht. 'Ik voel me niet goed, maar ik kan niet thuisbrengen wat me mankeert.'
Daniël schepte van een en ander wat op zijn bord, maar Corine was ervan overtuigd dat hij het meer deed om haar geen angstig gevoelens te geven dan dat hij er echt van genoot. Het maakte haar ongerust.
Na de maaltijd ging Daniël in zijn stoel zitten. Hij nam de krant in zijn handen, sloeg de grote, fladderende bladen ook om, maar met aandacht lezen deed hij niet.
Toen de kinderen naar bed waren en Corine even bij hen had gekeken, zat Daniël stil in de stoel. De krant was op de grond gegleden. Misschien, hoopte ze, dommelde hij even weg. Dat kan een mens goed doen. Zij nam het boek waarin ze al twee hoofdstukken had gelezen. Er heerste stilte en rust in het huis. Daniël lag lekker te slapen. Maar tegen tien uur schoot hij opeens overeind uit zijn stoel en holde naar het toilet. Hij riep: 'Corine! Corine!', maar ze kon hem bijna niet verstaan. Ze liep snel achter hem aan. Hij stond gebogen over de wc-pot en uit zijn mond golfde voedsel, vermengd met bloed.
Ze griste handdoeken uit de kast. Daniël ging op het badkrukje bij de wc zitten. Hij hield de handdoek voor zijn mond. 'Ik bel dokter Rijswijk. Dit is niet goed!' zei Corine.
Terug in de kamer draaide ze het nummer van de huisarts. Hij kwam zelf aan de telefoon. Ze vertelde in korte zinnen wat er aan de hand was. Daniël voelde zich niet goed, had geen zin in eten en nu dit... Bloed opgeven en zo te zien niet weinig...
'Ik kom direct naar u toe,' zei de dokter. 'Ik vrees dat ik een ambulance moet bellen om uw man naar het ziekenhuis te brengen. Maar ik kijk eerst zelf wat er aan de hand is.'
Corine draaide snel het nummer van haar ouders. Haar vader kwam aan de lijn. 'Heel kort, pap. Daniël is niet goed gewor-

den. De dokter komt. Hij denkt, na wat ik erover heb gezegd, aan het ziekenhuis.'
Het kordate antwoord van haar vader was simpel: 'Wij komen naar jullie toe.'
Daniël was intussen terug in de kamer. Hij hield een van de handdoeken voor zijn mond. Zijn gezicht had een bleekgrauwe kleur. Toen de auto van de dokter voor het huis stopte en Corine naar de voordeur liep om hem binnen te laten, rende Daniël opnieuw naar het toilet. De handdoek was rood gekleurd. De dokter zag het en nam meteen zijn mobiele telefoon uit zijn jaszak. Hij belde het ziekenhuis en vroeg om een ambulance.
Haar vader parkeerde zijn auto even verder in de laan. De kinderen waren door de vreemde geluiden en stemmen wakker geworden en uit bed gestapt. Ze stonden boven aan de trap. Yvonne huilde gierend. Corine liep naar boven en hield hen beiden even dicht tegen zich aan. 'Papa en ik gaan naar het ziekenhuis. Opa en oma blijven bij jullie.'
Ze voelde het wild bonzen van haar hart, een grote angst en een opkomende, kloppende hoofdpijn. Maar er was nu geen tijd om daaraan aandacht te geven. Daniël kwam uit de toiletruimte en liep naar de kamer, dokter Rijswijk ondersteunde hem en leidde hem naar zijn stoel.
'Zal ik dingen pakken om mee te nemen naar het ziekenhuis?' vroeg Corine.
'Ja, doet u dat voor alle zekerheid maar.'
Corine liep de trap op naar hun slaapkamer. Haar moeder zat in de slaapkamer van Alexander op zijn bed. Aan elke kant van haar zat een kind met een angstig gezichtje. Het snoetje van Yvonne was nat van tranen. 'Mama!' ze rukte zich los uit oma's arm en vloog op Corine af.
Maar die zei snel: 'Schatje, opa en oma blijven bij jullie. Papa

moet naar het ziekenhuis, dat hebben jullie gehoord. De ambulance komt zo. Ik rijd in mijn autootje achter de ambulance aan. Zodra bekend is wat er aan de hand is, kom ik terug. Hopelijk komen we vandaag nog samen terug.'

Ze liep snel de trap af met ondergoed, een pyjama en een gevulde toilettas van Daniël. Tandenborstel, scheerapparaat, de dingen die ze zag liggen. De ambulance kwam. De kinderen stonden boven aan de trap, elk aan een kant tegen oma Tine aan gedrukt. Ze zagen hoe Daniël op de brancard werd getild. Zeildoeken over hem heen, vastgesnoerd met riemen met gespen. Alexander gilde: 'Papa, papa!' en Yvonne huilde luid.

De chauffeur vroeg: 'Rijdt u met ons mee, mevrouw?'

'Nee. Ik ga met onze auto. Dan kan ik terug gaan als dat mogelijk is.'

Hij knikte, stapte in en reed met gillende sirene weg.

In haar auto praatte Corine tegen zichzelf. Niemand kon haar horen. 'Minder hard rijden, je moet je concentreren,' zei ze. 'Het verkeer geeft de ambulance de ruimte, maar jou niet. Op het verkeer letten, je mag geen ongeluk krijgen. Daniël wacht op je, nu niet aan hem denken. Het is ernstig en je bent heel bang, maar je moet die gedachten opzij schuiven.'

Ze naderde een rotonde. Ze moest even uitkijken, maar de weg was vrij. Zonder kleerscheuren kwam ze aan bij het ziekenhuis. Het parkeerterrein daar was ruim. Ze zette de wagen neer, stapte uit, nam de grote plastic tas en haar kleine tas van de achterbank en sloot de wagen af. Ze liep naar waar ze de ambulance naar binnen had zien rijden. Een van de verplegers wachtte tot ze die ruimte was binnengekomen. Daniël werd uit de ambulance geschoven.

'Ik heb onderweg met de receptie gebeld. We gaan naar de intensive care. De arts is opgeroepen en komt naar het zieken-

huis. Loopt u achter ons aan.'
Op de intensive care ving een verpleegkundige haar op. 'De echtgenote van de patiënt, neem ik aan?'
Toen Corine 'ja' knikte, ze had het gevoel niet te kunnen praten. Haar keel was dichtgeknepen van angst en spanning.
'Mary de Jong,' zei de verpleegkundige. 'Het is het beste wanneer u plaatsneemt in een van de wachtkamertjes. Dokter Terstege is intussen gearriveerd. Ik breng u een kopje koffie. Het is begrijpelijk dat u hevig geëmotioneerd bent. Zal ik een paracetamol voor u meenemen? Hoofdpijn, de schrik... Het doet u beslist goed.'
Corine knikte instemmend. Wat maakte het uit... Daniël was ziek. Heel ziek, want wat ze in het toilet had gezien, was niet goed. Dit was niet onschuldig, het bloed, het was ernstig, ze wist het...
Ze zat in het kamertje. Stoelen en een tafel. Een deur naar de toiletten. Ze nam het allemaal in zich op om maar niet te hoeven denken aan wat er met Daniël gebeurde. De verpleegkundige bracht koffie en een glaasje water. Ze legde er een paracetamolletje naast. 'Neemt u het in, het kan geen kwaad. En als u met de dokter heeft gepraat en even naar uw man toe gaat, is het voor u, maar ook voor hem het beste om zo rustig mogelijk te zijn.'
Corine knikte. Daarvan was ze overtuigd, maar hoe kon ze rustig zijn? Ze moest proberen zo rustig mogelijk te zijn... Het liefst zou ze gillen en schreeuwen. Maar daar was het nu de goede tijd niet voor.
Ze dronk de koffie op. Het was wat Daniël een 'stevig bakkie' zou noemen. Er lagen week- en maandbladen op de tafel, maar ze keek ze niet in. Stilzitten en wachten, dat moest ze doen. Stil blijven zitten en wachten.
Na lange tijd kwam zuster De Jong naar haar toe. 'Gaat u met

me mee? Dokter Terstege wacht op u.'
Ze werd naar een ruime, witte spreekkamer geleid. Een al iets oudere man met een vriendelijk gezicht zat achter een groot bureau waarop veel mappen lagen. Hij stond op, liep om het bureau heen en hield haar hand vast. 'Mijn naam is Terstege. Ik ben internist. De verpleegkundige die het bericht van de komst van uw man ontving, dacht bij het horen van de symptomen aan een maagbloeding.'
Ze zat in een stoel tegenover hem. Ze hoorde zijn woorden, maar ze kon er niet over nadenken. In haar hoofd dreunde de woorden: Daniël, Daniël, hoe is het met Daniël...
'Had uw man de laatste dagen klachten? Misschien lichte klachten? En zo ja, wat waren die klachten?'
Opletten nu. Luisteren. Antwoord geven. Zeggen wat je weet.
'Tot deze avond waren er geen klachten,' zei ze. 'Er was niets wat hem ongerust maakte. Als dat zo was geweest, had hij het mij gezegd. We zijn in alles eerlijk en open tegen elkaar. Maar vandaag, na thuiskomst van kantoor, vertelde hij dat hij zich niet lekker voelde. Het voelde niet goed in zijn buik. Maar het klonk niet als iets heel ernstigs. Hij heeft wel iets gegeten, maar niet veel. Later in de avond rende hij opeens naar het toilet en gaf hij over. Hij riep me. Ik heb gezien wat er gebeurde. We schrokken er allebei ontzettend van. Voedsel vermengd met bloed. Naar mijn gevoel veel bloed.'
De dokter knikte. 'Uw man heeft veel bloed verloren. Er wordt nu bloed toegediend om het tekort zo snel mogelijk op te heffen. En hij is aangesloten op instrumenten die alles wat er in zijn lichaam gebeurt, registreren. We weten nog niet precies wat er aan de hand is. Maar we krijgen in de loop van de nacht beslist meer inzicht. Wilt u uw man nu ontmoeten? Dat kan,' zei de dokter.
Corine knikte. Ze wilde niets liever.

'Ik loop met u mee.' De dokter stond op en Corine volgde zijn voorbeeld. Hij praatte op weg naar de afdeling verder: 'Ik weet niet of u ervaring heeft met de intensive care. U hoeft niet te schrikken van de apparatuur en de slangetjes. De instrumenten laten ons weten wat er aan de hand is in het lichaam van de patiënt. U kunt even met hem praten, hij is volledig bij kennis, maar ik vraag u zo veel mogelijk beheersing te tonen. U bent geschrokken en angstig, dat begrijp ik heel goed, maar ook uw man is heftig geschrokken. Dat begrijpen we allebei. Probeer zo rustig mogelijk te zijn, mevrouw Van Bergen.'
Ze stond naast het hoge bed. Daniël lag heel stil onder een dunne wafeldeken. Hij keerde zijn hoofd naar haar toe. Ze boog zich over hem heen en kuste hem. 'Daniël, hoe voel je je nu?'
'Niet echt ziek, maar wel moe, en ik ben vreselijk geschrokken. Corine, wat is er met me aan de hand? Ik heb de hele middag gewerkt, alles ging goed, maar opeens kwam een heel naar gevoel in me.' Hij praatte langzaam, zoals Yvonne deed toen ze nog een heel klein meisje was. Eerst het ene woordje zeggen, daarna het volgende woordje vormen. 'Ik ben bang dat het ernstig is. Zoveel bloed verliezen is niet goed. Ze denken aan mijn maag.'
'Misschien was er iets in je maag wat er niet hoorde. Het kwam te heftig naar buiten. Praat niet te veel, lieve schat. Dat vermoeit je.'
Hij knikte. 'De kinderen? '
'Mijn ouders zijn bij hen.'
Even glimlachte hij goedkeurend. Dat had hij al verwacht en hij was blij om te horen dat het goed met ze ging. 'Bel je mijn ouders zodra je thuis bent? En Christian? Het is al laat, maar,' een grijns gleed aarzelend over zijn gezicht, 'de boodschap dat ik halsoverkop naar het ziekenhuis ben gebracht,

is een belangrijk bericht.'
'Ik doe het zodra ik thuis ben.'
Hij sloot zijn ogen.
'Ik hoop dat je kunt slapen,' zei ze.
'Ik ben er moe genoeg voor, maar mijn gedachten zijn te druk om te kunnen slapen.'
'Probeer het toch. Een van de verpleegkundigen heeft gezegd dat ik in de loop van de nacht mag bellen om te horen hoe het gaat. Dat doe ik zeker.'
Hij knikte. 'Ga maar naar de kinderen. Ik zag hun geschrokken gezichtjes. Ik hoop dat alles goed komt, Corine. We hebben het zo fijn samen. Ik ben hier in goede handen en de medici zijn knap. We moeten hoop houden.'
Ze kuste hem. Ze voelde de beving die door beiden heenging. Wat stond er te gebeuren, wat bracht de toekomst... Ze liep weg van het bed. Ze praatte nog even met de verpleegkundige en daarna liep ze door de vele gangen naar de uitgang van het ziekenhuis. Naar de parkeerplaats. Instappen, achter het stuur plaatsnemen. Ze startte de motor en reed langzaam van het parkeerterrein af. De tranen stroomden over haar wangen. 'Daniël, mijn Daniël!' riep ze. Niemand kon haar horen, ze mocht roepen, ze mocht schreeuwen...
Ze reed langzaam. Het was stil in de straten van de stad. Ze reed de auto het pad naast het huis op. Toen ze om het huis liep, opende haar moeder de achterdeur. Corine stapte binnen. Haar moeder omhelsde haar. 'Meisje, mijn meisje, wat gaat er gebeuren...'
'Ja, mam, wat gaat er gebeuren... Het ziet er op de afdeling heel akelig uit. Infuus en bloedtransfusie, veel brandende lichtjes op de apparatuur en slangetjes. Het staat vast dat Daniël erg ziek is.'
Ze liepen samen door de keuken naar de huiskamer. Haar

vader vroeg: 'Is er al iets bekend?'
'Nee. Ik heb wel een specialist gesproken. Een internist. Hij kon nog niet zeggen wat er precies aan de hand is. Hij vermoedt iets met maag of darmen. En het is avond, het is al nacht. Als er snel een operatie moet plaatsvinden, zal dat gebeuren. Daniël wordt heel goed onder controle gehouden.'
Ze zweeg even en voegde er toen met een stem vol zorg en angst aan toe: 'Ik heb een angstig voorgevoel dat er iets heel ernstigs aan de hand is. Maar ik moet nu eerst de vader en moeder van Daniël van alles op de hoogte brengen. En Christian en Harriët.'
Moeder Tine liep naar de keuken om koffie te zetten, Corine toetste het nummer van haar schoonouders in. Na driemaal rinkelen kreeg ze een slaperige, maar ook geschrokken stem aan de andere van de lijn die zich meldde met: 'Van Bergen.'
Ze moest het bericht zo voorzichtig mogelijk brengen, maar ze kon niet om het onderwerp heen. 'Papa, met Corine. Ik bel midden in de nacht omdat er vanavond iets heel naars is gebeurd. Daniël werd onwel en het zag er ernstig uit. Hij heeft bloed opgegeven. Ik heb direct onze huisarts gebeld. Hij kwam snel en hij vond het het beste om Daniël in het ziekenhuis te laten opnemen.'
In een flits was het alsof ze in de slaapkamer van de bungalow keek. Een in haast aangefloepte lamp, haar schoonouders dicht naast elkaar zittend in het bed. De gezichten naar de hoorn gebogen om naar haar te luisteren.
'De ambulance werd gebeld. Nu ligt Daniël op de intensive care. Luister, papa. Ik moet ook Christian en Harriët hierover bellen. Ik bel ze nu. Mijn ouders zijn hier. Zij waren bij Alexander en Yvonne toen ik achter de ambulance aan naar het ziekenhuis reed. Een verpleegkundige op de afdeling heeft me gezegd dat ik straks, rond twee uur, mag bellen. Als de

berichten zijn zoals nu, de toestand hetzelfde, bel ik u niet. Als er andere berichten zijn, laat ik het jullie natuurlijk weten. Is dat goed?'
'Nee, lieve kind, dat is niet goed. Je moet ons bellen over welk bericht dan ook. Het is onze zoon, onze Daniël. Ik weet niet wat ik tegen je moet zeggen. Dit overvalt me, het is verschrikkelijk. Hoe hebben de kinderen het ondergaan?'
'Ze zagen hoe hun papa op een brancard naar de ambulance werd gebracht. Ze waren heftig overstuur. Maar nu slapen ze, hoop ik.'
'Corine, bel ons in elk geval. Van slapen komt hier toch niets meer. Wij gaan naar de huiskamer.'
'Ik bel jullie,' beloofde Corine. 'Tot straks.'
Ze toetste het nummer van Christian in. Hij nam op en gromde met een barse stem alleen in een vraag het woordje: 'Ja?'
'Christian, met Corine. Ik moet je iets heel naars zeggen...' Ze bracht het bericht over.
'Corine, het is niet waar! Daniël, mijn broer, zo ziek, hoe kan dat nou...'
'Niemand begrijpt het. Wanneer was Daniël ziek? Zolang ik hem ken, is hij niet ziek geweest. Wel een verkoudheid, maar niet meer dan dat. Drie zakdoeken vol en het was voorbij. Maar nu is het ernstig, Christian. Een verpleegkundige op de afdeling heeft me gezegd dat ik rond twee uur mag bellen. Van dat bericht stel ik eerst mijn ouders en jouw ouders op de hoogte en daarna bel ik jullie. Hopelijk maakt het bericht dat ik krijg me niet nog banger dan ik al ben. Als de omstandigheden niet verslechterd of verbeterd zijn, moet ik jullie dan bellen of niet? Misschien slapen jullie even.'
'Nee, nee, Corine, ik kan niet meer slapen! Zal ik naar je toe komen? Ben je alleen met de kinderen?'
'Nee, ik ben niet alleen. Mijn ouders zijn hier.'

'Corine, dit is verschrikkelijk en volkomen onbegrijpelijk. Daniël mankeerde toch niets? Het kan niet zijn dat hij iets onder de leden had waarover hij niet met jou en ook niet met vader, moeder en Harriët en mij wilde praten.'
'Ik weet zeker dat dat niet meespeelt. Bovendien zou ik het gemerkt hebben. Het is echt onverwacht komen opzetten. Ik moet nu met mijn ouders praten. Christian, je hoort van me.'
Moeder Tine had koffie ingeschonken en een schaaltje met biscuitjes op tafel gezet. In perioden van spanning en angst, was haar overtuiging, is het goed om iets te eten. 'Papa en ik denken in de richting van de longen. Maar het blijft gissen. Er zijn zo veel mogelijkheden. We weten het niet.'
Martin Wagenaar vroeg: 'Is het een goed voorstel dat je moeder en ik de verdere nacht hier blijven? We weten niet wat gaat gebeuren. De kinderen kunnen niet alleen zijn.'
'Het kan toch niet zo zijn dat de toestand heel ernstig is, paps! Daniël was tot vanmiddag een gezonde kerel! Hij heeft de hele middag gewerkt! Nee, gaan jullie maar naar huis. Als we met z'n drietjes hier zijn, praten we, en we weten niet waarover we moeten praten. En ik wil graag alleen zijn. Ik heb hoofdpijn en mijn hartslag is onrustig. Stilzitten en proberen voor zover het lukt rustiger te worden, is goed. Ik bel het ziekenhuis rond twee uur, daarna bel ik jullie. Als de toestand stabiel is, als alle lichtjes, piepjes en zoemertjes in de apparatuur rond hem dat aangeven, kunnen we misschien een paar uurtjes slapen.'
Terwijl Corine dit zei, wist ze al dat er van slapen niets zou komen. 'Ik wil niet denken dat dit levensbedreigend voor Daniël is. Als dokter Terstege daaraan dacht, had hij me wel in het ziekenhuis laten blijven. Gaan jullie maar naar huis. Je moet morgenochtend weer op tijd uit bed stappen. Ik blijf hier nog zitten. Als er geen verontrustend bericht komt, ga ik naar bed. Wat morgen brengt, komt dan op ons pad. Als Alexander

en Yvonne erg overstuur zijn, houd ik ze thuis van school. Het is ook voor hen een vreselijk gebeuren. Ze zagen hun papa op een brancard het huis uit gedragen worden...'
Haar ouders trokken hun jassen aan. 'Lieve schat, probeer je zo veel mogelijk te beheersen.' Tine Wagenaar hield haar dochter dicht tegen zich aan. 'Als het vannacht rustig blijft, kom ik morgenochtend vroeg naar jullie toe.'
Corine knikte. Ja, dat was goed, dat was fijn. Ze liep met hen mee naar de voordeur en keek de auto na tot hij ver in de laan reed. Het was alweer bijna twee uur; nog maar een halfuur.
Iets meer dan dertig minuten later belde ze het ziekenhuis. De stem aan de andere kant van de lijn berichtte dat de toestand van de patiënt stabiel was. 'Mevrouw Van Bergen, uw man slaapt. We hebben hem een ontspannend medicijn gegeven, want rust is voor hem belangrijk. Ik beloof u dat we onmiddellijk bellen als er een verandering optreedt. Als dat niet gebeurt, kunt u morgenochtend na halfelf op bezoek komen.'
'Dank u wel. Als Daniël wakker is, groet u hem dan van mij?'
Ze snikte opeens wild. Daniël groeten... Hij moest bij haar zijn, hier in huis, in hun bed...
Aan de andere kant van de lijn bleef het even stil. De verpleegkundige kon haar tranen niet zien, maar hij hoorde haar snikken wel. 'Dat doe ik, mevrouw Van Bergen. Ik begrijp uw onrust volkomen. De toestand is ernstig, maar uw man is in goede handen. Ik kan u aanraden te proberen tot rust te komen, maar dat is in deze omstandigheden een onmogelijke raad. Probeer zo goed als mogelijk is controle over uw gedachten te krijgen. Een ietsje rust te creëren. Dat heeft u in de komende dagen waarschijnlijk nodig.'
Ze legde snikkend de hoorn terug. Ze kon haar gezicht drogen, maar de tranen bleven komen. Een glas water halen en

langzaam opdrinken, dat was het beste. Dan papa en mama bellen. Daarna de ouders van Daniël. Daarna Christian en Harriët. Christian had gezegd: 'We zitten trillend van de zenuwen op de bank. We wachten op je belletje.'
Ze gaf het bericht aan iedereen door. Wat moest ze nu doen? Toch maar naar bed gaan. Proberen te slapen, maar het zou niet lukken. Ze liep de slaapkamer van Yvonne binnen. Het bedje was leeg. Er trok een glimlach over haar gezicht: Yvonne had troost gezocht bij haar broer. En ja, ze lagen in zijn smalle bed dicht naast elkaar. Corine probeerde haar kleine meisje voorzichtig uit het bed te tillen om haar naar haar eigen kamer te brengen, maar het lukte niet. De kinderen werden wakker.
'Mama,' vroeg Alex, 'gaat papa dood?'
'Lieverd, jochie, nee. Maar papa is wel erg ziek. Ik heb zojuist het ziekenhuis gebeld; papa slaapt nu. De afdeling waar hij ligt heet intensive care. Dat betekent 'intensieve bewaking', heel goede bewaking dus. De dokters en verpleegkundigen passen uitstekend op hun patiënten.'
Ze zag de verdrietige snoetjes en de radeloosheid in hun blikken; wat gebeurde er met hun papa... 'Misschien is het een goed plan de laatste uurtjes van de nacht met z'n drietjes in het grote bed te kruipen,' stelde ze voor. 'We moeten proberen te slapen, want wij moeten gezond blijven om papa te kunnen bezoeken. Niet alle Van Bergens in de lappenmand! Papa in het ziekenhuis en wij uitgeteld in onze bedden, dat mag niet gebeuren.' Het was goed het zo te brengen. Het waren nog jonge kinderen; ze snapten niet alles.
Ze gingen naast elkaar liggen in 'het grote bed', zoals Alex hun bed noemde toen hij klein was. Corine in het midden, aan elke kant een kind. Ze zei: 'Niet meer praten, oogjes dicht.' De verdere nacht werd er niet gebeld en zo konden ze met z'n

drieën toch nog een beetje slapen.
In de morgen werd Corine vroeg wakker. De kinderen sliepen. Ze bleef liggen tot het wekkertje halfacht aanwees. Ze probeerde voorzichtig uit het bed te komen, maar het lukte niet.
'Blijven jullie nog even doezelen,' zei ze tegen de kinderen, 'dan ga ik douchen en me aankleden. Daarna dek ik de tafel.'
'Ik wil niet naar school,' zei Alexander. 'Ik blijf bij jou.'
'Maar jochie, lieve schat...' Ze wilde een pleidooi houden over de belangrijkheid van naar school gaan – Alex kende het verhaal, het was meerdere malen verteld – maar ze zag zijn verdrietige snoetje. Ze zei: 'Goed manneke, blijf vandaag maar thuis. En Yvonne blijft bij ons. Straks komt oma Tine, want ik ga om halfelf naar het ziekenhuis, naar papa.'
'Mag ik mee?'
'Nee, dat kan niet. Op de intensive care worden geen kinderen toegelaten en los daarvan, voor papa is het het beste dat het rustig om hem heen is.'
Corine ontbeet met de kinderen en belde even na achten de school om de situatie uit te leggen. Er was begrip voor. Meneer Volgers, die aan de lijn was, wenste haar sterkte toe en beterschap voor haar man. Even voor negen uur belde ze naar het kantoor van Overboom Boeken. Annelies kwam aan de lijn; Corine vroeg naar Willem Hoogkarspel. Ze vertelde hem wat de vorige avond gebeurd was.
'Gistermiddag voelde Daniël zich niet goed,' zei Willem toen. 'Hij zat een poos stil in de stoel. Het leek alsof hij ergens over nadacht. Dat gebeurt vaker, maar nu was het geheel toch anders. Ik vroeg wat er aan de hand was en hij vertelde dat hij zich niet goed voelde. Maar hij kon niet kon zeggen waar het vreemde gevoel vandaan kwam. Hij omschreef het als een zware loomheid die hem overviel, een wonderlijke moeheid. En hij klaagde... Nou nee, klagen was het niet, hij merkte op

dat zijn maag niet helemaal in orde was.'
Hier schrok Corine van. Ze had gedacht dat de klachten pas waren begonnen toen Daniël gisteren thuiskwam, maar hij had er blijkbaar al de hele dag last van gehad. Na de afspraak dat Corine hem op de hoogte zou houden van verdere berichten, werd de verbinding verbroken.
Tegen halfelf reed ze naar het ziekenhuis. Een verpleegkundige opende de deur van de intensive care voor haar. Het was niet de blonde verpleegkundige die ze de vorige avond had gesproken. Hij sliep nu waarschijnlijk na de nachtdienst. 'Er is vanmorgen een onderzoek verricht in de richting van de maagklachten. De uitslag is nog niet bekend, dat begrijpt u. En u begrijpt ook dat het niet wenselijk is om de onderzoeken te snel na elkaar uit te voeren. Dat is te belastend. Als we dat doen, levert het in veel gevallen meer nadeel dan voordeel op.'
Corine knikte. Natuurlijk: het was de volgende morgen na de vreselijke avond en nacht... Even was er de gedachte: hij wil me zeggen dat Daniël heel ziek is. Maar alle patiënten achter de witte gordijnen op deze afdeling zijn heel ziek...
'Uw man is wakker,' zei de verpleegkundige, 'u weet waar hij ligt. Het is goed als u nu naar hem toe gaat.'
Corine bedankte hem en liep naar de kamer waar ze Daniël vannacht had achtergelaten. Daniël was nog steeds vastgekoppeld aan veel apparatuur. Ze kuste hem. 'Lieveling, hoe voel je je nu?'
'Ietsje beter. Maar het is duidelijk dat alles onder controle wordt gehouden. Bloeddruk, hartslag, longen, nieren... Ik heb wel een naar onderzoek gehad vanmorgen. Met een slangetje en een lampje via de slokdarm naar de maag. Je hebt er weleens over gehoord. Niet lekker. Maar ik voel me beter dan gisteren. Het was toch heftig schrikken, Corine! En die arme kinderen...' Hij schudde zijn hoofd. 'Je hebt mijn vader

en moeder gebeld?'
'Natuurlijk. Ze schrokken vreselijk van het bericht. Je vader wilde onmiddellijk naar het ziekenhuis rijden, maar dat heb ik hem afgeraden. Ik weet niet wat hun plannen zijn, maar reken er maar op dat ze snel bij je komen.'
Daniël glimlachte. Hij hield haar hand in de zijne geklemd. Dan was ze toch dicht bij hem. 'Hoe is het nu met Alexander en Yvonne?'
'Ze zijn erg geschrokken, maar dat was begrijpelijk. Jij en ik schrokken ook van wat er gebeurde. Je hebt ze boven aan de trap zien staan. Ze zijn vandaag niet naar school.'
Daniël knikte. Hij praatte langzaam, maar hij wilde veel zeggen. Ook voor zichzelf, om te proberen of hij normaal iets kon zeggen. 'Niet naar school. Als dat gebeurt, moet in het gezin Van Bergen iets bijzonders aan de hand zijn, want papa en mama hebben school hoog in het vaandel staan.' Hij rustte even, praatte toen verder: 'Maar er is ook iets bijzonders aan de hand. Ik begrijp niet dat ik plotseling zo ziek kan zijn. Ik kan me niet herinneren ziek te zijn geweest.' Weer een korte pauze. 'Misschien vroeger, een kinderziekte, maar meer niet.' Opnieuw even rust. 'Dit is geen kinderziekte. Ook geen kantoorziekte. Ik ben al urenlang wakker en er zijn veel dingen om over te denken.'
'Je praat te druk.'
'Ik wil proberen of ik kan praten. Hier worden weinig woorden gewisseld. De verpleegkundigen zijn heel behulpzaam, zorgzaam en vriendelijk, maar ze hebben geen tijd voor praatjes. Wat kan ik nog meer zeggen... Ik weet het niet.'
Daarna praatte Daniël niet meer. Hij lag er uitgeput bij, het hoofd met het donkere haar op het witte kussen. Hij maakte zijn handen om haar hand los, ze sloot zijn hand in haar handen. Na ruim een halfuur verliet Corine het ziekenhuis.

Drie dagen gingen voorbij. Corine zat elke middag naast het bed. Daniël voelde zich na het ontwaken iets beter, maar hij was nog steeds vreselijk moe. Hij praatte moeilijk en luisteren vermoeide hem. Corine vertelde met zachte stem, over de kinderen, over zijn ouders en haar ouders. Over de kleine dingen die in huis gebeurden. Ze laste korte stilteperioden in en praatte dan weer verder, want Daniël luisterde naar haar. Hij wilde haar stem horen, de namen van de kinderen, de gebeurtenissen in hun huis voorbij horen komen.
In de namiddag van de vijfde dag rinkelde de telefoon. Corine pakte de hoorn. 'Mevrouw Van Bergen, u spreekt met Julia Dekkers van de afdeling Hematologie. Ik ben de assistente van dokter Dantuma.'
De woorden werden langzaam uitgesproken. De stem klonk rustig, alsof elk mens wist dat de naam Dantuma en het woord hematologie aan elkaar verbonden waren. In Corine laaide onmiddellijk een vreselijke angst op: hematologie... en Daniël was zo ziek!
Ze sloot haar ogen, de telefoon trilde wild in haar hand. Hoe ernstig was de situatie? Ze durfde niet verder te denken, maar wat betekende dit voor Daniël, voor Daniël en haar, hun liefde... Het angstige gevoel dat het binnenkort voorbij zou zijn, dat haar hele leven op zijn kop stond, kwam in haar naar boven.
De woorden, die met een vriendelijk klinkende stem werden uitgesproken, deinden als woeste golven rollend naar haar toe en bereikten haar. De stem zei: 'Dokter Dantuma heeft me gevraagd een afspraak met u te maken. Als het mogelijk is in de loop van morgenochtend.'
'Zegt u maar wat voor de dokter een geschikte tijd is.' Tijd was vanaf nu niet belangrijk meer voor Corine.
Een kort lachje van de andere kant. Dit werd snel geregeld.

'Halfelf, schikt dat? En ik vraag u, als het mogelijk is, een familielid mee te nemen. Een voor u vertrouwd persoon.'
Dit verzoek: een vertrouwd persoon meenemen... Dit betekende dat ze hulp nodig zou hebben bij de woorden die ze te horen kreeg, steun moest kunnen vinden, waarschijnlijk zelfs een schouder om op te kunnen huilen.
Ze antwoordde zo rustig mogelijk: 'Dat kan, ja, dat is goed. Ik zal er zijn.'
'Goed. Tot morgen, mevrouw Van Bergen.'
Ze belde haar moeder. 'Mam, kun je komen...'
Tine Wagenaar hoorde het wilde snikken en zei: 'Lieverd, ik kom direct.'
Tien minuten later stapte Tine Wagenaar de lichte, zonnige kamer binnen. 'Mam, er is vanuit het ziekenhuis gebeld. De assistente van dokter Dantuma. Dokter Dantuma is hematoloog. Dat is niet goed, mama. Morgenochtend heb ik een afspraak met die dokter. De assistente vroeg me...' Haar wilde snikken maakte het uitspreken van de volgende woorden bijna onmogelijk, maar ze kwamen toch, mama moest het weten: 'Ze vroeg me een vertrouwd persoon mee te nemen!'
'Corine, wat verschrikkelijk,' Tine Wagenaar hield haar dochter in de armen, 'meisje toch, Corientje... Wat vreselijk. Dit is een alarmerend bericht. Misschien stelt de assistente voor iemand mee te nemen omdat ze vermoedt dat je met de auto naar het ziekenhuis rijdt en dat kan bij grote spanningen gevaarlijk zijn. Wie wil je meenemen naar het gesprek? Je schoonvader? Thomas is de vader van Daniël. Of Christian, hij is de broer van Daniël.'
'Nee. Ik wil dat papa met me mee gaat. Ik kan op papa's schouder uithuilen als dat nodig is. Mam, ik heb vanaf het moment waarop Daniël me riep en ik naar het toilet holde het vreselijke gevoel dat dit geen goede afloop kan krijgen. Wat

gebeurde, was te erg. Door alles wat daarna gebeurde, wilde ik niet meer aan die eerste schrik denken, er moest hoop blijven, maar eigenlijk wist ik op dat moment al dat ik Daniël ging verliezen.'

Corine barstte opnieuw in snikken uit. Haar moeder wreef over haar rug totdat ze weer iets gekalmeerd was. 'Later die avond,' bracht Corine uit, 'kwam het heftige van de schrik weer terug. Ik probeerde mezelf wijs te maken dat het niet zo ernstig was als ik dacht. De schok en de schrik hadden het zo heftig gemaakt. Ik klampte me vast aan alles dat kon meewerken aan zijn herstel, je kent de verhalen. De medische wetenschap, de goede specialisten, ze zijn zo knap, er zijn zo veel operaties mogelijk. Ik probeerde mezelf moed in te spreken, maar steeds weer hoorde ik een vreselijk stemmetje dat fluisterde: je maakt jezelf wat wijs, maar je gelooft er niet in. Ik wil geloven in beterschap, mam. De gedachten vliegen door mijn brein. Ik zoek iets om steun bij te vinden. Maar welke woorden moet ik zoeken? Ik wil oplossingen zoeken. Wat kan me vertrouwen geven? Als je niet zoekt, komt er niets naar voren. Maar is er een oplossing? Nee, er is geen oplossing. Welke woorden zijn er nog meer...'

Ze glimlachte naar haar moeder. Tine zag de grote angst in die glimlach. Tine Wagenaar kende dit, te gehaaste, te snelle spreken van haar dochter niet. Het was de volkomen onmacht; Corine sprak de woorden uit en hoorde haar eigen woorden, maar ze wilde ze niet horen. Tine Wagenaar kende de gedachten van haar kind over de krachten van het universum en welke krachten daarin verborgen zijn...

Corine praatte verder. 'Ik wilde denken en geloven dat er wonderen bestaan, maar die hoop is nu verdwenen. Welke vorm van kanker ook geconstateerd is, de chemokuren en bestralingen zullen geen redding brengen. Als dat mogelijk

was, had de arts wel anders gereageerd. Ik wilde vertrouwen hebben, blijven hopen, maar ik wist diep in mijn hart dat het valse hoop was. Het is zo bitter het te moeten aanvaarden.'
Ze hing tegen haar moeder aan en huilde. Ze zweeg en Tine zweeg met haar mee. Dat was het enige wat op dit moment mogelijk was. Geen woorden. Zwijgen. Ze mocht haar dochter geen valse hoop geven. Ja, er waren mensen die kanker overleefden, maar er waren er ook heel veel die het niet overleefden. Ze wisten allebei niet tot welke groep Daniël zou behoren.
Na het zwijgen kwam de stem van Corine, zacht, bijna beheerst, alsof ze in een trance de woorden vond en ze kon uitspreken: 'Daniël was zo gelukkig. Ik wil niet denken dat geluk in een mensenleven te groot kan zijn en dat het daarom van een mens wordt afgenomen. Zo is het beslist niet. Het zou inhouden dat geluk niet zou mogen. Ons huwelijk, de kinderen, de mensen om ons heen, zijn ouders en jullie... We hebben zo veel om blij mee te zijn.'
Even kwam in haar op: eens heb ik Daniël als een grapje gezegd dat hij zich moest verdiepen in filosofie, wijsbegeerte, en moet je mij nu horen... Maar ik moet praten en mijn mama luistert naar me... 'Er worden veel mensen in heel nare omstandigheden naar ziekenhuizen gebracht,' zei ze. 'Daniël was jong en sterk en ik wilde de voorbije dagen in genezing geloven. Maar het zal niet zo mogen zijn, hè mama? Dokter Terstege vertelde me al dat het ernstig was. Morgenochtend spreek ik dokter Dantuma. Ik wil dat papa bij me is. Ik wil hoop houden en blijven geloven.'
Tranen gleden nog over haar wangen. Ze kon de woorden bijna niet uitspreken, haar keel werd dichtgeknepen. Zo op zichzelf teruggeworpen worden was vreselijk, maar ze wilde dit zeggen: 'De geest van elk mens in het grote licht van de

schepping is zo belangrijk, dat die geest niet verloren gaat. Het lichaam van Daniël kan sterven, maar zijn geest blijft leven. Waar, dat weet ik niet. Maar onze geesten zullen elkaar weer vinden.'

Tine Wagenaar keek haar dochter diep bewogen aan. De wanhoop, het verdriet, het besef van wat komen ging dat uit haar woorden sprak. Bijna was het al aanvaarding dat Daniël ging sterven. Hoe was het mogelijk dat Corine deze woorden uitsprak?

Corine praatte verder: 'Als dokter Dantuma het me gaat zeggen, en in deze tijd zijn doktoren daar open en eerlijk in, is het goed om papa bij me te hebben. En ik vind dat ik zo egoïstisch mag zijn om mijn vader bij me te hebben. Als vader Van Bergen meegaat, zal ik hém waarschijnlijk moeten helpen om dit vreselijke bericht aan te horen. Papa steunt mij.'

'Lieve schat, daarin heb je gelijk. Ook als de uitspraak van de dokter zal zijn dat er voor Daniël volkomen genezing onmogelijk is, zal hij verder moeten leven met een lichamelijk handicap. Mijn meisje, dan is de klap nog hard genoeg voor jou. In deze omstandigheden mag je aan jezelf denken. Het is het beste dat papa met je mee gaat. In nood is hij een rots in de branding waaraan je je kunt vastklampen. Misschien is het een goed idee hem nu te bellen en over het telefoongesprek te vertellen. Dan kan hij het voor morgenochtend regelen. Misschien blijft hij de hele dag bij ons. Van serieus werken zal toch weinig komen.'

Corine knikte. Er waren zo veel woorden en zo veel gedachten om haar heen, maar de wereld leek stil te staan. Ze hoorde de stem van haar moeder wel, maar de klank in de stem van de assistente herhaalde haar wrede woorden steeds weer en steeds weer. Ze zat stil op de bank met haar handen voor haar ogen. Wat ging er gebeuren...

Tine belde haar man. 'Martin, luister goed naar me, Vanmiddag belde de dokter en...' Het hele verhaal volgde. Na het gesprek legde ze de hoorn terug op het toestel. 'Dat komt in orde. Papa gaat met je mee.'
'En mam, jij bent morgenochtend in dit huis. Als een van mijn schoonouders belt, mag je niet zeggen dat papa en ik een afspraak hebben met dokter Dantuma. Ik weet wat hij ons gaat zeggen, maar ik houd het nog stil om het zelf te verwerken en er met de kinderen over te praten. Alexander weet van doodgaan, maar wat het precies inhoudt, weet hij niet. Ik weet niet hoe hij erover denkt, maar de waarheid zal vreselijker zijn. Yvonne is nog te jong om er iets bij te denken. Maar ze moeten weten dat hun papa bij ons weggaat. Daarna vertel ik het de ouders, de broer en de schoonzus van Daniël. Natuurlijk moeten zij het snel weten als de toestand van Daniël verslechtert. Hij is hun zoon, hij is hun vlees en bloed. Maar hij is mijn Daniël en ik kan niet ook al hun verdriet over me heen hebben. Mam, jij begrijpt me, hè?'
'Ja, meisje, ik begrijp je. Je doet hen niet tekort.'
Die nacht bleef ze in de huiskamer. Op de bank zitten, op de bank liggen. Stilte om haar heen. Ze wist wat ze dokter Dantuma de volgende morgen wilde vragen.

Vader en dochter reden naar het ziekenhuis. De spreekkamer van dokter Dantuma had lichtblauwe muren. Corine had eens gelezen dat lichtblauw de kleur is die rust brengt. Deze morgen was dat voor haar beslist niet zo. Het was niet te zien, maar haar hele lichaam trilde zacht.
De arts was opgestaan. Hij kwam hen tegemoet. 'Mevrouw Van Bergen.' Hij drukte haar de hand en keek haar recht aan. De dokter had grijze ogen waarin ze medeleven zag. Hij schudde ook Martin Wagenaar de hand.

'Ik ben de vader van Corine,' zei die.
'Het is goed dat u bent meegekomen. Vader en dochter. Gaat u zitten.' Twee stoelen waren tegenover de zitplaats van de dokter achter het bureau gezet. De dokter schoof in zijn stoel. 'Het medische team heeft uw man en schoonzoon heel zorgvuldig bijgestaan in alle onderzoeken. Het is verschrikkelijk te moeten zeggen dat de eindconclusie van die onderzoeken een vreselijke uitslag heeft gebracht. Ik wil er uitgebreid met u beiden over praten. De uitslag staat vast, daaraan is niets te veranderen.'
Het trillen van haar lichaam werd heviger. Daniël gaat echt dood, nu wordt het gezegd, Daniël gaat dood... De woorden gonsden in haar hoofd. Misschien zou de dokter het woord 'sterven' gebruiken. Ze dacht het in een flits, maar er was geen verschil tussen sterven en doodgaan. Ze moest naar de dokter luisteren. Het maakte geen verschil, het einde was gelijk, maar ze wilde alles horen en alles weten. De stem van de dokter kwam van ver naar haar toe, maar ze hoorde zijn woorden wel. Hij zei: 'Ik haal een glas water voor u en ik leg er een tabletje naast dat u kunt innemen. Het heeft een kalmerende werking.' Hij stond op. Corine keek naar haar vader. Zijn gezicht was asgrauw. Hij strekte een hand naar haar uit en hield die van haar vast.
Een glas water op het bureau, een pilletje op een klein schoteltje. 'Ik wil geen pilletje,' zei Corine vastberaden. 'Ik moet alles wat u gaat zeggen woord voor woord horen.'
De arts knikte. 'Na de onderzoeken is gebleken dat uw man is getroffen door een heftige, acute aanval van wat men in vroeger jaren bloedkanker noemde. Dat is een wreed woord, we gebruiken het tegenwoordig niet meer, maar het geeft het duidelijk weer. Nu weten we dat het een heftige vorm van leukemie is. Het is zelfs voor ons, specialisten op dit terrein, niet

te begrijpen dat het zo geruisloos in een menselijk lichaam kan woekeren. Zoals in het lichaam van uw man en schoonzoon.'

'Daniël kan niet meer beter worden,' zei Corine gelaten. Hoe gek het ook was, hierop had ze zich voorbereid.

'Nee. Het is vreselijk het te moeten bevestigen, maar u hebt gelijk. Ik begrijp hoe verschrikkelijk het is dit te moeten horen, maar de feiten liggen zo.'

Er viel een diepe stilte. Dokter Dantuma zat bijna bewegingloos in de bureaustoel. Hij moest te vaak gesprekken over de komende dood voeren, maar met dit gesprek had hij het zichtbaar moeilijk. De jonge man die machteloos zijn einde tegemoet ging, vader van twee nog jonge kinderen, hij had er zo vol liefde over gepraat. Moeizaam, het bleke gezicht op het witte kussen.

En tegenover hem zat de jonge vrouw tot wie doordrong dat haar man ging sterven. De onrechtvaardigheid van het leven. Herman Dantuma kwam het vaak tegen, maar het wende nooit. Het werd niet vertrouwd, niet aanvaardbaar.

Martin Wagenaar had zijn stoel heel dicht naar de stoel van Corine toe geschoven. Ze kon tegen hem aan leunen als ze daar behoefte aan had. Maar ze bleef rechtop zitten.

'Door alle ondersteunende mogelijkheden waarover we in deze tijd kunnen beschikken, voelt uw man zich niet meer zo ziek als in de begindagen. En...'

Corine onderbrak zijn woorden. 'Dokter, ik heb de hele nacht in onze huiskamer gezeten en ik heb over heel veel nagedacht. Ik voelde, ik wist dat Daniël gaat sterven. Ik weet dat het in deze tijd gebruikelijk is dat artsen de patiënten eerlijk vertellen in welke toestand ze zich bevinden...' Ze onderbrak zichzelf. Ze moest minder snel praten, het rustiger brengen, ze had vannacht de woorden van nu een voor een uit gesproken, zo

moest ze het brengen, de dokter zou haar begrijpen. Het was het beste voor Daniël. Ze vroeg: 'Heeft u, of een van de verpleegkundigen op de afdeling, mijn man verteld wat gaat gebeuren?'
'Nee. Ik doe dat niet voor ik de naaste familie ervan op de hoogte hebt gebracht.'
'Dokter, ik heb er de hele nacht over gedacht. Mijn man en ik hebben een goed huwelijk. Toen hij en ik elkaar ontmoetten, wisten we beiden dat tussen ons echte liefde was. We zijn zo blij met elkaar. We hebben twee kinderen waarnaar we verlangden. Ik vraag u,' ze keek de dokter recht en strak aan, 'zeg hem niet dat hij gaat sterven. Hij denkt dat het langzaamaan iets beter met hem gaat. Als hij hoort te gaan sterven, zullen zijn laatste dagen vreselijk moeilijk voor hem zijn. Ik vraag u, vertel hem er niet over.'
Ze voelde het trillen van haar vaders hand om de hare.
Dokter Dantuma keek haar recht aan. 'Ik heb met uw man gepraat. Gistermorgen. Het was rustig op de afdeling en ik voelde een drang naar hem toe te gaan. Ik had en heb met veel van mijn patiënten een goede band. Het is zoals u zegt, door de helpende medicijnen voelt hij zich minder ziek dan hij in werkelijkheid is. Hij stelde het op prijs dat ik naar hem toe kwam. Hij vertelde over zijn grote liefde voor u en voor de kinderen. Zijn geluk, zijn blijheid en vreugde in het leven.'
Corine hoorde in de stem van de dokter hoe Daniël die woorden, voor zover in de moeilijke omstandigheden mogelijk was, met warmte had gezegd.
'Ik begrijp uw wens,' zei de dokter. 'Het is een trieste wens, maar het niet weten zal uw man veel verdriet besparen. En waarom zouden we er niet voor kiezen het afscheid van het leven, dat voor hem bijzonder zwaar zal zijn, op een menselijker wijze te laten verlopen?'

Dokter Dantuma bleef haar recht en strak aankijken. Het was een aangrijpend, ernstig en tegelijk ontroerend gesprek. Corine probeerde recht in de stoel in de stoel te blijven zitten. Ze hoorde de woorden van de specialist, de dokter dacht met haar mee. Daniël was een vreemde voor hem, een zieke in een van de witte bedden, maar de dokter had haar woorden gehoord en hij begreep haar verlangen. Hij had met Daniël gepraat, hij kende hem een heel klein beetje. Haar wens ging in vervulling: Daniël zou zonder het te weten uit het leven glijden. Zonder afscheid te moeten nemen, voor altijd, van allen die hem zo lief waren.
Ze hoorde de stem van de dokter weer. 'Misschien duurt het nog vier, vijf dagen, maar dan is het zover. Ik wil op uw voorstel ingaan.' Na een korte stilte om Corine de gelegenheid te geven zich te herstellen, praatte hij verder: 'Het lichaam van uw man is ziek, zijn hoofd zakt nu en dan even weg. Hij is heel moe, hij voelt zich niet prettig. Hij deint weg op de gebeurtenissen op de afdeling waar hij verpleegd wordt. Wij kunnen zijn ware gedachten niet raden, maar ik weet vrijwel zeker dat hij niet beseft hoe ernstig zijn situatie is. Hij leeft in een licht schemergebied. Hij denkt waarschijnlijk nu en dan aan sterven, maar niet serieus. Hij heeft het gevoel dat het langzaamaan beter gaat. Maar hij sluimert in werkelijkheid langzaamaan weg. Zo zal het gaan als wij, de werkers op deze afdeling, hem begeleiden. We besparen hem daarmee veel verdriet. Als u, uw vader en ik dit besluit bewaren, blijft dit verdriet hem bespaard. Ik noem het geen geheim, want het is geen geheim. Het is een verbond tussen ons drieën. Voor u en de familie kunnen we het verdriet niet wegnemen. Ik besef hoe groot en zwaar het voor u zal zijn, voor de kinderen en de familie, maar er is geen andere oplossing dan het te aanvaarden.'
De stilte viel zwaar in de kille ruimte. Corine wilde het glas

pakken om te drinken, maar ze vreesde het niet te kunnen vasthouden. Ze keek naar haar vader en daarna naar het glas. Martin Wagenaar begreep het. Hij legde het pilletje in haar ene hand, reikte het glas naar haar andere hand en ondersteunde het glas.
Herman Dantuma keek toe. Hij vroeg: 'Wij drieën hebben elkaar goed begrepen?'
Corine antwoordde duidelijk 'ja' en Martin Wagenaar zei ook 'ja'. Corine zei daarna: 'Dokter, het is goed om dit te doen. Het klinkt vreemd in dit verband, maar ik dank u voor uw begrip. Ik weet hoe onvoorstelbaar moeilijk het voor hem zal zijn als hij weet dat hij zal sterven. Het is voor elk mens vreselijk, dat begrijp ik, maar dit is mijn Daniël. Onze afspraak is in alles eerlijk tegen elkaar te zijn en ik ben altijd eerlijk tegen hem geweest, maar nu verbreekt een vreselijk afscheid deze afspraak. Hij zal me niet vragen of ik weet dat hij gaat sterven. Ik hoef geen 'nee' uit te spreken.'
De woorden kwamen langzaam over haar lippen. Herman Dantuma keek in lichte verwondering naar haar. Ze zei: 'Daniël zal rustig sterven. Het is een stil pact tussen u, mijn ouders en mezelf.'
'Ik bespreek dit met de verzorgers van de intensive care.' Hij wilde eraan toevoegen: mijn mensen kunnen zwijgen als het graf, maar dat was nu geen goede opmerking. Hij zei: 'Zij kunnen dit. En het is goed. We doen er niemand kwaad mee. U doet het uit uw grote liefde voor uw man en ik wil eraan meewerken.'
Dokter Dantuma hield de hand van Corine langer vast dan gebruikelijk was. 'Ik wens u heel veel sterkte. Ik zie u in de komende dagen nog.'
Ook Martin Wagenaar schudde hij de hand.
Toen de deur van de spreekkamer achter hen was gesloten, zei

Martin: 'Geef me een arm, meiske.'
In de lange, stille ziekenhuisgang stond een bank. Ze gingen erop zitten. Martin legde zijn arm om zijn dochter heen en hield haar tegen zich aan. Ze wisselden geen woord. Alles wat belangrijk was, was achter de nu gesloten deur besproken. Zijn kleine meisje, zijn dochter die dit grote verdriet moest doormaken. Hij was met haar mee gegaan voor een gesprek met de specialist. Dat het heftig zou zijn om het doodvonnis van Daniël aan te horen wist hij van tevoren, maar het had hem zwaarder getroffen dan hij verwacht had. En de woorden van Corine, het uitspreken van haar wens aan de arts, en de arts die haar begreep. Er wachtten zware dagen. Tine en hij zouden haar en de kinderen steunen waar ze konden. Steun was mogelijk, maar het verdriet wegnemen was onmogelijk.
Naast hem zat Corine. Lieve, lieve Daniël, hij stond zo blij en gelukkig in het leven, hij hield van haar en van de kinderen, hij werkte met plezier, hij was een fijne man, waarom moest dit gebeuren... En zou zij het ooit kunnen aanvaarden, kon ze verder in een leven zonder hem, kon ze het verwerken, kon ze hem missen...? Ze moest verder om Alexander en Yvonne. Ze zouden hun papa missen – hoe moest ze het begrip 'dood' aan hen verklaren? Alexander zou er iets van begrijpen als ze hem er veel over vertelde, maar voor Yvonne was het een diep zwart gat waarin het kind ging vallen. Haar papa was het huis uit gedragen op een nare manier en papa kwam nooit meer hun huis binnen; dat was ondenkbaar, dat kon niet waar zijn. Maar het was waar.
Ook bij Corine drong het besef steeds meer door. De dagen van het verleden, de dagen met Daniël, zouden als warme herinneringen bewaard blijven. De avond waarop ze elkaar ontmoetten bij Gerben en Ria en beiden wisten dat dit nooit voorbij zou gaan, ze waren voor elkaar bestemd. Maar het ging

voorbij. Het was al bijna voorbij. Waarom moest dit gebeuren! Ze snikte wanhopig.
Toen het snikken iets afzwakte, zei Martin, met zijn arm nog om haar heen, bang dat ze zou vallen: 'Kom, we gaan hier weg. We gaan naar de auto.'
Hij reed in een rustig tempo naar de Van Diepenhorstdreef. In de auto zei Corine: 'Alexander is nog op school, Yvonne is om kwart over elf uit. Als de gelegenheid er is, vertellen we het mama. Ook wat ik voor mezelf toch een geheim noem. Iets verzwijgen voor Daniël is voor mij een geheim. Maar het is voor hem lichter de waarheid niet te weten dan voor mij om dit geheim bij me te houden. Papa, het is goed er voor altijd tegen iedereen over te zwijgen. Wat hebben we verzwegen? Daniël te zeggen dat hij ging sterven. De mogelijkheid hem dit vreselijke besef te besparen. Zijn ouders en de verdere familie horen dat hij stilletjes is weggezakt in een sluimergebied waarin hij de werkelijkheid niet meer kende, pap, dan komt het toch op hetzelfde neer, dat is toch de waarheid?'
'Lieve schat, Corineke, het is goed.'

Tine opende de voordeur zodra ze de auto langzaam tot aan de trottoirrand zag rijden. Ze zag het betraande gezicht van Corine en ook hoe ze bijna wankelend vanuit de auto naar de deur strompelde.
In de huiskamer herstelde Corine zich. 'Mam, we moeten iets vreselijks vertellen. Er is geen hoop voor Daniël....' Ze legde het gesprek met dokter Dantuma voor haar moeder neer.
'Wat verschrikkelijk. En het is zo onbegrijpelijk. Hij was toch een jonge, gezonde vent? Elke dag aan het werk, blij, gelukkig... En dat dan in zijn lichaam iets kan woekeren en zich plotseling zo heftig openbaart...'
'Niemand weet wanneer het moment is gekomen waarop dit

vreselijke gaat gebeuren,' praatte Corine verder. 'Ik moet de kinderen vanavond vertellen dat papa heel erg ziek is. Ze vragen mij steeds of hij zich beter voelt, of hij geen pijn meer heeft en wanneer hij uit het ziekenhuis komt. Ik moet me op dat gesprek voorbereiden. Vanavond misschien.'

Na de thuiskomst van Yvonne en Alexander aten ze met elkaar een broodje. Daarna brachten Martin en Tine Yvonne weer naar school en reden vervolgens naar hun eigen woning. Corine wilde graag een paar uurtjes alleen zijn. De ouders van Daniël gingen vanmiddag naar het ziekenhuis.

De afspraak werd gemaakt dat de grootouders Yvonne rond halfvier weer ophaalden voor ze naar de Van Diepenhorstdreef reden. Daarna bleven ze zolang Corine dat wilde. Tine zou intussen naar het winkelcentrum gaan om spullen voor de avondmaaltijd te kopen. 'Ik kook vanavond. Jij hebt vanmiddag een paar uren tijd om te rusten, lieverd. Van echt rusten zal niets komen, maar alleen zijn is waarschijnlijk goed voor je.'

In de middag kwam Louise. Van 'tot rust komen' kwam dus inderdaad niets, maar ook als ze alleen zou zijn geweest was het onmogelijk het gevoel 'rust' na de vreselijke morgen een beeld te geven.

De fijne vriendschap tussen Louise en haar, het vertrouwen, het alles van elkaar weten, was heel vaak een troost voor Corine geweest. Maar ze betwijfelde of dat nu ook het geval zou zijn.

'Ik moest naar je toe, Corine. Ik heb een vrije middag genomen. Ik heb het nare gevoel dat het niet goed gaat met Daniël. Is dat ook zo?'

'Ja,' was het enige dat ze kon zeggen, en snikkend bracht ze uit: 'Het gaat heel slecht.'

'Corine, dit is onze levensstijl toch niet? Wij zijn optimistische vrouwen. Daniël was voor kort een gezonde vent, hij werkte elke dag in zijn boekenvesting, Corine...'
Corine huilde. Haar tranen kwamen uit een onuitputtelijke bron waarin verdriet, onmacht en de zekerheid van het naderende afscheid van Daniël vorm had aangenomen. De bron bleef tranen brengen. Louise probeerde haar moed in te spreken en Corine deed alsof ze het oppikte. Ze merkte met een lachje op: 'Louise, in je woorden wordt steeds duidelijk dat je groeit in de journalistiek!'
Louise praatte door over de medici, die zo knap waren, en in de praktijk werd dagelijks bewezen dat veel ernstig zieke mensen er door hen weer bovenop werden geholpen. Na een heftige ziekte keerden ze terug in het leven. Louise noemde enkele namen. 'Denk aan Wim van der Poorte en Jozette Evendijk en de moeder van Bart de Witte...'
Corine knikte. Ze kon Louise vertellen over de ziekte die Daniël in zijn greep hield, maar ze kon de woorden op dit moment niet naar buiten brengen.
Toen Corines ouders met Yvonne binnenstapten, stond Louise op om weg te gaan.
'We bellen elkaar; ik bel jou in elk geval.'
Tegen vijf uur stopte de auto van Daniëls ouders voor het huis. Martin Wagenaar opende de deur voor hen. Tine Wagenaar zette een grote pot koffie.
Moeder Maaike kwam hoofdschuddend en huilend de kamer in. 'De jongen is zo ziek. En ik vind de afdeling waar hij ligt zo vreselijk. Alles heeft een negatieve uitstraling.'
'Maaike, beheers je,' zei haar man. 'Het is logisch dat er alleen heel zieke mensen liggen. Dat is Daniël namelijk ook.'
Corine begreep dat zij het vreselijke nieuws ook hadden gehoord. Ze hoefden het niet uit te spreken, want ze wisten

het allemaal. Alexander en Corine zaten naast elkaar op de bank. Af en toe leunde hij tegen haar aan, dan legde ze een arm om hem heen en drukte hem tegen zich aan. Yvonne was naar haar kamer gegaan. Maaike was in tranen. De sfeer was afschuwelijk.

De kinderen gingen laat naar bed. Tot diep in de nacht hing Corine op de bank. Wanneer was het nodig het de kinderen te vertellen? Nog niet. Maar hoelang had ze uitstel?

Steeds weer kwam haar eigen verdriet naar voren. Het leven zou voor Daniël spoedig voorbij zijn, maar het mooie, het fijne van haar leven was ook voorbij. Het geluk vloog met hem weg, de liefde, hun liefde...

Kon ze verder? Ze moest verder. Dag na dag en nacht na nacht zonder Daniël. Maar wel met hun kinderen van Daniël, en voor de kinderen moesten dagen komen waarop de zon scheen en waarin mama blij en vrolijk was. Hoe was dat waar te maken? Tranen stroomden over haar wangen. Ze haalde een grote zakdoek van Daniël uit de zak van haar grijze broek. Daniël had geen zakdoeken meer nodig.

Hoe moest ze het de kinderen vertellen...

Praten over de mensen die de aarde bewonen. Mensen met een lichaam en een geest. De geest woont in het lichaam als het lichaam gezond is. Als het lichaam sterft, verlaat de geest het lichaam, maar de geest sterft niet. Een geest is onzichtbaar en ongrijpbaar. Als we herinneringen naar voren halen over alles wat in het leven gebeurde is de herinnering bij ons... Ze moest het in deze richting zoeken. Op deze manier kon het de kinderen steun geven om de komende vreselijke tijd door te komen en ook de periode daarna. Daniël ging voorgoed bij hen weg, maar aan hem denken, over hem praten, bracht hem in gedachten weer bij hen. Ze moest haar uitleg in de komende dagen in gedachten opbouwen. Wie weet hoe snel

de zwarte dag kwam...
Ze kon niet verder zonder Daniël, maar nu hij het leven verliet, was zij verantwoordelijk voor het geluk van hun zoon en hun dochter. Het moesten evenwichtige mensen worden. Daarvoor moest zij zorgen. Geholpen door de mensen om hen heen. Steun en liefde geven. De kinderen veel vertellen over hun papa. Met z'n drietjes door het grote verdriet komen.
Daniël kon haar niet vragen de zware taak op zich te nemen, maar was het nodig dit te vragen? Als hij die vraag kon stellen, zou hij zeggen: 'Corine, zorg voor onze lievelingen, help ze door de vreselijke tijd heen, denk aan mij... Dat geeft steun. Je hoort me dan niet meer, maar je weet welke woorden ik tegen je zou zeggen als praten nog mogelijk was... Je kent mijn gedachten... Je kent mijn grote liefde voor jou, voor Alexander en Yvonne...'

5

IN DE MORGEN VAN EEN SOMBERE DAG, HET WAS EVEN NA TIEN uur, belde de assistente van dokter Dantuma. Ze vroeg: 'Spreek ik met mevrouw Van Bergen?' Toen Corine bevestigend antwoordde, trillend van nervositeit omdat ze wist dat de zwarte dag was aangebroken, kwamen de woorden: 'Dokter Dantuma vraagt u te zeggen naar het ziekenhuis te komen. U neemt een vertrouwd persoon mee? Komt u naar de spreekkamer van de dokter.'

'We komen zo snel mogelijk.'

De afspraak was gemaakt dat haar ouders na het bellen vanuit het ziekenhuis zo snel mogelijk naar de woning aan de Van Diepenhorstdreef zouden komen. Vader vanuit zijn werk, moeder vanuit hun huis aan de Kastanjelaan.

Vader en dochter reden naar het ziekenhuis, moeder nam de zorgen in het huis over. De ouders en broer van Daniël zouden ook door het ziekenhuis opgeroepen worden. Het was niet te voorspellen op welk moment de oproep kwam; het kwam deze morgen.

Ze belde haar ouders. Tien minuten later stapte haar moeder het huis binnen. Haar vader wachtte in zijn auto op haar. Moeder Tine omarmde haar even. Gefluisterde woorden: 'Lieveling, sterkte. Meer kan ik je niet wensen.'

Corine stapte in. In het ziekenhuis liepen ze naar de spreekkamer van de hematoloog. Hij gaf hen allebei een stevige handdruk en daarna zei de dokter, hij keek Corine recht aan, hij wist hun afspraak: 'Het is niet mogelijk het precieze ogenblik van de dood te voorspellen, maar het is nabij. De patiënt is niet meer bereikbaar. Gaat u samen naar de afdeling. U zult steun aan elkaar hebben. De familie van uw man zal hier ook snel zijn.'

Corine knikte. De ouders van Daniël moesten komen. Hun zoon ging sterven. En Christian. Zijn broer ging dood. En Harriët. Haar zwager verliet het leven...
Daniël lag stil in het bed, heel bleek, maar met een rustige uitdrukking op zijn gezicht. De apparatuur suisde zacht.
Vader en zij zaten aan het bed. Corine had zijn hand in de hare genomen. Er werd geen woord gesproken. Er was niets te zeggen. Corine had stilletjes woorden voor hem, misschien bereikten ze zijn geest. 'Ik blijf altijd aan je denken, Daniël. Je zult nooit helemaal bij ons weg zijn. Jouw geest en mijn gedachten zijn ongrijpbaar, ze vinden elkaar telkens weer. We willen elkaar blijven vinden. Dag, mijn lieveling, dag Daniël. Je kunt me niet meer horen, maar je blijft in het leven van de kinderen en van mij een rol houden. De kinderen zijn nog jong, maar ik vertel ze veel over je. Ik houd jouw beeld in hen levend. Je blijft bij ons, en niet alleen als gezicht op een foto. Het is verschrikkelijk dat dit gaat gebeuren. Jij weet niets meer, je geest gaat je lichaam verlaten. Alexander zal vragen of ik het gemerkt heb; het houdt hem zo bezig. Daniël, ik weet niet hoe ik verder moet, maar ik wil proberen flink te zijn...'
De arts-assistent kwam bij hen. Hij stond aan het voeteneind van het bed. Opeens was er het geluid alsof een bijna onhoorbare zucht rond hen ging. Corine voelde een koude rilling door haar lichaam trekken en heel licht een trilling in de hand in haar hand. Ze keek naar Daniël. Zijn lichaam lag al stil, maar nu lag hij nog stiller dan daarvoor. Zijn hand werd langzaam kouder...
'Dit was het moment,' zei de arts-assistent.
Corine snikte. Haar vader legde een arm om haar heen en hield haar dicht tegen zich aan. De arts condoleerde hen met het verlies van man en schoonzoon. Zes minuten later kwamen Maaike, Thomas, Christian en Harriët de zaal binnen.

De volgende dagen gingen als een roes voorbij. Corine liep door het huis, ze hoorde de stemmen van de mensen om zich heen, hun vragen en haar antwoorden daarop.
De eerste en tweede dag na het sterven van Daniël bleven haar ouders in haar huis. Het waren drukke en moeilijke dagen. Vele malen hoorde ze de woorden: 'We konden een kaart sturen, maar, Corine, we wilden je persoonlijk condoleren met dit zware verlies.'
Het was goed bedoeld, maar ze was zo moe. Alexander had gezegd, dicht tegen haar aan gedrukt: 'Mammie, zeg dat die mensen weg gaan. Ik wil ze niet.'
Ze had de woorden klaar om hem te antwoorden: 'Dat kan niet, manneke, dit hoort erbij. Maar wij komen er wel doorheen.'
Maar zij wilde ook niet dat dit langer duurde. Haar ouders hier was goed, zij hielpen en steunden. Ook de ouders van Daniël wilden helpen, maar zij waren eveneens ondergedompeld in een heftig verdriet; ze vonden geen woorden van troost voor elkaar. Niet 'hij heeft een mooi leven gehad'. Het was mooi geweest, maar het was ook veel te kort. Een leven moet de fases doormaken van jeugd, volwassenheid en ouderdom. Het mag niet middenin het leven zo wreed worden afgebroken. Maar het gebeurde wel...
In de middag van de derde dag na Daniëls dood zei ze de komende avond alleen te willen zijn met Alexander en Yvonne. 'Jullie helpen ons geweldig, begrijp me alsjeblieft niet verkeerd, maar ik voel dat het goed is met z'n drietjes te zijn. Vooral Alexander hunkert daarnaar. Er zijn te veel mensen om ons heen geweest. Iedereen praat tegen mij, Alex heeft te kort contact met me. Hij verdwaalt tussen de gezichten.'
Haar ouders begrepen het, de schoonouders ook. Tine zei: 'Als je echt rust wilt, is het goed de telefoon naast het toestel te leggen, Corine.'

Alleen met de kinderen. Thee drinken en praten over onbelangrijke dingen. Wat heerlijk. Corine bracht Yvonne op tijd naar haar bedje. Het kind kon de omvang van het gebeuren niet begrijpen, het was te veel en te moeilijk. Papa's Yvonneke had veel vragen, maar antwoorden waren er niet voor het jonge kind.
Toen Corine, na met Yvonne praten, knuffelen en zoenen, terug was in de kamer, zei Alexander: 'Goed, mama, dat je tegen opa en oma hebt gezegd dat wij vanavond met bij elkaar willen zijn. Dat wilde ik ook.'
Later in de avond zat ze met Alexander dicht naast zich op de bank. 'Overmorgen is de begrafenis. Het is het beste, Alex, dat je niet meegaat naar het kerkhof. Het is een triest gebeuren. Je zult er heel verdrietig van worden en er is al zo veel verdriet. Ik heb met tante Ina afgesproken dat zij hier komt om bij jou en Yvonne te zijn tijdens de afscheidsdienst en de begrafenis. Daarna komen jullie naar het restaurant. Daar zijn alle familieleden, vrienden, bekenden en de mensen van papa's kantoor. Misschien ook mensen uit de winkels van Overboom die van papa afscheid hebben genomen. Het is de bedoeling dat we bij elkaar zijn om elkaar te steunen. Als de vreemde mensen weg zijn, eten we met elkaar in het restaurant. Hoe het daarna verder gaat, weet ik niet. Dat zien we wel.' Rustig praten was goed voor Alexander. Ze zei: 'En...'
Hij viel haar in de rede. 'Ik wil mee.'
'Lieverd, een begrafenis is een nare gebeurtenis.'
'Ja. Maar ik wil afscheid nemen van papa. Ik wil mee.'
Ze drukte hem dicht tegen zich aan en kuste hem. 'Lieve schat, het is goed. Wij brengen samen, jouw hand in mijn hand, papa naar zijn laatste rustplaats. Ik zeg morgen tegen opa Martin en oma Tine dat wij dit willen. En als we moeten huilen, Alexander, doen we dat. We mogen huilen.'

De afscheidsdienst werd een indrukwekkende plechtigheid. Corine omklemde de kleine hand van Alexander met haar hand toen ze samen naar het graf liepen. Ze moest sterk zijn voor dit kind. Alexander wilde dit, zijn vader zou trots op hem zijn. Zij wilde hem steunen. Hand in hand Daniël naar zijn graf brengen. Dicht tegen elkaar aan staan bij de woorden die gesproken werden. De inhoud van de woorden drong niet tot hen door. Maar het zouden goede woorden zijn van mensen die van Daniël hielden en die in hun woorden medeleven en troost wilden leggen voor haar en de kinderen.

De eerste dagen na de begrafenis waren bijzonder zwaar. Met de leiding van de school was afgesproken dat de kinderen die eerste dagen thuis bleven. Corine had tegen haar ouders gezegd: 'Het is voor ons allemaal het beste om de komende dagen rust te zoeken. Rust om ons heen en rust in onszelf. Je vindt, mam, dat we hulp nodig hebben. Ik heb Daniël verloren en de kinderen hebben geen papa meer. Hoe moeten we er doorheen, hoe moeten we vrede krijgen met dit verlies? Hoe kunnen we het accepteren? Voorlopig kan dat niet, er is tijd voor nodig. We moeten deze uren en dagen door. We weten dat het met welke troostende woorden van wie dan ook voorlopig niet lukt. Ik kan elke minuut van de dag en de nacht gillen dat ik niet zonder Daniël verder kan, zo voel ik het, ik kan niet zonder hem! Hij was nog zo jong. Hij ligt dood en koud in een kist in een donker graf. Mijn Daniël, onze Daniël! Het is zo vreselijk moeilijk...'
Corine snikte. Ze was weduwe, haar man was dood, ze wist het, maar ze begreep het niet. 'Alexander en Yvonne... Als deze vreselijke ziekte mij had overrompeld en ik was gestorven, zou Daniël verschrikkelijk verdrietig zijn. Hij zou in de allereerste

plaats over hen waken. De komende dagen wil ik er zo veel mogelijk voor de kinderen zijn. We waren met z'n viertjes. We zijn nu met z'n drietjes. We praten over Daniël, halen herinneringen op, vertellen over gebeurtenissen uit de voorbije jaren. Er is dan tijd om naar hen te luisteren en tegen hen te praten. Ik weet dat het goed zal zijn. Dus, mam, we zullen de komende dagen onbereikbaar zijn. Ik heb vader en moeder Van Bergen hierover gesproken. En als het niet lukt, als het ons te heftig op de huid springt, wandelen we naar jullie toe. In de zomerzon of in de stromende regen.'

In de hieropvolgende weken keerde langzaam een dagelijkse gang van bezigheden terug. De dag begon met het ontbijt in de keuken. De eerste weken kon Corine de vierde stoel niet weghalen en in de bijkeuken plaatsen. Aan de lege stoel kleefden herinneringen aan rumoerige ochtendtafelen.
Corine herinnerde zich een morgen. Ze zaten aan de tafel. Daniël smeerde een boterham. Het ging een tikkeltje gehaast, hij wilde naar kantoor; iets nakijken voor de anderen kwamen. Tussendoor maande hij de kinderen zich op hun boterham te concentreren. Maar Alex en Yvonne voelden zich lekker op de vroege morgen, goed uitgerust. Daniël bracht een uitdrukking van zijn grootmoeder naar voren: 'Vogeltjes die zo vroeg zingen...'
Alexander hield zijn hoofd een beetje schuin en keek naar hem. Met een eigenwijze stem zei hij: 'Wat zeg je malle dingen, papa. Vogeltjes zingen toch altijd vroeg?'
Corine had de glans in Daniëls ogen gezien. Het was alsof ze opnieuw zijn stem hoorde. Hij merkte toen lachend op: 'Het is ook een rare uitdrukking. De hele uitdrukking is: vogeltjes die zo vroeg zingen, zijn voor de poes.'
Het was een van de vele lieve herinneringen die ze bewaarde.

Opschrijven was beter. Dit schreef ze voor de kinderen bij de herinneringen aan hun pap; voor later.

Een moeilijk halfjaar ging voorbij. In het begin werd dikwijls over Daniël gepraat. De kinderen hadden geen angst om het woordje 'papa' uit te uitspreken. Het klonk voortdurend in het huis en zo wilde Corine het.
'Als papa er nog was, kon ik hem vragen... Als papa er nog was, wilde hij me vast helpen met...' Maar dergelijke opmerkingen kwamen langzaamaan minder vaak. Zijn naam viel nog wel, maar dat gebeurde vooral als er herinneringen werden opgehaald.
Op een avond kwam Christian langs. Na de begroeting schoof hij in een stoel en vroeg: 'Hoe gaat het met jou en met de kinderen?'
Corine vermoedde dat hij het gevoel had de vrouw en kinderen van Daniël te moeten volgen. 'Het gaat redelijk. Langzaamaan dringt door dat Daniël definitief bij ons weg is. In het begin konden we het niet aanvaarden. Ik hoorde elke avond rond halfzeven het portier van zijn auto dichtslaan. Even dacht ik dan 'daar is Daniël...', maar daarna kwam al snel de schok dat het zo niet kon zijn. Daniël komt nooit meer thuis.' Ze klonk weemoedig. 'De avonden zijn lang en moeilijk als de kinderen slapen. Televisie kijken trekt me niet en een boek lezen lukt me niet. Ik kan mijn aandacht niet bij het verhaal houden. Louise komt gelukkig vaak langs. Ze blijft niet de hele avond, daar heeft ze geen tijd voor. Maar een uur, anderhalf uur praten is gezellig.'
Christian knikte begrijpend.
'Het is nog steeds een moeilijke tijd, Christian, maar we moeten verder. Het zal zoetjesaan steeds beter gaan. Er komt een tijd dat we kunnen aanvaarden.'

Christian nam het bierglas op dat Corine voor hem had neergezet. Corine wilde over iets anders praten, dus vroeg ze: 'Hoe gaat het in jullie gezinnetje? Met jouw werk en de salon?'
'Met mijn werk gaat het goed.' Even een tevreden knikje, en daarop volgend: 'Met de salon gaat het uitstekend. Met ons huwelijk niet.'
Weer strubbelingen dus, dacht Corine met teleurstelling. Ze had gehoopt dat Harriët en Christian inmiddels hun weg hadden gevonden. De laatste tijd was ze door Daniëls overlijden minder actief bij hen betrokken geweest, maar ze had de problemen wel onthouden.
'Ik houd van Harriët, maar van liefde en aandacht van haar naar mij toe is weinig te merken. Ze is wel tevreden met de man die veel in het huishouden doet. Het is onbelangrijk werk, maar het moet gebeuren. En dat is nu goed geregeld. Voor Harriët bestaat alleen de salon. En Rob, ja, haar zoon is ook belangrijk voor haar. Gelukkig kan hij zich goed in de situatie redden. Ik ben een pion op het schaakbord. Ze schuift me naar de plek die haar het beste uitkomt. Zo pas ik in het geheel.'
Er viel een korte stilte en in dat moment zag Corine een aarzeling in hem. Hij wilde iets zeggen, maar hij vroeg zich af of het goed was het te zeggen. Zijn ogen knepen zich tot spleetjes. Maar hij zei het toch: 'Ik denk vaak aan het gesprek dat ik enkele jaren geleden met Daniël voerde. Toen al waren er strubbelingen tussen Harriët en mij. Ook daar wist Daniël een oplossing voor: een eigen werkplek voor haar! Het kwam niet in ons op dat ik mijn vrouw aan haar werk zou verliezen. Maar het gebeurt wel.'
Christian had een wrange lach. Hij praatte verder: 'Toen we nog kort met elkaar omgingen, had ze verhalen uit haar meisjestijd. Ze bracht ze lachend en vrolijk, als luchtkastelen. Ik hoorde ze aan als louter fantasie. Harriët kon zo heerlijk dol

zijn. Maar achteraf zat er meer waarheid in verscholen dan ik vermoedde. Daarna vertelde ze niet meer over die zotte plannen, maar ze had ze niet losgelaten. Het gaat wel gebeuren.'
Corine keek hem verbaasd aan; wat gaat wel gebeuren?
Op een wat ruwe toon zei Christian, die haar blik goed interpreteerde: 'Dat zul je nog wel merken.' Daarna zei hij, iets milder richting Corine: 'De salon gaat goed. Dat betekent dat ze het druk heeft. Ze schuift veel klusjes naar mij toe. Ze brengt het alsof ik het graag aanpak omdat ik zo trots ben op mijn vrouwtje.' Cynisme klonk in zijn stem door. 'Ze weet donders goed hoeveel kleine karweitjes er zijn! Maar ik doe alles voor ons gezinnetje. Boodschappen in huis halen, rondslingerende troep opruimen en elke avond voor het eten zorgen. Voor Harriët zijn het noodzakelijke, maar onbelangrijke bezigheden. Zij kan ze doen, ik kan ze doen. Zij doet ze niet want ze heeft belangrijker bezigheden. Ik ben na halfzeven toch thuis. Haar houdt een groter doel bezig dan de afwasmachine vullen. De salon is nummer één. Je kent haar doel: klanten meer uitstraling geven, er hipper uit laten zien. Dergelijke kreten.'
Hij zuchtte diep, boog zich naar haar toe en zei met een opeens zachte stem: 'Ik zou alles met plezier doen als ik wist dat ik nog de man was van wie ze houdt. Maar dat is niet zo. Het echte contact tussen ons vloeit steeds meer weg. Ik denk niet dat zij in deze richting denkt. Ze leeft voor haar werk, het vult elke werkdag van vroeg tot laat, en op de zondag droomt ze erover. Het maakt me verdrietig, Corine. Als haar de vraag gesteld zou worden of ze me wil missen, zal ze 'nee' antwoorden, want ik pas in haar plannen.'
De woorden van Christian kwamen steeds sneller en steeds luider. Corine hoorde ze met stijgende onrust aan. Als dit de waarheid was, ging het werkelijk niet goed tussen die twee. Hij plaatste er lichte opmerkingen tussendoor in een poging er een

losser tintje aan te geven, maar het was duidelijk dat het hem heftig bezighield. Hij dreigde Harriët te verliezen.
'Ze wil haar dromen waarmaken. Ik merk het aan haar houding, ik zie het in haar ogen, ik ervaar haar stille blijdschap waaraan ik geen deel heb. Ze is trots, ze is tevreden, ze heeft dit bereikt en ze gaat nog meer bereiken. Misschien is de droom een grote salon op een betere stand dan de Loosenbergsingel. Misschien fantaseert ze over een beautysalon. Een groot pand buiten de stad in een grote tuin. Luxueus ingericht, alles onder een dak. Een mooie kapsalon – dat is haar ideaal – en daarnaast pedicures aan het werk, een schoonheidssalon. Crèmes en zalfjes. Toen het tussen ons nog goed was, vertelde ze eens lachend wat zich in een beautyfarm afspeelt. Zalmroze badhanddoeken en zalmroze slippertjes voor de gasten! Ze tippelde op die denkbeeldige slippetjes elegant door de kamer. Kleine stapjes, draaiend met haar billen.'
Even glimlachte Christian. Ja, dat was nog leuk. Onschuldig. Nu is het wel anders. Hij vertelde verder: 'Die verhalen verbaasden me, maar ze bracht ze echt grappig. Ik nam het niet serieus. Ze voerde een kleine show op in onze woonkamer, zo dacht ik erover. De kleine droom over een salonnetje is waarheid geworden, dus een grote droom kan ook waarheid worden. Ze is bereid er hard voor te werken. Vergeleken met haar harde werken is gehaktballen draaien een weinig interessante bezigheid. Begrijp mc niet verkeerd, ik gun haar het prettige werken in de salon. Maar het schiet te ver door. Ik ben niet jaloers op haar succes, maar ik wil ook haar aandacht. En een beetje liefde. Haar werk neemt een té belangrijke plaats in.'
Hij zuchtte. 'Rob en ik worden naar de zijlijn geschoven. Ze belooft beterschap. 'Als het met de salon beter gaat, komt er meer personeel, dan wordt het anders.' Maar hoe vaak ze het ook zegt, het gebeurt niet. Het verandert niet. Ik probeer al

enige weken met haar te praten. Dat moet voorzichtig gebeuren, want ik ben bang. Ja, Corine, ik ben echt bang dat een te heftig gesprek nare gevolgen brengt. Harriët stuurt elk gesprek binnen de kortste keren in de richting van haar werk. Ik weet toch wat er in een bedrijf komt kijken? Ik durf haar niet te vragen minder te werken en meer bij Rob en mij te zijn. Die vraag kan het einde van ons huwelijk betekenen. Maar zo doorgaan is ook onmogelijk. Ik wil praten over dingen die ons drietjes aangaan. Ik wil dat ze luistert naar de verhalen van Rob, ik wil met haar vrijen – ze is mijn vrouw. Ze ligt elke avond naast me, maar ze gaat op mijn pogingen daartoe niet in. Ze is te moe...'
'Christian, ik schrik hier echt van. Er waren voor mij in de voorbije tijd te veel dingen die me bezighielden. Ik volgde jullie dagen niet op de voet. Maar als het ligt zoals als jij nu vertelt, jongen, hoe moet dat verder?' vroeg Corine.
'Dat weet ik niet. Als ik luister naar mijn verstand, moet ik haar zeggen hoe ik erover denk. Maar ik ben bang dat ze kort en goed duidelijk maakt dat zij wil leven zoals zij nu doet. Dit is haar droom. Daarin brengt ze geen verandering.'
'Wat wil ze met Rob?'
'Ze houdt hem beslist bij zich. Ze kan met Rob boven de salon wonen.'
'Wat afschuwelijk, Christian.' Corine wist niet wat ze verder tegen hem moest zeggen. Deze situatie was bijna nog erger dan die van haar: zij heeft liefde voor een man die ze niet meer heeft, maar Harriët heeft blijkbaar geen liefde meer voor een man die er wél is.
Na nog even praten stond Christian op om naar huis te gaan. 'Ik kwam vragen hoe het met jou en de kinderen gaat. Je mist Daniël beslist elke dag en elke nacht. Ik wilde niet over mijn moeilijkheden beginnen, maar het houdt me zo bezig, Corine. En er is niemand dan jij die ik erover kan vertellen. Met mijn

ouders kan ik er niet over praten.'
'Toch is er geen andere oplossing dan praten met Harriët. Ze moet haar tijd beter verdelen. Minder uren in de salon, minder vermoeid naar huis komen. Meer uren voor jullie drietjes. Je moet het proberen, Christian. Harriët krijgt spijt als ze haar huwelijk aan de kant schuift voor werk. Voor haar belangrijk werk, maar het is wel werk. De liefde is belangrijker. Als ze dat ontdekt, is het te laat. En het kan allebei. Als de tijd beter wordt verdeeld.'
Christian strekte zijn handen naar haar uit, trok haar uit de stoel en sloot zijn armen om haar heen. Ze legde haar hoofd tegen zijn borst. Ze huilde. Arme Christian.
'Ik had er niet over moeten praten...' zei hij.
'Ja, Christian, jawel. Als we elkaar kunnen helpen, moeten we dat doen. Ik hoef je geen advies te geven, je weet het zelf. Daniël zei soms: 'Als je een moeilijke kwestie wijd voor je uitspreidt, zie je de oplossing liggen."
Na elkaar op de wang gekust te hebben, zwager en schoonzus, vertrok Christian.
Corine liep terug naar de huiskamer. Ze pakte een kussen van de bank en legde het op de rugleuning. Ze liet zich onderuit zakken, haar benen gestrekt, de voeten op de lage salontafel.
De telefoon ging over. Corine schrok van het luide, rinkelende geluid. Ze stond loom en enigszins angstig op. Wie belde zo laat nog? Het was bijna twaalf uur. Was er iets met haar ouders, of schoonouders, of met Christian...?
'Schrik niet, Corine,' kwam de stem van Louise. 'Ik had een bespreking en aansluitend een praatuurtje met de redactie van Nu en Morgen. Ik draaide na afloop een ommetje door de Van Diepenhorstdreef. Ik sta voor de deur.'
'Ik doe snel open. Fijn dat je er bent.'
Louise stapte binnen. Ze trok haar jack uit. 'De hele avond

bekroop me bij korte vlagen een onrustig voorgevoel. Dat overkomt me soms. Als er niets aan de hand blijkt te zijn, schuif ik het als een hysterisch zottigheidje van me af, want ik geloof niet in duistere waarschuwingen. Dan denk ik: voorgevoelens bestaan niet. Maar soms denk ik: de wonderen zijn de wereld nog niet uit.'
'Je kunt er vier columns mee vullen.'
'Ik heb er al een over geschreven. Het is goed ontvangen. Er kwamen leuke reacties op binnen met grappige verhalen.'
'Wil je iets drinken?'
'Ik heb vanavond al veel gedronken. Grote mokken koffie en flinke glazen wijn. De redactie van Nu en Morgen maakt zichzelf wijs dat ze er inspiratie uit opdoet. Een glas water lijkt me lekker. Wat is hier gebeurd?'
'Christian is geweest. Het gaat niet goed tussen Harriët en hem.'
Louise knikte. 'Ik weet het. Harriët en ik ontmoeten elkaar geregeld. Ze belde me in het begin van de avond. Het rommelt al langer tussen die twee. Ze vindt het jammer dat het tussen hen is mislukt. Volgens Harriët passen ze niet bij elkaar. Ze werd destijds verliefd op zijn knappe uiterlijk. En hij was lief en voorkomend, maar in werkelijkheid zit in hem niet de stoere vent die je vanbuiten ziet. Zo kan ik het het best zeggen. Hij werd verliefd op Harriët omdat het een leuke spontane meid is. Harriët ziet veel mogelijkheden in het leven en ze wil veel beleven.'
'Christian wilde erover praten,' zei Corine. 'Hij heeft het er erg moeilijk mee. Ik wist dat ik na alles wat ik gehoord had niet naar de slaapkamer hoefde te gaan omdat ik niet in een zonnige droom zou duiken, daarom zit ik nog beneden.'
Louise snapte het helemaal. 'Je weet hoe Harriët het contact met mij zocht. Het begon bij het eerste feestje ter ere van jouw

verjaardag na jullie samenwonen in de flat. Die avond zagen Harriët en ik elkaar voor de eerste keer. Ze maakte op mij meteen een prettige indruk. Ze is open en hartelijk. Ze vroeg naar mijn werk. Ik zat toen nog bij Kappelhof Verhoeven. Over dat werk brengen de medewerkers begrijpelijk weinig tot niets naar buiten. Ik ook niet. Daarom begon ik over de columns. Daarover kon ik vertellen. Harriët was bereid te luisteren, want ze wilde een kennisje van me worden. Dat voelde ik die avond. Ik overdreef waarschijnlijk over de verhaaltjes, maar we hadden allebei plezier in het gesprek. Harriët lachte hartelijk. De sfeer paste bij de blijheid van jouw verjaardag. We konden goed met elkaar opschieten.'
Corine glimlachte. Ze kende dit verhaal vaagjes, maar had nooit het precieze ontstaan van de vriendschap begrepen.
'Ik kreeg een uitnodiging om bij de feestelijke opening van haar salon aanwezig te zijn,' zei Louise. 'Na die middag ga ik naar haar salon als mijn haar een opknapbeurtje verdiend heeft. Wanneer Harriët mijn naam op het lijstje voor die dag ziet staan, zet ze er een H achter. Dat betekent dat zij mijn hoofd onder handen wil nemen. Ze heeft het kappersvak goed in de vingers. Zelfs met mijn stugge pieken krijg ik na mijn bezoek aan de salon het compliment dat mijn haar zo leuk zit.'
Louise kamde even met haar handen door haar haren. 'Het mag ook wel weer een keer, trouwens. Maar goed. Toen Yvonne laatst jarig was, zat Harriët naast me. Ze vroeg of ze in een rustiger omgeving met me kon praten. Op verjaardagsfeestjes kom je meestal niet verder dan onbelangrijke onderwerpen. Het leek me de kortste klap om haar naar mijn kamer te laten komen. Ik had geen idee waarover Harriët wilde praten, maar het onderwerp zou voor haar belangrijk zijn. Anders vroeg ze dit niet. Harriët vertelde over haar werk. Ze vindt het heerlijk om eigen baas te zijn, maar de kapsalon alleen is niet

het doel van Harriët. Ze vertelde dat ze vanaf haar veertiende, vijftiende jaar het verlangen heeft meer te bereiken dan het gebruikelijke werk in een salon. Harriët wil doordringen in de wereld van show en glamour. Glitter en schitter. Dat is haar doel. Ze denkt, om een voorbeeld te noemen, aan het werk dat een kapster verricht bij de foto's die gemaakt worden van modellen in modebladen. Leuk jurkje, leuk vestje, leuk jasje, leuk kapsel. Of het model dat de verkoop van een auto moet aanprijzen. De fotograaf zegt hoe ze de benen moet neerzetten. Iets schuiner, anders tonen de voeten te groot. En hoe de blik gericht moet zijn op de auto. En natuurlijk hoe het haar moet zitten.'

Corine leunde lui in de stoel. Ze vond het heel gezellig dat Louise zomaar langskwam, maar haar verhaal van vandaag was extra interessant: ze hoorde meer achtergronden over Harriët. Normaal hoorde ze het verhaal alleen van Christians kant, maar er was natuurlijk nog een kant.

'Harriët weet hoe zo'n kapsel moet zijn, Corine. Ze is echt een genie. Daarom wil ze ook zo graag de showbizz in. Ik snap dat wel. Maar ik heb een bang voorgevoel dat Christian er weinig van weet. Als ze hem erover vertelt, zal hij verbaasd reageren. Ik hoor het hem gewoon al zeggen: 'Hoe haal je dat nou in je bolletje! Je bent een goede kapster aan de Loosenbergsingel en verder moet je niet gaan. Het is een gevaarlijke wereld om in te duiken. Men neemt het niet zo nauw als het om trouw gaat, het is voornamelijk om geld te doen en wie worden in de meeste gevallen de dupe? De meisjes en de vrouwen. Een simpele meid als jij verdwaalt er binnen de kortste keren. Het beste is om acht uur 's morgens naar de salon rijden, om zes uur naar huis terugkeren, 's avonds op de bank televisiekijken. Daar loop je geen brokken mee op."

Louise lachte opeens schaterend, hoewel haar komende woorden ernstig genoeg waren: 'Maar de vraag is... wat gaat er nu gebeuren? Harriët weet dat in het wereldje glamour en schijn verborgen is. En glitter en glans. Het is een wereldje van leven in de brouwerij, flitsende gesprekken, leuke feestjes, roddel en achterklap, maar ook van echte vriendschappen en vrolijkheid. Het werk wordt serieus genomen. Het zijn mannen en vrouwen met inspiratie en vakkennis. De ontwerper, de fotograaf, het model, de kapper of kapster. Harriët wil in dat wereldje opgenomen worden. Mannequins over de catwalk die dure kleding van modezaken showen voor reclamemateriaal, toneelspeelsters die een geschikt kapsel moeten hebben, danseressen... Dat wereldje trekt Harriët aan. Ze weet dat ze talent heeft. Ze hoeft geen bekendheid of beroemdheid te worden maar ze wil er wel bij betrokken zijn. Een vrouw aan de zijkant van de schijnwerper, wetend dat ze meewerkt aan het eindresultaat. Nuchter en met beide benen op de grond. Het is haar broodwinning, maar ze zal er ontzettend veel plezier aan beleven. Er was in de jaren waarin deze dromen groeiden voor Harriët niemand met wie ze er over kon praten. Het was verstandig om tegen haar ouders te zwijgen. Die zagen beslist veel gevaren.'

Corine glimlachte. Louise kon ernstige zaken leuk brengen.

'Ze vroeg me of ik haar kon en wilde helpen om de eerste stappen te zetten op de weg die ze wilde inslaan. Ze moest in contact komen met mensen die ermee bezig zijn. Een kruiwagentje dat haar het wereldje binnenreed. Ik ben ervan overtuigd dat ze capaciteiten heeft om iets in deze richting te bereiken. Of het haar geluk brengt, is een ander onderwerp. Het lijkt waarschijnlijk allemaal veel mooier dan het in werkelijkheid is. Maar er is wel spanning en glamour aan verbonden. En Harriët is geen achttien meer. Ze ziet nuchter wat er dreigt en ze waakt ervoor daar niet in terecht te komen. En de mannen die er

rondlopen, weten meestal snel welke vrouw niet voor een negatief spelletje te vinden is. Oké, je snapt misschien al waar ik heen wil.'
Corine schudde haar hoofd terwijl Louise de laatste slok uit het glas water nam. 'Voor Nu en Morgen werken twee fotografen. William Oosterhoek en Ted de Wilde. Allebei vlotte kerels. Op de redactie wordt rond halfelf koffiegedronken, uitgebreid, omdat is gebleken dat daarmee – als we allemaal klaarwakker en ontspannen bij elkaar zijn – leuke en bijzondere ideeën over de tafel rollen. Een vorm van brainstormen dus. Ik vertelde Ted over een kennisje dat het artistieke kappersvak bijzonder goed in de vingers heeft. We maakten een afspraak om samen te eten zodat ik mijn voorstel aan hem kon doen. Na het toetje spraken we af dat ik met Harriët een bezoekje ging brengen aan zijn studio in Hardevoort. Dat hebben we gedaan. Ze heeft dromen en plannen in deze richting, maar nog geen ervaring. Ze zou mogelijk nerveus zijn en daardoor misschien de mogelijkheid verknallen. Mijn aanwezigheid gaf steun; ik ben eigenwijs genoeg om daarvan uit te gaan.'
Er kwam een lach van Louise, gevolgd door een instemmend knikje van Corine. Louise was de meest eigenwijze persoon die ze kende, maar in dit geval had ze wel gelijk. Haar aanwezigheid was vast goed voor Harriët.
'Harriët had geen foto's van jonge meiden met door haar gemaakte kapsels om aan Ted te laten zien. Ze maakte snel een afspraak met twee klanten die graag wilden poseren. Het werden prachtige foto's. We reden naar Hardevoort. Harriët liet de foto's zien, Ted knikte goedkeurend. Dat gaf hoop. De twee praatten over modellen, stijlen en nog veel meer. Ik zat erbij en hoorde alles aan. Aan het eind van de middag vertelde Ted dat hij haar een kans wilde geven. De week daarna stond gepland dat drie modellen naar zijn studio kwamen om foto's te schie-

ten bestemd voor een dik reclameobject van een duur kledingmerk. Ted voorspelde dat het een leuke ervaring voor Harriët zou zijn om op haar cv te zetten. En zo gebeurde het. Er kwamen stylisten mee, jurken, pakjes, schoenen, bijpassende sieraden en tasjes; de hele toestand. Harriët vond het geweldig! Zij nam het haar van de modellen onder handen. Ted had haar van tevoren foto's van de meisjes laten zien. Harriët moest toch weten wat voor types het waren. Ze had goed nagedacht hoe te werk te gaan; verschillende ontwerpen bij verschillende kledingstukken. Ted was enthousiast. Hij belde me laat in de avond. Ik had niet te veel gezegd, 'Dit vrouwtje heeft het echte vak', zo zei hij het, 'in de vingers'. De medewerker van het modehuis was ook enthousiast. Een pluspunt was dat het haar van de modellen uitstekend gekapt was, maar het trok de aandacht van de kijker niet weg van de kleding. Het is nu zo, Corine, dat Ted Harriët uitnodigt wanneer hij een sessie heeft waaraan zij kan meewerken.'
'Ze heeft dus de eerste stappen gezet op de weg die ze graag wil inslaan.' Corine was blij voor Harriët, maar vreesde met grote vreze voor Christian. Als dit zo doorging, zou zijn angst bewaarheid worden en zou hij zijn vrouw binnenkort kwijtraken aan haar werk. 'Wat leuk voor Harriët,' zei ze toch maar. 'Ze zal wel trots zijn.'
'We drinken een glas koel, helder water op de toekomst van vrije vrouw Harriët. Daarna ga ik naar huis en jij kruipt in je bed. En denk niet te veel na over hoe de gescheiden paden gaan lopen. Dat is waarschijnlijk niet te voorspellen,' zei Louise wijselijk.

Twee avonden later zat Corine in de huiskamer. Het was rond halftien. Alexander en Yvonne waren naar hun kamers gegaan. Af en toe klonken geluiden van boven, Alexander lag kennelijk nog niet in bed. Yvonne zou wel slapen. Ze was moe na een schooldag.

Corine hoorde voetstappen langs het huis. Het was Christian; hij schoof langs de tuindeuren. Hij liep langzaam, bijna schuifelend, het hoofd gebogen. Corine wist: de klap is gevallen.

Ze stond op en opende de kamerdeur voor hem. 'Christian, wat is er gebeurd?' Een domme vraag, maar hij realiseerde zich dat in deze omstandigheden niet en zij wist niet welke andere woorden ze kon zeggen. Ze voegde eraan toe: 'Ik heb net koffiegezet. Het is een stevig brouwsel geworden, maar zo te zien heb jij daar ook wel behoefte aan.'

'Ja. En Corine, je raadt het waarschijnlijk al, het is voorbij tussen Harriët en mij.'

Hij zakte neer op de bank. 'Ik wilde met haar praten. Over tijd verdelen en 's avonds gezellig thuis zijn.' Hij schudde zijn hoofd en begon te huilen. 'Maar na een paar woorden kapte ze meteen alles af. Ze begon meteen af te draaien, fel en luid. Ze schreeuwde de woorden naar me toe. Ik hoor ze nog! 'Zo zie jij het! Zaniken over totaal onbelangrijke dingen en maar doordrammen! Je hebt nooit ontdekt hoe belangrijk mijn werk voor mij is. Alleen het geld dat het opbracht telde voor jou! Het maakt duidelijk hoe weinig interesse je in mijn leven hebt. Het is niet nodig er een lang verhaal over op te hangen. Jij begint over ons huwelijk, nou, dan kun je het krijgen. Ik geef je er meteen antwoord op: ik zie geen toekomst meer voor ons. We passen niet bij elkaar. Je bent saai, passief en sloom. Mijn werk betekent voor mij veel meer dan werk. Het is een deel van mijn leven. Jij kunt daarvoor geen begrip opbrengen. Waarvoor kun je wel begrip opbrengen? Nergens voor, toch? Ik wil niet langer door jouw negatieve gedachten en gevoelens beïnvloed worden. Jij leeft volkomen in je eigen wereld. Je hield me tijdens jouw problemen volledig buiten je zorgen. Er wel met

Corine en Daniël over praten, maar met mij, ho maar!"
Christian pauzeerde om te snikken. 'Alles kwam er ineens uit, Corine. Frustratie die jaren opgekropt heeft gezeten. Ze zei: 'Dat heb ik je heel kwalijk genomen. Ik deed wel alsof ik blij was dat het voor jou was opgelost, toch maar weer proberen, maar inwendig was ik razend. Ik ben je voetveeg niet! En je gezanik dat het in ons huis een rommeltje zou zijn, daar viel je me steeds op aan. Ik ben de vrouw in huis, ik ben daar verantwoordelijk voor, maar het was niet alleen mijn huishouden. En jij jankt dat je een biefstukje moet bakken. Maar je vindt het juist zo leuk om in de keuken bezig te zijn! Dat zeg je toch altijd? Ik snap jou niet. Je wilt vertellen hoe het anders moet. Ik om zes uur thuis; meneer mijn man beslist. Nou, het is een goed moment om er niet langer omheen te draaien. Ik ga bij je weg. Ik zoek mijn eigen weg. En wat Rob betreft: hij is vrij. Hij kan bij jou zijn, hij kan bij mij zijn. Jij blijft hier wonen, ik woon vanaf nu op de Loosenbergsingel.' En zo ging het, Corine.' Christian gleed bijna vermoeid en heftig geëmotioneerd van de bank. 'Na nog meer geschreeuw is ze vertrokken.' Christian viel stil en Corine zat stil bij hem.
Na korte tijd voegde hij er zuchtend aan toe: 'Het was een verschrikkelijke avond. Dat dit tussen ons mogelijk is... Zij gaat met Rob boven de salon wonen. Kort daarna is ze vertrokken. Ik ben vandaag thuis gebleven. Ik heb me ziek gemeld. Ik ben ook ziek. Volkomen overspannen. Ik heb niets meer van haar gehoord. Ze heeft ook genoeg geschreeuwd, dacht ik zo.'
Christian huilde. Corine haalde een glas water en reikte het hem aan. Hij omklemde het glas met beide handen uit angst het te laten vallen. Hij dronk met kleine slokjes. 'Mijn huwelijk is voorbij, Corine. Waarom vertelde ze me niet welke plannen ze had, wat ze graag wilde? Ik zou niet laaiend enthousiast zijn geweest, dat is zeker, maar we hadden erover kunnen pra-

ten. Uitleggen en motiveren.'
Hij schudde zijn hoofd. 'Als zij me erover verteld had, had ik er meer begrip voor gekregen. Maar ze schuift me gewoon aan de kant. We hebben echt van elkaar gehouden. Ze is de moeder van mijn zoon. Zo heftig als tussen Daniël en jou sloeg de vlam tussen ons niet over, maar ik hield van haar. Ze was enthousiast en vrolijk. Ze werd verliefd op me. Maar nu is alles voorbij.'
'Ik vind het vreselijk, Christian, het is ook vreselijk. Maar ik wil er toch nog iets over zeggen. Misschien is er in je gedachten op dit moment geen plaats voor, maar ik denk er nu aan en het is goed om het in je achterhoofd te bewaren.'
Hij keek haar wazig aan, alsof hij wilde zeggen: wat krijgen we nu weer. Hij had geen behoefte aan goede raadgevingen.
'Misschien kan het je een troostend gevoel brengen. Ik leefde met deze gedachte sinds het overlijden van Daniël. Jij houdt nog van Harriët. Zij leeft, ze heeft plannen voor de toekomst en mogelijk maakt ze die plannen waar. Dan is ze gelukkig en blij met het bereikte resultaat. Ik dacht na de begrafenis van Daniël: was hij maar met een andere vrouw weggegaan en was hij maar gelukkig met haar, dan leefde hij tenminste nog. Dan lag hij niet dood in de kist die in de grond is neergelaten. Het leven is voor hem voorbij. Weet je, Christian, ik gunde hem toen liefde met een andere vrouw. Nuchter gedacht zou ik dat tijdens ons leven niet gedaan hebben, maar toen wel. En ik meende het oprecht. Dan ging voor ons allebei het leven verder. Wie weet wat er aan geluk nog kwam... Maar voor hem kwam het zeker niet meer. Ik wist niet of het goed was dit te denken. Het was een open wens die helaas niet in vervulling kon gaan. Voor Daniël was het leven op aarde voorbij. En dat was verschrikkelijk.'
Christian keek haar met een verwijderde blik in grote ogen aan. Maar hij herstelde zich snel. 'Dat jij dit zegt, Corine... Ik

begrijp het tegelijkertijd wel en niet. Maar ik denk over deze woorden na, ze blijven bij me. Ik klem me eraan vast als de scheiding me te moeilijk wordt. Ik... ik... Er is te veel om over te denken.'

6

De dag kwam waarop Daniël van Bergen twee jaren geleden overleed. In de middag van die dag wandelde Corine naar het kerkhof. Het was grauw, somber weer. Er was veel laaghangende bewolking, maar het was niet koud en de weersverwachting voorspelde dat het de hele dag droog zou blijven. Maar als het ging regenen, zou Corine dat niet onprettig vinden. Dan huilde de hemel met haar mee.
Om kwart voor vier liep ze langs de grote poort. Ze keek naar links. Meneer Hoekstra, een van de verzorgers van de begraafplaats, zat in het kleine kantoor naast de ingang. Ze staken een hand naar elkaar op. Harmen Hoekstra wist: mevrouw Van Bergen gaat naar haar man. Ze was keurig op tijd, want om halfvijf stond hij op van de stoel achter het bureautje om de poort te sluiten. Dan waren de bezoekuren aan de doden voorbij.
Maar Corine kon Daniël elk moment van de dag in gedachten bij zich voelen. In de morgen, na het opstaan, als ze voor de wastafel stond. Later 's ochtends, in de kamer of keuken, Alex pratend en Yvonne snaterend om zich heen. Overdag, tijdens het doen van allerlei karweitjes die gedaan moesten worden. In de late avond, alleen in de huiskamer en in het duister in het bed. Ze kon overal aan hem denken. En op die plekjes in hun woning voelde ze meer harmonie en warmte dan hier op de begraafplaats.
Ze stond stil voor de grafsteen. *Hier rust...* Hier rustte niemand, wist ze. Hier was het dode lichaam van Daniël in het graf gelegd. Meer niet.
Er stonden veel bloemen. De grote bos witte chrysanten, waartussen veel donkerrode rozen waren gestoken, was van haar ouders. De prachtige bak met roze, witte en lichtpaarse heide

hadden vader en moeder Van Bergen laten bezorgen. De donkerblauwe pot waarin een plant met grote, witte bloemen bloeide, was van Louise. Zij zette een tinnen vaas met roze anjers bij de steen. Ze waren voor Daniël neergezet, maar Daniël zag ze niet.
In de morgen was ze naar de bungalow van haar schoonouders gereden. Vader Thomas zou niet thuis zijn, zij wilde een kopje koffie drinken met moeder Maaike en praten over Daniël. Op deze dag was hij dichter bij hen dan op andere dagen. Vader Martin had er nuchter over gezegd: 'Ja, er elke dag mee bezig zijn is niet goed. Het leven gaat door, tenslotte. Ook al is dat voor Daniël niet zo. Hij zou niet willen dat wij voor hem de tijd stil laten staan.'
Moeder Maaike was blij met haar komst. Onder het brengen van de gevulde kopjes van de keuken naar de kamer zei ze: 'Lieve kind, het is niet alleen het missen van de jongen. Het is zijn stem niet meer horen, zijn opmerkingen, zijn lach. Daniël kon zo aanstekelijk lachen. Het is een groot gemis hem niet meer bij ons te hebben, maar het doet nog meer pijn om te weten dat zijn jonge leven zo snel voorbij is gegaan. Hij was zo gelukkig met jou en de kinderen. Vader en ik praten dikwijls over jullie. Kind, jij moet zonder hem verder. En Alexander en Yvonne moeten verder zonder hun papa. Het maakt ons allemaal verdrietig en het maakt mij ook boos. Christian mist zijn broer ook erg. Daniël was altijd om hem heen. Eerst was hij het kleine broertje, later werd hij de grote broer bij wie Christian veel steun vond. Hij heeft het moeilijk nu het tussen Harriët en hem niet goed gaat. Thomas zei destijds, toen het stel pas met elkaar omging...'
Moeder Maaike keek lachend naar Corine, maar in die lach was ook onrust verborgen: 'Ach, je weet hoe mal Thomas iets kan zeggen. Hij zei toen: 'Het is een leuke meid. Ze lacht graag,

ze heeft pretlichtjes in de ogen, ze maakt malle danspasjes, ze heeft plannen en verwachtingen voor de toekomst. Ik ben bang dat het voor onze Christian te veel hups gedoe is.' En achteraf, Corine, heeft Thomas gelijk gehad.'
Corine knikte. Ja, inderdaad, haar schoonvader had gelijk.
Maaike praatte verder. 'Toen mijn tante Hermine, een zus van mijn moeder, was overleden, mocht in het huis na de begrafenis haar naam niet meer genoemd worden. Haar man, oom Klaas, kon daar niet tegen. Hij was een lieve, goedige man. Hij kon zijn tranen niet tegenhouden als de naam Hermine genoemd werd. Voor de kinderen was het niet echt moeilijk. Zij praatten over moeder of mama, maar de broer en de twee zussen van Hermine hadden er grote moeite mee. Het maakte dat ze minder en minder naar Klaas toe gingen omdat het niet meeviel de naam te omzeilen. Ik heb gedacht dat Klaas het zo wilde in de hoop dat hij haar eerder kon vergeten, kon loslaten. Maar dit is de oplossing niet. Wij noemen de naam van Daniël bijna dagelijks. Er zijn veel mooie herinneringen aan de tijd toen de jongens klein waren en later, de grote zonen met hun geweldige plannen. Thomas en ik praten daarover. En de latere jaren, Daniël gelukkig met jou en de kinderen, en Christian, in het begin van hun huwelijk, nog blij met Harriët en Rob. Maar opeens is zoveel voorbijgegaan.'

Op een morgen in de meimaand stond Corine in de keuken. Het beloofde een stralende lentedag te worden. De zon scheen door het brede venster naar binnen en zette de keuken in feestelijk licht. De lucht was strak blauw. Voor zover ze kon zien, was er geen wolkje aan de lucht. Ze dacht het met een lachje.
Alexander en Yvonne waren vroeger in de morgen lachend en pratend de deur uit gestapt op weg naar school. Dunne jasjes

aan, gevulde rugzakken op de rug. De kinderen waren heel zelfstandig geworden.
Corine wachtte op het doorzakken van de koffie. Lang kon het niet duren, want het was een klein potje: koffie voor één persoon. Ze leunde tegen de ronde tafel. Er lag een fleurig kleedje op, met een patroon van heldere, vrolijke kleuren. Op het midden van de tafel stond een vaas met uit de tuin geplukte bloemen.
Vandaag was een van de dagen die ze de naam 'schrijf- en mijmerdag' had gegeven. Die naam ontstond toen ze het besluit nam alle gebeurtenissen uit de jaren met Daniël op te schrijven om ze voor Alexander en Yvonne te bewaren. Het geluk van hun ouders. Als alles klaar was, zocht ze foto's bij de vertellingen. Er waren in de loop van de voorbije jaren veel foto's gemaakt. Ze had weleens tegen Daniël gezegd: 'Joh, stop er nu maar mee. Het kost veel geld en we krijgen dozen vol van die dingen.'
Hij had geantwoord: 'Eén druk op het knopje van het toestel en een mooi moment uit het leven ligt vast. Nu genieten we van dat moment – kijk die kleine rakker in het bootje schommelen, straks kiept hij om. Een foto nemen is het vastleggen en vasthouden van een waardevol moment. Over enige jaren, als Alexander met zijn zeilboot over het IJsselmeer scheert, kijken we nog even naar deze foto en dan zeg jij: hij is nooit bang voor water geweest. Foto's zijn toch waardevol?' Waarschijnlijk had ze toen gedacht: 'Nou ja, ga je gang maar...' Nu was ze dolblij met de kiekjes.
De memoires waren voor Alexander en Yvonne. Ze wist hoe ze het ging doen. Eerst alles opschrijven, natuurlijk, en dan doorlezen. De fragmenten die ze tijdens het schrijven was vergeten, noteerde ze in een apart boekje. Want alles wat belangrijk was voor de kinderen om te weten, moest opgeschreven worden.

Kleine ruzietjes, uitspraken van hun vader die ze had onthouden. Toen werden de woorden achteloos uitgesproken en aangehoord, nu waren ze waardevol. Omdat hun papa ze had gezegd. Ze had er een glimlach voor.
Als alle herinneringen op papier stonden, nam ze ze over op de computer. De aantekeningen uit het kleine boekje werden ertussen gevoegd. Als dat klaar was, kocht ze twee mooie ordners om ze in op te bergen. Daarna werden de foto's erbij geplakt. Het werd beslist een amateuristisch geheel. Daniël zou het als man uit de boekenwereld niet goedkeuren, maar zij wilde het zo. Alle woorden door mama neergeschreven, de foto's in de meeste gevallen door papa gemaakt, zijn handen om het toestel. Zijn roep: 'Yvonne, kijk eens wat papa doet!' en dan snel afknippen. Plakken op simpel wit papier, de tekst op de bladen.
Het begin van het boek – hoe moest dat worden? Er speelde een goed begin in haar hoofd.

Lieve Alexander en Yvonne, ik schrijf voor jullie het verhaal over de jaren van papa en mij. Het begon op de dag een week nadat Gerben Bakker jarig was geweest. Ria, zijn vrouw, had gevraagd of ik die donderdagavond wilde komen om de verjaardag met losse vrienden en enkele buren nog even dunnetjes over te doen. Eigenlijk had ik weinig zin om erheen te gaan. Het werd toch praten met mensen die ik niet echt goed kende, oppervlakkig geleuter dus. Maar als ik niet was gegaan, was mijn leven waarschijnlijk heel anders verlopen...

Zo vond ze het leuk, zo deed ze het. Schrijven dat ze die avond haar grote liefde ontmoette. Yvonne zou erom lachen. 'Mam, de grote liefde bestaat toch alleen in romantische verhalen en liefdesliedesjes?' Maar Corine wist dat het anders was. Zij had

de grote liefde gekend. De ware liefde.
In de boekwinkel kocht ze dikke schriften, thuis aan de huiskamertafel schreef ze ze vol. Twee vulpennen in een pennenbakje. Een dikke en een dunne. Mogelijk kreeg ze kramp in haar vingers als de herinneringen elkaar verdrongen omdat ze graag opgeschreven wilden worden. Ze kon dergelijke dingen met een lachje denken. Rustig aan, jullie komen allemaal aan de beurt.
Verder met de ontmoeting.

Hij zat op een harde keukenstoel en ik voelde vanaf het moment waarop ik vriendelijk lachend en handenschuddend langs de gasten op de stoelen liep, dat hij me met zijn ogen volgde. Bij hem aangekomen keek ik in zijn mooie donkere ogen... Daarin zag ik verbazing en verwondering.

Ze was eraan begonnen en ze kon niet meer stoppen. Hun verhaal groeide blad na blad. In het begin ging het af en toe een beetje stroef – wat gebeurde er toen ook alweer? – maar naarmate de herinneringen doorkregen wat de bedoeling van deze schrijverij was, schikten ze zich in de goede volgorde om genoteerd te worden. 'Jullie komen allemaal aan de beurt,' zei Corine tegen zichzelf en haar herinneringen. 'Jullie komen allemaal in het boek.'
Alle grote en kleine gebeurtenissen die belangrijk waren – en ze waren eigenlijk allemaal belangrijk genoeg om vastgelegd te worden. De avondjes uit, de wandelingen, de eerste middag in zijn flat. Haar woorden: 'Ik blijf vannacht bij je slapen...' Als moeder dit las... Wat was ze een ondeugend meisje geweest, de jongeman hoefde haar niet eens te veroveren!
Het besluit samen te wonen in de flat. Hun trouwdag. Het verwachten van Alexander. Zijn geboorte. Het grote wonder en

hun blijdschap. De middag waarop Alex als kleuter op het balkonnetje van de flat aan het Noorderplein stond. De opmerking van Daniël: 'Het kind lijkt een gevangene die gelucht wordt.' Daaruit vloeide snel de koop van en de verhuizing naar het nieuwe huis uit. Het verlangen naar een tweede kind, wachten op de komst ervan, de geboorte van Yvonne.
De heerlijke dagen en nachten. Ze gingen voorbij, maar ze kende ze nog en wist het gevoel van blij zijn met elkaar te beschrijven. De werkelijkheid was verleden tijd geworden, de herinneringen bleven. Belangrijke gebeurtenissen, maar ook kleine, op het oog onbelangrijke voorvalletjes die later een glimlach opriepen en waardevol zouden zijn omdat Daniël erin genoemd werd. Toen was wat hij deed en zei gewoon, later kreeg het een diepere betekenis.
Deze middag keek ze in de witte doos vol mappen met foto's. Als ze uitgezocht waren, zou ze contact zoeken met een fotograaf om van elk van de foto's twee extra afdrukken te laten maken.

's Avonds kwam Louise langs. Zoals de meeste praatavondjes begon ook deze avond met het uitwisselen van kleine nieuwtjes en het vertellen over onbelangrijke, maar leuke of minder leuke gebeurtenissen.
Maar Louise had ook een serieuze vraag. Kort na de vreselijke ziekte en de dood van Daniël speelde deze vraag nog niet. Of eigenlijk wel, maar ze durfde er toen nog niet over te beginnen. Nu, twee jaar na het grote drama, had ze eindelijk de moed bij elkaar geraapt. 'Corine, ik wil je iets vragen,' zei ze.
Corine zette intussen de glazen sinaasappelsap op tafel en schoof er een schaaltje licht gezouten koekjes bij. 'Lieve Louise,' ging ze op een licht en lacherig toontje op de vraag in, 'stel jij je vraag maar.'

Uit dit antwoord bleek duidelijk dat Corine geen idee had in welke richting haar vraag ging, daarom begon Louise met: 'Ik begin met een inleiding. Eigenlijk is dat in een gesprek tussen ons niet nodig, maar ik wil het. Nu. Dus jij luistert.'
Corine knikte goedmoedig.
'We gaan al lang hecht met elkaar om. Er was veel plezier en dat is gelukkig nog steeds zo. In het verleden kwamen soms zotte plannen naar voren. Ogenschijnlijk onwaarschijnlijke voorstellen, maar soms liepen ze uit op waardevolle resultaten. We luisterden naar elkaar, gaven oprecht goede raad en wilden elkaar altijd helpen. Maar in sommige gebeurtenissen was geen goede raad te bieden. In nare tijden de minst slechtste weg zoeken was dan het beste. Je weet waarop ik doel. Ik wilde je helpen zoveel als mogelijk was, maar ik wist, en daarvan ben ik nog overtuigd, dat ik met lege handen stond. Zoals eigenlijk alle familieleden en vrienden om je heen. We konden alleen troost bieden. Je echt helpen was voor ons onmogelijk. Het verdriet kon door niemand ongedaan gemaakt worden. Alleen troostende woorden. Het verdriet moest verwerkt worden en die verwerking had tijd nodig.'
Louise zocht naar de hand van haar vriendin en gaf er een kneepje in. 'Die tijd is voorbijgegaan. We zijn meer dan twee jaar verder. Ik wil nu meer weten over die periode na Daniëls overlijden. Ik wil dat je me erover vertelt. Omdat ik verwonderd en ook verbijsterd heb gevolgd hoe je dit zware verlies in je leven hebt ingepast. Het is er een goede avond voor. Rust om ons heen en tijd genoeg.
We weten wat er gebeurd is. Er zijn veel woorden tussen ons over gewisseld, maar voor mij is toch een stuk gebleven van niet goed begrijpen. Om duidelijk te zeggen wat ik bedoel: ik weet niet hoe jij te midden van het grote verlies kon staan met iets wat ik voelde als een innerlijke rust, hoewel de tranen over

je wangen rolden. Ik hoop dat je begrijpt hoe ik het bedoel.' Louise bleef haar tijdens het praten strak aankijken. 'Je weet dat deze woorden niets, helemaal niets te maken hebben met mijn werk. Het is geen nieuwsgierigheid om er in de richting van een column of rubriek iets mee te doen; natuurlijk niet. Dit is zuiver tussen jou en mij. En voor mij: het willen weten. Het willen begrijpen. Ik heb grote bewondering voor de manier waarop je het verlies van Daniël hebt gedragen. Na het horen van het eerste alarmerende bericht was ik bang dat dit een vonnis was wat je niet zou kunnen verwerken, er was in mijn ogen geen weg om hier overheen te komen. Jullie liefde, het hechte verbond. Nadat het verbond door de dood werd verbroken, kon jij, nam ik als waarheid aan, de kracht niet vinden om er bovenuit te komen.'

Ze glimlachte. 'Maar dat heb je wel gedaan. We hebben in de voorbije jaren geconstateerd dat veel menselijke breinen wonderlijk en verbazingwekkend in elkaar steken. Dat stelden we ernstig vast in jouw kamer of mijn kamer. Meestal gebeurde het op een vrolijke toon met als slotakkoord: we moeten ermee leren leven! Glazen wijn bij de hand en nootjes op tafel en dan was alles goed. In de dagen rond de dood van Daniël kwam in mijn gedachten steeds opnieuw het gedicht naar voren dat mevrouw Wetterbaan ons op het Zuiderlandcollege leerde. Ze droeg het prachtig voor. Het ging over fier, ruisend, wiegend riet dat door een heftige storm wordt neergeslagen en geen kracht meer vindt om zich op te richten. Het deint niet meer in de wind. Het geweld van de natuur was te krachtig geweest. Te heftig. Zo zag ik de toekomst voor jou. Jullie liefde zo plotseling volkomen kapot te zien gaan, hoe kon je daarmee verder leven? Hoe moest dat aanvaard worden... Ik heb bewondering voor de manier waarop je deze zwarte, zware periode bent doorgekomen. Ik wil je dit eindelijk zeggen, Corine. En, mijn

vraag: hoe kreeg je het voor elkaar...'
Corine zat rechtop in de stoel, haar rug tegen de leuning gedrukt. Haar hart klopte een beetje te snel, maar ze wilde Louise hierop antwoorden. 'Ik weet dat dit een heel serieuze vraag is. En ik vind het fijn dat jij, juist jij, dit aan me vraagt. Het sterven van Daniël ligt ver achter ons. Ik heb me ook afgevraagd waar de kracht vandaan kwam om niet volledig in te storten. Niet gillend en schreeuwend te roepen dat ik ook dood wilde, dat ik niet verder kon zonder hem. Ik heb het ook gedacht, want hoe moest ik leven zonder hem? Het was zo onvoorstelbaar dat hij er niet meer was, opeens weg uit het leven, niet langer bij ons allemaal. Er moet een vreemde kracht in mij zijn gekomen die me ondanks de tranen en de inzinkingen overeind hield. Die kracht was er ook, Louise. Niet door het gevoel dat ik gedachten van Daniël om me heen voelde. Ik wist dat dat niet mogelijk was. Hij had geen gedachten meer. Maar ik wist wel welke gedachten Daniël naar me zou sturen als hij in staat zou zijn geweest dat te kunnen doen. Want ik kende hem zo goed.'
Louise knikte. Zij had altijd grote bewondering gehad voor hun relatie.
'Daniël zou me zeggen: zie wat er gebeurt, ik moet jullie verlaten, het brengt verdriet en het doet veel pijn, maar jij moet verder en onze kinderen zijn bij jou. Ze zijn nog jong. Ze huilen om hun papa. Jij moet ze helpen. Alleen jij kunt ze steunen. De anderen hebben fijne woorden voor ze, maar alleen jouw woorden en jouw steun kunnen hen helpen. Hel klinkt misschien overdreven,' ze glimlachte naar Louise, 'maar zo voelde ik het toen. En toen stond Alexander naast me. Hij tilde me, hoe zeg ik het mooi... Hij tilde me verder uit mijn geestelijk gebogen houding omhoog. Mijn mannetje van acht jaar. We waren samen in de kamer. Hij zei: 'Mama, ik wil met jou papa

naar zijn graf brengen.' Ik schrok van die woorden. Ik liet in die dagen veel beslissingen aan mijn ouders over, ik kon over veel dingen niet nadenken. Alleen de woorden horen die door mijn hoofd daverden: Daniël is dood... Daniël is dood.'

Er kwam een traantje uit Corines ooghoek. Ondanks al haar kracht deed het nog steeds pijn om dit uit te spreken. 'Mijn ouders hadden vastgesteld dat de kinderen niet naar de begrafenis mochten gaan. Het zou te emotioneel voor hen zijn, te belastend. Dat was ook zo: te emotioneel, te belastend... Maar hoe zou Daniël hierover denken? Dat vroeg ik me af. Wij hebben over heel veel onderwerpen gesproken, maar dit was nooit voorbijgekomen. Aan deze mogelijkheid dachten we niet. Alexander had nog nooit een begrafenis of crematie bijgewoond. Hoe moest hij het wegbrengen van zijn vader ondergaan? Maar als Daniël wist van het gesprek tussen Alexander en mij en de stelligheid hoorde waarmee hij zei dat hij met mij zijn papa naar het graf wilde brengen, zou Daniël zeggen dat het zo moest gebeuren. Ik mocht hem dit niet verbieden. Ik zag de ogen van Daniël in het snoetje van Alexander en ik kon hem dit niet weigeren. Ik wist en voelde dat hij het aankon. Hij wilde alles weten wat met zijn papa gebeurde. Ik heb er later tegen meerdere mensen die ernaar vroegen over gezegd: door het samen te doen, hielp hij mij en ik hielp hem.'

Corine keek Louise recht aan; Louise knikte begripvol.

'Er was geen smal, veilig weggetje waarin de kinderen en ik konden vluchten,' zei Corine. 'Gauw weg, niet omkijken, dan raakt het ons niet. Over de hulp van de mensen om ons heen praat ik nu niet. Die was liefdevol en ik ben er dankbaar voor, maar het gaat voor jou om mijn houding in wat gebeurde. Je wilt weten hoe ik erdoorheen kon komen. Het voornaamste was dat ik wist dat ik erdoorheen móést komen. Na elk zwart etmaal kwam een nieuw zwart etmaal, maar eens kwam een dag met licht en later meer dagen met licht en zonnewarmte. Daaraan denken gaf me hoop. Iets in de richting van: er komen andere tijden. Hoe dat moest zonder Daniël, was niet voor te stellen, maar ze zouden komen. Ik wist het zeker, gesteund door het weten hoe Daniël zou denken als dat nog mogelijk zou zijn geweest. Hij zou me seinen: 'De kinderen rekenen erop door jou geholpen te worden. Het is een vertrouwen op hun achtergrond. Ze realiseren het zich niet, maar ze weten dat jij hen helpt. Ik kan het niet meer, jij moet het doen."

Heel even wreef Corine in haar ogen. Ze keek Louise aan terwijl ze verder vertelde: 'De opa's en opa's waren lief en deden hun best om Alex en Yvonne te troosten, maar de kinderen strekten hun handen, figuurlijk, dat begrijp je – ze hingen er niet echt aan – naar mij uit. Voor Yvonne was het in het onbegrijpelijke wereldje om haar heen eigenlijk wel 'vastklampen'. Met Alex had ik iets van een verbond. Mama en ik. En mogelijk onbewust het weten: papa zou het goed van me vinden. Ik wist hoe verdrietig ze beiden waren en hoe volkomen onbegrijpelijk hun leven was geworden. Maar mama was nog dezelfde. Ze konden het gebeuren in hun kinderlijke nuchterheid niet beredeneren; wie kon dat wel? Niemand toch? Ze stonden verdwaasd in het leven: hun papa was dood, wat moesten zij nou? Maar mama was er gelukkig nog. Ik was er gelukkig nog.'

Even een lachje. 'Dat heeft me overeind gehouden. Je wilt weten hoe ik naar buiten toe zo stabiel kon handelen. Nou, dat kwam alleen door dit besef. In de eerste dagen waaierden veel gedachten in onvoorstelbare beelden door elkaar, er was geen begin en geen eind in te vinden. Na enige tijd splitsten ze zich en vele gedachten verdwenen. En uiteindelijk kwam ik tot de bittere waarheid: Daniël is dood. Er is geen contact meer mogelijk tussen hem en mij. Ik moet alleen voor de kinderen

zorgen. Dus dat heb ik gedaan.'
Louise keek bewonderend naar haar vriendin. Ze had niet verwacht zo'n open en eerlijk antwoord op haar vraag te krijgen.
'In de voorbije jaren heb ik veel beelden en herinneringen opgeslagen,' ging Corine door. 'Hoe hij lachte, hoe hij praatte, de woorden die hij zei. Zijn houding, zijn manier van lopen, zijn doen en laten. De gesproken woorden die ik kende en de fijne belevenissen, moest ik vasthouden. Ze speelden in de fijne jaren die voorbij waren gegaan zonder echt op te vallen mee. Ze gebeurden, meer niet. Maar nu kon ik vele ervan stilletjes opnieuw beleven. Eraan denken, me de plaatsen herinneren. Zijn praten en spelen met de kinderen, zijn verhalen en verwachtingen over hen. En de tastbare dingen om me heen. Het was een verdrietige vaststelling, Louise, maar tegelijk een nuchter besef, dat kracht gaf. Zo lag de waarheid voor me. Dit was wat ik uit het verleden kon meenemen naar het leven dat op ons wachtte. Ik moest alles beschermen, bewaren en koesteren.
Toen ze in werkelijkheid gebeurden, waren het niet meer dan 'dingen die voorbijkwamen'. Daniël keek in de krant en las er een naar bericht uit voor, ik gaf er mijn reactie op. Maar kort daarna lieten we het beiden weer los. Er waren weer andere zaken die aandacht vroegen. Zo handelen mensen, hij en ik ook. Maar vanaf een week na de begrafenis werden het waardevolle schatten. En ze zullen steeds waardevoller worden.'
Dus eigenlijk was Daniël in zekere zin meer bij haar gekomen, stelde Louise vast. Ze vond dit een heel mooie gedachte.
Corine vertelde: 'Ik heb veel opgeschreven. Met de hand op lange bladen. Beginnend met de avond van onze vaak besproken ontmoeting, tot de dag van het afscheid. Daartussen: de trouwdag, het verwachten van Alexander, zijn geboorte. De verhuizing van de flat naar dit heerlijke huis. Het verwachten

van Yvonne. Ons gespeelde kibbelen bij het kiezen van een naam voor de baby. De blijdschap met Yvonne; Daniëls prinsesje. Ik schreef ook over een heel gewone middag waarop Alexander en ik naar oma Maaike gingen. Het was vreselijk slecht weer. Echt een Hollandse dag met regen en wind. Dan is het nog een aardig ritje van hier naar de buitenwijk. Alex zat in het zitje achter op de fiets, weggedoken achter mijn rug. Zijn kopje verstopt in de warme capuchon van zijn jasje, het koordje vast gestrikt onder zijn kinnetje. Hij hing dicht tegen me aan, ik voelde zijn lijfje en zijn handjes in mijn zij. Toch een min of meer normaal Hollands plaatje, maar ik heb het onthouden. Bij oma Maaike was het lekker warm. Ze had thee, limonade en chocolaatjes. Alex speelde met de boerderij waarmee Daniël en Christian in hun jeugd ook hebben gespeeld. Koeien, schapen, varkens, kippen. Het was die middag een vrolijke boerderij. Boertje Alexander praatte blij tegen de dieren en ze antwoorden in hun taal. Loeien, mekkeren, kakelen. Oma en ik keken er vertederd naar. Ik heb het verhaal opgeschreven. Zo probeer ik alles te bewaren wat ik met Daniël en in de tijd met Daniël heb meegemaakt, zodat het eeuwig bij ons kan blijven.'
Louise luisterde met een vreemde emotie. Ze wist veel van deze beelden, maar ze nu zo te horen uitspreken, gaf er een wonderlijke warmte aan. Ze onderbrak Corine niet.
'Wij leefden onze liefde niet in een blije roes. Het woord 'geluk' werd weleens genoemd, Daniël tipte het soms even aan. Maar wij pasten gewoon bij elkaar. Mogelijk hadden we dezelfde karaktertrekken. Het was geen zweverig gedoe van 'wat zijn wij gelukkig', maar we waardeerden het wel. Vooral Daniël vond het goed je er bewust van te zijn. Het voelt nu aan de ene kant als een rijk bezit van toen, en dat was het ook, maar aan de andere kant maakt dat geluk van toen het gemis van nu extra zwaar. Het schrijven, Louise, is belangrijk geweest. En

alles wat geschreven staat, is waardevol.'
Corine wilde loskomen uit de mijmeringen. 'Als jij een paar woordjes noteert op een kladblaadje voor een column, weet je dat als je eraan toe bent, alles weer duidelijk voor je staat. En als het tot een column is geworden, wordt het opgeborgen in de map 'afgewerkt'. Voor mij is het 'bij me houden'. Ik wil er foto-'s bij plakken. Beelden zien en de geschreven woorden lezen. Dan komt het verleden terug. Het klinkt misschien vreemd, Louise, maar toen ik ermee bezig was, groeide de wetenschap dat het verleden en het heden bij elkaar horen. Het is niet: het ene is voorbij, het volgende moet nog komen. Alles was met mij verbonden en alles zal met me verbonden blijven. Ik kan niet het deel 'Daniël en ik' loskoppelen en over enige tijd aan een nieuw deel van mijn leven beginnen. Het blijft een geheel. Daniël blijft mijn leven lang in mijn gedachten.'
Corine plukte aan een naadje van de bank. Hier had Daniël ook op gezeten. Veel van wat in haar leven was, was met hem verbonden. 'Maar er komt niets meer bij waarvan hij weet. Dit was ons verleden. Er ligt, hoop ik, een weg naar de toekomst voor mij open, maar ik moet die weg zonder hem gaan. Wel met onze kinderen. Ze moeten een fijne jeugd hebben, een goede opvoeding krijgen, leuke mensen worden... Een aardig karwei dus nog. Dus nu weet je het. Zo ben ik door alle verdriet heen toch overeind gebleven. Ik kan verder met de herinneringen die in mijn schatkamer zijn opgeslagen. Het is een warme achtergrond om af en toe geestelijk tegenaan te leunen, maar het mag niet te belangrijk worden. Ik kan terugkijken en ik kan aan Daniël denken. Maar ik plaats hem niet op een voetstuk. Hij was lief, goed en verstandig. Er waren weinig karaktertrekken waarmee ik moeite had. Daniël was een schat. Hij leefde naast me, maar ik moet alleen verder. Blij zijn met hoe het was en met vrede vanbinnen verder. Ik weet niet

hoe het anders te zeggen.'
'Als een leuke man je pad kruist...' Louise zei het met een lachje.
'Er kan een man mijn pad kruisen, onmogelijk is het niet. Het kan een leuke man zijn met goede bedoelingen. Maar hij zal niet de plaats van Daniël innemen. Ik blijf Daniël naast me zien. Vooral in de avond, in onze slaapkamer, in ons bed, is hij nog zo nabij. Het is niet goed om met de een te vrijen en over de ander te dromen. Het is oneerlijk een vriend een plek in mijn leven te laten innemen waarop hij, dat voorspel ik, niet echt gelukkig kan zijn. De plaats van Daniël kan niet ingenomen worden. Jij vindt het waarschijnlijk te ver gaan nu al te beslissen dat ik alleen wil blijven met de kinderen. Je bent er ook van overtuigd dat Daniël het niet zou willen. Dat weet ik. De kinderen gaan op een dag het huis uit. Ze volgen hun eigen weg. Misschien gaan ze studeren, als het bollebozen worden. Op kamers wonen, veel vrienden en vriendinnen om zich heen vergaren. Af en toe een weekendje naar mama. De laatste avonturen vertellen.'
'Hoe zie jij je eigen toekomst?' vroeg Louise.
'Ik weet het niet. Ik wil er voor de kinderen zijn, dat is het belangrijkste. Ik wil er altijd zijn als de kinderen naar huis komen. Misschien zoek ik een baan, maar niets waarvoor ik mijn verdere leven moet opgeven.'
'En de liefde?'
Corine aarzelde. Zou ze vertellen over Jente? Nou ja, waarom ook niet. Ze was nu toch al heel eerlijk tegen Louise. 'Ik kom er natuurlijk mee in aanraking. Er is iemand geweest. Jente, een oude studievriend van Daniël, kwam naar de condoleance en de begrafenis. Toen was ik alleen nog maar de weduwe van zijn vriend. Maar het was prettig om met hem te praten, meer over hun studententijd te horen. Ik kende die verhalen nog niet.

Later is Jente weer langsgekomen, en steeds vaker. Alexander vond hem aardig omdat hij een goede vriend van zijn papa was. Tijdens het laatste bezoek legde hij zijn hand op de mijne en keek me met een verliefde blik aan. Hij zei dat er voor zijn gevoel een diepe genegenheid tussen ons kon groeien. Ik maakte meteen duidelijk dat ik dat niet wilde, maar drie avonden later belde hij toch weer. Hij wilde mij en de kinderen beter leren kennen, zei hij. Ik wimpelde hem af. Hij is aardig, maar ik wil geen nieuwe relatie. Misschien later, maar niet nu.'
'Corine, ik weet hoe het tussen Daniël en jou is geweest, maar de kinderen worden groter. Nu vertellen ze jou over alle gebeurtenissen in hun leven, maar over een paar jaar zoeken ze elk hun eigen weg.'
Corine knikte. Dat was Inderdaad zo. 'Na de begrafenis kreeg ik de trouwring van Daniël,' vertelde ze. 'Ik legde hem in het doosje dat we bij het kopen van de ringen van de juwelier kregen. Ik legde mijn ring erbij. Ik ben niet getrouwd, dus ik vind niet dat ik die ring hoor te dragen. De ringen liggen op donkerrood fluweel. Het doosje staat op het bureautje in de kamer. Misschien kan ik het ooit sluiten en een nieuwe relatie aangaan.'

De tweede avond na het gesprek met Louise stapte Christian via de achterdeur het huis binnen. Hij kwam zeker een avond per week langs, en het liefst op de zaterdagavond. Een avond voor gezelligheid, noemde hij de zaterdagavond. Op zondagavond reed hij naar de bungalow van zijn ouders. Een avond voor familiebezoek.
Hij was ervan op de hoogte dat Corine goede contacten met Harriët onderhield. Hij wist van de avondjes die Louise, Harriët en Corine met elkaar doorbrachten. Meestal was het gezellig. Louise vertelde over grappige belevenissen bij Nu en

Morgen en Harriët praatte over haar werk. Misschien vond hij het niet prettig, maar verbieden kon hij het natuurlijk niet. Een enkele keer vroeg hij hoe het met Harriët ging. Corine vertelde hem de waarheid; het ging uitstekend. Het was druk in haar salon, maar ze had goed personeel dat met plezier werkte. Naast de kapsalon werd Harriët steeds meer gevraagd mee te werken aan de bezigheden in de showbizz. Bovendien vermoedde Louise dat er tussen Harriët en Ted iets moois opbloeide, wat Corine erg leuk vond. Ze gunde Harriët alle geluk van de wereld. Maar hierover vertelde ze niets aan Christian. Het was niet nodig erover te praten.
Deze avond vroeg Christian na het uitwisselen van de kleine nieuwtjes: 'Jij spreekt Harriët weleens, hè?'
Dit had hij niet hoeven vragen, want hij wist het, dus het enige wat Corine hoefde te doen, was knikken.
Hij knikte ook. 'Ik ben vrijwel elke avond alleen thuis. Rob komt weinig langs. Hij heeft zijn studie, zijn vrienden, af en toe een vriendin. Hij praat met zijn moeder en hij gaat vaak met haar mee als er 's avonds iets te doen is. Op de heenreis naar de plek van de opname – ik zou willen zeggen 'de plek des onheils' – babbelen ze hoe alles moet gebeuren en op de terugreis bespreken ze hoe het in werkelijkheid is gegaan. Ik ben helemaal alleen thuis, Corine. Ik vind het vreselijk.'
'Je moet een vriendin te zoeken, Christian. Je bent een aardige, flinke kerel. Je ziet er goed uit. Je hebt een prachtige, gezellig ingerichte woning en je hebt een goede baan. Er is beslist een jonge vrouw die bevriend met je wil zijn. Maar als je in je huis blijft zitten met de gordijnen dichtgeschoven, ziet ze je heus niet ineens op de bank zitten. Ga naar een toneelavond, de bioscoop of het theater. In elk geval naar plekken waar mensen bijeenkomen. En als dat niet lukt, kun je het proberen bij een datingbureau. Daarover hoef je niet kleinerend te denken. Als

jij nergens komt waar je leuke mensen ontmoet, zoek je een weg om ze wel te bereiken.'
Ze zag lichtjes in zijn ogen. Hij keek blij naar haar. 'Een vriendin zoeken, een vrouw ontmoeten met wie ik graag wil omgaan... Corine, ik ken een vrouw met wie ik heel graag meer wil omgaan, meer contact mee wil hebben dan er tot nu is.' Hij haalde diep adem om zichzelf moed in te blazen: 'Die vrouw ben jij, Corine. Ik houd van je.'
Ze voelde het wild kloppen van haar hart. Wat was dit?
Hij praatte snel verder. Hij wist dat hij snel naar voren moest brengen wat hij wilde zeggen. Hij kende de woorden uit zijn hoofd, hij had ze gerepeteerd tijdens het eenzaam op de bank zitten: 'We zijn door familiebanden aan elkaar verbonden. Maar we zijn geen familieleden. We kunnen al jarenlang goed met elkaar opschieten. Nu jij over een liefde voor mij begint en me aanraadt een vrouw te zoeken, zeg ik dat ik die vrouw al lang ken. Ik heb er tot nu toe geen woord over gesproken. Jij hebt een groot verdriet te verwerken gehad met de dood van mijn broer. Maar nu je er deze avond over begint, Corine, wil ik je vragen of jij voelt voor de mogelijkheid tussen ons meer te laten groeien dan de gevoelens die we nu voor nu elkaar hebben. Ik begrijp dat ik er voorzichtig over moet beginnen, jij hebt in deze richting nog weinig gedachten.' Hij moest doorpraten, haar geen kans geven hem in de rede te vallen, het was een soort verkooptechniek, maar het kon hem helpen. 'Meer bij elkaar komen, meer met elkaar praten en met de kinderen ergens heen gaan. Een pretpark, een tentoonstelling, er is zo veel te beleven. Een boottocht, een fietstochtjes, ritjes naar het strand of de hei. Ombuigen van zwager en schoonzusje naar een man en vrouw die weten op elkaar gesteld te zijn. Jouw kinderen zijn de kinderen van mijn broer, ik houd van ze...'
Corine zag in zijn ogen een verlangen waarvan ze schrok.

Christian was een goede man, als zwager, als familielid, maar verder gingen haar gevoelens voor hem niet.
Ze moest dit meteen oplossen, duidelijk zeggen wat zij voelde. 'Christian, je weet dat ik je graag mag, jij bent de broer van Daniël. Maar nu het gesprek deze richting uit gaat, zeg ik je meteen dat er op het terrein van de liefde tussen ons niets kan groeien. Ik heb veel van Daniël gehouden, er zal geen man in mijn leven komen na Daniël. Ik ben nog met hem verbonden. Ik denk aan hem, ik droom over hem. Hij is niet meer bij me, maar gevoelsmatig is hij er wel. Geen man kan op de plaats van Daniël komen. Nu Alex en Yvonne groter zijn, wil ik een leuke baan zoeken. Werk dat ik met plezier doe. Drie of vier dagen in de week bijvoorbeeld.'
Het was voor haar gevoel goed om op dit, of welk ander onderwerp dan ook, over te stappen. Christian viel haar niet in de rede. Of haar woorden echt tot hem doordrongen, wist ze niet. Hij hoorde graag een ander antwoord van haar, daarop had hij zich mogelijk verheugd en zo gek was dat niet. Ze was altijd vriendelijk tegen hem en behulpzaam, hij was een naast familielid, maar verder ging het niet. Ze was ervan overtuigd dat hij al langer de woorden die hij had uitgesproken in stilte voor zichzelf gekoesterd en geoefend had. Een toekomst met haar, haar zoon en haar dochter, en zijn zoon. Drie Van Bergen-kinderen. Hij verwachtte er veel van, maar tot deze avond was er geen opening geweest om erover te beginnen. Maar zij begon erover... een vriendin zoeken, een relatiebureau inschakelen... Dit was zijn kans geweest en hij had die kans met beide handen aangegrepen.
'Misschien is er bij Het Hofke een plekje vrij voor me. Ik heb ook gedacht aan het kantoor van Overboom Boeken, maar ik weet dat dat geen goede keus zal zijn. Het is geen goede omgeving voor me. Te veel herinneringen aan Daniël. Maar ik vind

heus iets.' Ze probeerde heel onbeschoft over zijn gesprek heen te stappen, maar ze zag geen andere oplossing.
Hij pakte zijn woorden weer op. 'Corine, wil je er niet over denken? Ik begrijp dat ik je overval. Ik was ook nog niet van plan dit te zeggen, maar jij bracht het gesprek in de richting. Wil je erover denken? Je verdere leven alleen zijn lokt toch ook niet? En de herinneringen aan Daniël drijven steeds verder weg. Je kunt met mij over hem praten, hij was mijn broer, ik hield van hem.'
'Christian, ik vind je een aardige kerel, ik vind je als zwager een aardige vent. Maar er zal van mijn kant nooit iets tussen ons groeien dat verder gaat dan dit oppervlakkige gevoel. Het is geen goed plan om een liefde op te bouwen. Het zal niet lukken. Jij moet een vriendin zoeken. Er zijn genoeg jonge vrouwen die alleen in het leven staan en met een man als jij een nieuw bestaan willen opbouwen.'
Ze wist dat dit gesprek het einde betekende van de goede omgang tussen Christian en haar. Het was verdrietig, maar het kon niet anders. Na nog heel veel woorden verliet Christian verdrietig het huis.

Ze knipte twee schemerlampen uit in de kamer om de sfeer van intimiteit en stilte te vinden waarin ze tot rust kon komen. Ze had rust nodig. Er was geen verwijt naar zichzelf toe, ze kon niet anders handelen dan zoals ze gehandeld had, maar ze begreep de teleurstelling van Christian. Wie weet hoelang hij met deze stille droom geleefd had, opgenomen te worden in haar gezin, weer gezelligheid te vinden. Maar het was onmogelijk.
Het was al laat, maar naar bed gaan had geen zin. Corine dacht aan Daniël. Wat zou hij zeggen als hij hiervan wist? Ze kende zijn gedachten. Als hij ze in haar oor kon fluisteren, zou hij

zeggen: 'Je wordt door twee mannen begeerd, Corientje Wagenaar. En die twee mannen zijn goede kerels. Een fijne vriend van me en mijn broer. Maar je wilt hen niet beter leren kennen omdat je mij niet kunt loslaten. Dat is lief, maar ik ben bij jullie weg en ik kom nooit meer naar jullie terug. Mijn geest heeft hier rust gevonden. Je denkt aan mij, maar ik heb geen gedachten meer die jou kunnen bereiken. De woorden en gedachten die in je opkomen, zijn jouw woorden en jouw gedachten, die je mij toedenkt. Het is niet goed daarmee bezig te zijn. Het zijn je eigen gedachten die je vertellen wat ik mogelijk zou zeggen als ik je wel kon bereiken. Maar ik kan je niet meer bereiken.'
Dit was de manier waarop ze stilletjes, gedurende al meer dan twee jaar, 'bij Daniël was'. Het speelde zich af in haar gedachtewereld, in haar fantasie, en daarvan was ze zich bewust. Het was geen waarheid. Ze leefde hier met haar twee kinderen en alle mensen die haar lief waren. Ze moest verder in dit leven. Ze kon er ook in verder. Haar moeder had het vorige week gezegd: 'Corine, probeer Daniël los te laten. Hij is niet meer bij ons. Je mag aan Daniël denken, hij was in jouw en ons leven. Het denken aan de voorbije jaren blijft, maar het moet niet verder gaan dan de herinneringen die je met zijn sterven hebt moeten loslaten. Dat is beter voor je.'
Corine glimlachte. Lieve mama. En Jente, Christian, een andere man... Heel misschien. Later. Niemand wist wat de toekomst zou brengen, Corine evenmin. Wel wist ze dat ze er klaar voor was, wat er ook zou gebeuren. Want zij had de liefde gekend. En dat zou niemand haar ooit afnemen.